现当代名家作品典藏

汪曾祺散文精选

有味清欢

汪曾祺 著

Sanwen
Jing
Xuan

華中科技大學出版社
http://www.hustp.com

中国·武汉

图书在版编目（CIP）数据

汪曾祺散文精选：有味清欢/汪曾祺著. —武汉：华中科技大学出版社，2018.10（2022.1 重印）

（现当代名家作品典藏）

ISBN 978-7-5680-4472-1

Ⅰ. ①汪…　Ⅱ. ①汪…　Ⅲ. ①散文集-中国-当代　Ⅳ. ①I267

中国版本图书馆 CIP 数据核字（2018）第 176696 号

汪曾祺散文精选：有味清欢

Wang Zengqi Sanwen Jingxuan：Youwei Qinghuan

汪曾祺　著

策划编辑：夏　帆

封面设计：壹诺设计

责任编辑：田金麟

责任监印：朱　玢

出版发行：华中科技大学出版社（中国·武汉）　电话：（027）81321913

武汉市东湖新技术开发区华工科技园　邮编：430223

录　排：华中科技大学惠友文印中心

印　刷：北京兴星伟业印刷有限公司

开　本：880mm×1230mm　1/32

印　张：10.625

字　数：252 千字

版　次：2018 年 10 月第 1 版　2022 年 1 月第 2 次印刷

定　价：56.00 元

目录

篇五：几篇小说/207

篇一：人间草木

昆明的雨

宁坤要我给他画一张画，要有昆明的特点。我想了一些时候，画了一幅：右上角画了一片倒挂着的浓绿的仙人掌，末端开出一朵金黄色的花；左下画了几朵青头菌和牛肝菌。题了这样几行字：

> 昆明人家常于门头挂仙人掌一片以辟邪，仙人掌悬空倒挂，尚能存活开花。于此可见仙人掌生命之顽强，亦可见昆明雨季空气之湿润。雨季则有青头菌、牛肝菌，味极鲜腴。

我想念昆明的雨。

我以前不知道有所谓雨季。“雨季”，是到昆明以后才有了具体感受的。

我不记得昆明的雨季有多长，从几月到几月，好像是相当长的。但是并不使人厌烦。因为是下下停停、停停下下，不是连绵不断，下起来没完。而且并不使人气闷。我觉得昆明雨季气压不低，人很舒服。

昆明的雨季是明亮的、丰满的，使人动情的。城春草木深，孟夏草木长。昆明的雨季，是浓绿的。草木的枝叶里的水分都到了饱和状态。显示出过分的、近于夸张的旺盛。

我的那张画是写实的。我确实亲眼看见过倒挂着还能开花的仙人掌。旧日昆明人家门头上用以辟邪的多是这样一些东西：一面小镜子，周围画着八卦，下面便是一片仙人掌，——在仙人掌上扎一个洞，用麻线穿了，挂在钉子上。昆明仙人掌多，且极肥大。有些人家在菜园的周围种了一圈仙人掌以代替篱笆。——种了仙人掌，猪羊便不敢进园吃菜了。仙人掌有刺，猪和羊怕扎。

昆明菌子极多。雨季逛菜市场，随时可以看到各种菌子。最多，也最便宜的是牛肝菌。牛肝菌下来的时候，家家饭馆卖炒牛肝菌，连西南联大食堂的桌子上都可以有一碗。牛肝菌色如牛肝，滑，嫩，鲜，香，很好吃。炒牛肝菌须多放蒜，否则容易使人晕倒。青头菌比牛肝菌略贵。这种菌子炒熟了也还是浅绿色的，格调比牛肝菌高。菌中之王是鸡纵，味道鲜浓，无可方比。鸡纵是名贵的山珍，但并不真的贵得惊人。一盘红烧鸡纵的价钱和一碗黄焖鸡不相上下，因为这东西在云南并不难得。有一个笑话：有人从昆明坐火车到呈贡，在车上看到地上有一棵鸡纵，他跳下去把鸡纵捡了，紧赶两步，还能爬上火车。这笑话用意在说明昆明到呈贡的火车之慢，但也说明鸡纵随处可见。有一种菌子，中吃不中看，叫做干巴菌。乍一看那样子，真叫人怀疑：这种东西也能吃?! 颜色深褐带绿，有点像一堆半干的牛粪或一个被踩破了的马蜂窝。里头还有许多草茎、松毛，乱七八糟！可是下点功夫，把草茎松毛择净，撕成蟹腿肉粗细的丝，和青辣椒同炒，入口便会使你张目结舌：这东西这么好吃?！还有一种菌子，中看不中吃，叫鸡油菌。都是一般大小，有一块银元那样大，滴溜儿圆，颜色浅黄，恰似鸡油一样。这种菌子只有做菜时配色用，没甚味道。

雨季的果子，是杨梅。卖杨梅的都是苗族女孩子，戴一顶小花帽子，穿着扳尖的绣了满帮花的鞋，坐在人家阶石的一角，不时吆喝一声："卖杨梅——"，声音娇娇的。她们的声音使得昆明雨季的空气更加柔和了。昆明的杨梅很大，有一个乒乓球那样大，颜色黑红黑红的，叫做"火炭梅"。这个名字起得真好，真是像一球烧得炽红的火炭！一点都不酸！我吃过苏州洞庭山的杨梅、井冈山的杨梅，好像都比不上昆明的火炭梅。

雨季的花是缅桂花。缅桂花即白兰花，北京叫做"把儿兰"（这个名字真不好听）。云南把这种花叫做缅桂花，可能最初这种花是从缅甸传入的，而花的香味又有点像桂花，其实这跟桂花实在没有什么关系。——不过话又说回来，别处叫它白兰、把儿兰，它和兰也挨不上呀，也不过是因为它很香，香得像兰花。我在家乡看到的白兰多是一人高，昆明的缅桂是大树！我在若园巷二号住过，院里有一棵大缅桂，密密的叶子，把四周房间都映绿了。缅桂盛开的时候，房东（是一个五十多岁的寡妇）和她的一个养女，搭了梯子上去摘，每天要摘下来好些，拿到花市上去卖。她大概是怕房客们乱摘她的花，时常给各家送去一些。有时送来一个七寸盘子，里面摆得满满的缅桂花！带着雨珠的缅桂花使我的心软软的，不是怀人，不是思乡。

雨，有时是会引起人一点淡淡的乡愁的。李商隐的《夜雨寄北》是为许多久客的游子而写的。我有一天在积雨少住的早晨和德熙从联大新校舍到莲花池去。看了池里的满池清水，看了着比丘尼装的陈圆圆的石像（传说陈圆圆随吴三桂到云南后出家，暮年投莲花池而死），雨又下起来了。莲花池边有一条小街，有一个小酒店，我们走进去，要了一碟猪头肉，半市斤酒（装在上了绿釉的土瓷杯里），坐了下来。雨下大了。酒店有几只鸡，都把脑袋反插在翅膀下面，一只脚着地，一动也不动地在檐下站着。酒店院子里有一架大木香花。昆明木香花很多。有的小河沿岸都是木香。但是这样大的木香却不多见。一棵木香，爬在架上，把院子遮得严严的。密匝匝的细碎的绿叶，数不清的半开的白花和饱涨的花骨朵，都被雨水淋得湿透了。我们走不了，就这样一直坐到午后。四十年后，我还忘不了那天的情味，写了一首诗：

莲花池外少行人，
野店苔痕一寸深。
浊酒一杯天过午，
木香花湿雨沉沉。

我想念昆明的雨。

一九八四年五月十九日

载一九八四年第十期《北京文学》

人间草木

山丹丹

我在大青山挖到一棵山丹丹。这棵山丹丹的花真多。招待我们的老堡垒户看了看，说："这棵山丹丹有十三年了。"

"十三年了？咋知道？"

"山丹丹长一年，多开一朵花。你看，十三朵。"

山丹丹记得自己的岁数。

我本想把这棵山丹丹带回呼和浩特，想了想，找了把铁锹，把老堡垒户的开满了蓝色党参花的土台上刨了个坑，把这棵山丹丹种上了。问老堡垒户：

"能活？"

"能活。这东西，皮实。"

大青山到处是山丹丹，开七朵花、八朵花的，多的是。

山丹丹开花花又落，
一年又一年……

这支流行歌曲的作者未必知道，山丹丹过一年多开一朵花。唱歌的歌星就更不会知道了。

枸杞

枸杞到处都有。枸杞头是春天的野菜。采摘枸杞的嫩头，略焯过，切碎，与香干丁同拌，浇酱油醋香油；或入油锅爆炒，皆极清香。夏末秋初，开淡紫色小花，谁也不注意。随即结出小小的红色的卵形浆果，即枸杞子。我的家乡叫做狗奶子。

我在玉渊潭散步，在一个山包下的草丛里看见一对老夫妻弯着腰在找什么。他们一边走，一边搜索。走几步，停一停，弯腰。

“您二位找什么?”

“枸杞子。”

“有吗?”

老同志把手里一个罐头玻璃瓶举起来给我看，已经有半瓶了。

“不少!”

“不少!”

他解嘲似的哈哈笑了几声。

"您慢慢捡着!"

"慢慢捡着!"

看样子这对老夫妻是离休干部，穿得很整齐干净，气色很好。

他们捡枸杞子干什么？是配药？泡酒？看来都不完全是。真要是需要，可以托熟人从宁夏捎一点或寄一点来。——听口音，老同志是西北人，那边肯定会有熟人。

他们捡枸杞子其实只是玩！一边走着，一边捡枸杞子，这比单纯的散步要有意思。这是两个童心未泯的老人，两个老孩子!

人老了，是得学会这样的生活。看来，这二位中年时也是很会生活，会从生活中寻找乐趣的。他们为人一定很好，很厚道。他们还一定不贪权势，甘于淡泊。夫妻间一定不会为柴米油盐、儿女婚嫁而吵嘴。

从钓鱼台到甘家口商场的路上，路西，有一家的门头上种了很大的一丛枸杞，秋天结了很多枸杞子，通红通红的，礼花似的，喷泉似的垂挂下来，一个珊瑚珠穿成的华盖，好看极了。这丛枸杞可以拿到花会上去展览。这家怎么会想起在门头上种一丛枸杞?

槐花

玉渊潭洋槐花盛开，像下了一场大雪，白得耀眼。来了放蜂的人。蜂箱都放好了，他的"家"也安顿了。一个刷了涂料的很厚的黑色的帆布篷子。里面打了两道土堰，上面架起几块木板，是床。床上一卷铺盖。地上排着油瓶、酱油瓶、醋瓶。一个白铁桶里已经有多半桶蜜。外面一个蜂窝煤炉子上坐着锅。一个女人在案板上切青蒜。锅开了，她往锅里下了一把干切面。不大会儿，面熟了，她把面捞在碗里，加了作料、撒上青蒜，在一个碗里舀了半勺豆瓣。一人一碗。她吃的是加了豆瓣的。

蜜蜂忙着采蜜，进进出出，飞满一天。

我跟养蜂人买过两次蜜，绕玉渊潭散步回来，经过他的棚子，大都要在他门前的树墩上坐一坐，抽一支烟，看他收蜜，刮蜡，跟他聊两句，彼此都熟了。

这是一个五十岁上下的中年人，高高瘦瘦的，身体像是不太好，他做事总是那么从容不迫，慢条斯理的。样子不像个农民，倒有点像一个农村小学校长。听口音，是石家庄一带的。他到过很多省。哪里有鲜花，就到哪里去。菜花开的地方，玫瑰花开的地方，苹果花开的地方，枣花开的地方。每年都到南方去过冬，广西，贵州。到了春暖，再往北翻。我问他是不是枣花蜜最好，他说是荆条花的蜜最好。这很出乎我的意外。荆条是个不起眼的东西，而且我从来没有见过荆条开花，想不到荆条花蜜却是最好的蜜。我想他每年收入应当不错。他说比一般农民要好一些，但是也落不下多少：蜂具、路费；而且每年要赔几十斤白糖——蜜蜂冬天不采蜜，得喂它糖。

女人显然是他的老婆。不过他们岁数相差太大了。他五十了，女人也就是三十出头。而且，她是四川人，说四川话。我问他：你们是怎么认识的？他说：她是新繁县人。那年他到新繁放蜂，认识了。她说北方的大米好吃，就跟来了。

有那么简单？也许她看中了他的脾气好，喜欢这样安静平和的性格？也许她觉得这种放蜂生活，东南西北到处跑，好耍？这是一种农村式的浪漫主义。四川女孩子做事往往很洒脱，想咋个就咋个，不像北方女孩子有那么多考虑。他们结婚已经几年了。丈夫对她好，她对丈夫也很体贴。她觉得她的选择没有错，很满意，不后悔。我问养蜂人：她回去过没有？他说：回去过一次，一个人。他让她带了两千块钱，她买了好些礼物送人，风风光光地回了一趟新繁。

一天，我没有看见女人，问养蜂人，她到哪里去了。养蜂人说：到我那大儿子家去了，去接我那大儿子的孩子。他有个大儿子，在北京工作，在汽车修配厂当工人。

她抱回来一个四岁多的男孩，带着他在棚子里住了几天。她带他到甘家口商场买衣服，买鞋，买饼干，买冰糖葫芦。男孩子在床上玩鸡啄米，她靠着被窝用勾针给他勾一顶大红的毛线帽子。她很爱这个孩子。这种爱是完全非功利的，既不是讨丈夫的欢心，也不是为了和丈夫的儿子一家搞好关系。这是一颗很善良，很美的心。孩子叫她奶奶，奶奶笑了。

过了几天，她把孩子又送了回去。

过了两天，我去玉渊潭散步，养蜂人的棚子拆了，蜂箱集中在一起。等我散步回来，养蜂人的大儿子开来一辆卡车，把棚柱、木板、煤炉、锅碗和蜂箱装好，养蜂人两口子坐上车，卡车开走了。

玉渊潭的槐花落了。

翠湖心影

有一个姑娘，牙长得好。有人问她：

“姑娘，你多大了？”

“十七。”

“住在哪里？”

“翠湖西。”

“爱吃什么？”

“辣子鸡。”

过了两天，姑娘摔了一跤，磕掉了门牙。有人问她：

“姑娘多大了？”

“十五。”

“住在哪里？”

“翠湖。”

“爱吃什么？”

“麻婆豆腐。”

这是我在四十四年前听到的一个笑话。当时觉得很无聊（是在一个座谈会上听一个本地才子说的)。现在想起来觉得很亲切。因为它让我想起翠湖。

昆明和翠湖分不开，很多城市都有湖。杭州西湖、济南大明湖、扬州瘦西湖。然而这些湖和城的关系都还不是那样密切。似乎把这些湖挪开，城市也还是城市。翠湖可不能挪开。没有翠湖，昆明就不成其为昆明了。翠湖在城里，而且几乎就挨着市中心。城中有湖，这在中国，在世界上，都是不多的。说某某湖是某某城的眼睛，这是一个俗得不能再俗的比喻了。然而说到翠湖，这个比喻还是躲不开。只能说：翠湖是昆明的眼睛。有什么办法呢，因为它非常贴切。

翠湖是一片湖，同时也是一条路。城中有湖，并不妨碍交通。湖之中，有一条很整齐的贯通南北的大路。从文林街、先生坡、府甬道，到华山南路、正义路，这是一条直达的捷径。——否则就要走翠湖东路或翠湖西路，那就绕远多了。昆明人特意来游翠湖的也有，不多。多数人只是从这里穿过。翠湖中游人少而行人多。但是行人到了翠湖，也就成了游人了。从喧嚣扰攘的闹市和刻板枯燥的机关里，匆匆忙忙地走过来，一进了翠湖，即刻就会觉得浑身轻松下来；生活的重压、柴米油盐、委屈烦恼，就会冲淡一些。人们不知不觉地放慢了脚步，甚至可以停下来，在路边的石凳上坐一坐，抽一支烟，四边看看。即使仍在匆忙地赶路，人在湖光树影中，精神也很不一样了。翠湖每天每日，给了昆明人多少浮世的安慰和精神的疗养啊。因此，昆明人——包括外来的游子，对翠湖充满感激。

翠湖这个名字起得好！湖不大，也不小，正合适。小了，不够一游；太大了，游起来怪累。湖的周围和湖中都有堤。堤边密密地栽着树。树都很高大。主要的是垂柳。“秋尽江南草未凋”，昆明的树好像到了冬天也还是绿的。尤其是雨季，翠湖的柳树真是绿得好像要滴下来。湖水极清。我的印象里翠湖似没有蚊子。夏天的夜晚，我们在湖中漫步或在堤边浅草中坐卧，好像都没有被蚊子咬过。湖水常年盈满。我在昆明住了七年，没有看见过翠湖干得见了底。偶尔接连下了几天大雨，湖水涨了，湖中的大路也被淹没，不能通过了。但这样的时候很少。翠湖的水不深。浅处没膝，深处也不过齐腰。因此没有人到这里来自杀。我们有一个广东籍的同学，因为失恋，曾投过翠湖。但是他下湖在水里走了一截，又爬上来了。因为他大概还不太想死，而且翠湖里也淹不死人。翠湖不种荷花，但是有许多水浮莲。肥厚碧绿的猪耳状的叶子，开着一望无际的粉紫色的蝶形的花，很热闹。我是在翠湖才认识这种水生植物的。我以后再也没看到过这样大片大片的水浮莲。湖中多红鱼，很大，都有一尺多长。这些鱼已经习惯于人声脚步，见人不惊，整天只是安安静静的，悠然地浮沉游动着。有时夜晚从湖中大路上过，会忽然拨剌一声，从湖心跃起一条极大的大鱼，吓你一跳。湖水、柳树、粉紫色的水浮莲、红鱼，共同组成一个印象：翠。

一九三九年的夏天我到昆明来考大学，寄住在青莲街的同济中学的宿舍里，几乎每天都要到翠湖。学校已经发了榜，还没有开学，我们除了骑马到黑龙潭、金殿，坐船到大观楼，就是到翠湖图书馆去看书。这是我这一生去过次数最多的一个图书馆，也是印象极佳的一个图书馆。图书馆不大，形制有一点像一个道观。非常安静整洁，有一个侧院，院里种了好多盆白茶花。这些白茶花有时整天没有一个人来看它，就只是安安静静地欣然地开着。图书馆的管理员是一个妙人。他没有准确的上下班时间。有时我们去得早了，他还没有来，门没有开，我们就在外面等着。他来了，谁也不理，开了门，走进阅览室，把壁上一个不走的挂钟的时针“喀拉拉”一拨，拨到八点，这就上班了，开始借书。这个图书馆的藏书室在楼上。楼板上挖出一个长方形的洞，从洞里用绳子吊下一个长方形的木盘。借书人开好借书单，——管理员把借书单叫做“飞子”，昆明人把一切不大的纸片都叫做“飞子”，买米的发票、包裹单、汽车票，都叫“飞子”，——这位管理员看一看，放在木盘里，一拽旁边的铃铛，“哨唧唧”，木盘就从洞里吊上去了。——上面大概有个滑车。不一会，上面拽一个铃铛，木盘又系了下来，你要的书来了。这种古老而有趣的借书手续我以后再也没有见过。这个小图书馆藏书似不少，而且有些善本。我们想看的书大都能够借到。过了两三个小时，这位干瘦而沉默的有点像陈老莲画出来的古典的图书管理员站起来，把壁上不走的挂钟的时针“喀拉拉”一拨，拨到十二点：下班！我们对他这种以意为之的计时方法完全没有意见。因为我们没有一定要看完的书，到这里来只是享受一点安静。我们的看书，是没有目的的，从《南诏国志》到福尔摩斯，逮着什么看什么。

翠湖图书馆现在还有么？这位图书管理员大概早已作古了。不知道为什么，我会常常想起他来，并和我所认识的几个孤独、贫穷而有点怪癖的小知识分子的印象掺和在一起，越来越鲜明。总有一天，这个人物的形象会出现在我的小说里的。

翠湖的好处是建筑物少。我最怕风景区挤满了亭台楼阁。除了翠湖图书馆，有一簇洋房，是法国人开的翠湖饭店。这所饭店似乎是终年空着的。大门虽开着，但我从未见过有人进去，不论是中国人还是法国人。此外，大路之东，有几间黑瓦朱栏的平房，狭长的，按形制似应该叫做“轩”。也许里面是有一方题作什么轩的横匾的，但是我记不得了。也许根本没有。轩里有一阵曾有人卖过面点，大概因为生意不好，停歇了。轩内空荡荡的，没有桌椅。只在廊下有一个卖“糠虾”的老婆婆。“糠虾”是只有皮壳没有肉的小虾。晒干了，卖给游人喂鱼。花极少的钱，便可从老婆婆手里买半碗，一把一把撒在水里，一尺多长的红鱼就很兴奋地游过来，抢食水面的糠虾，唼喋有声。糠虾喂完，人鱼俱散，轩中又是空荡荡的，剩下老婆婆一个人寂然地坐在那里。

路东伸进湖水，有一个半岛。半岛上有一个两层的楼阁。阁上是个茶馆。茶馆的地势很好，四面有窗，入目都是湖水。夏天，在阁子上喝茶，很凉快。这家茶馆，夏天，是到了晚上还卖茶的（昆明的茶馆都是这样，收市很晚），我们有时会一直坐到十点多钟。茶馆卖盖碗茶，还卖炒葵花子、南瓜子、花生米，都装在一个个白铁敲成的方碟子里，昆明的茶馆计账的方法有点特别：瓜子、花生，都是一个价钱，按碟算。喝完了茶，“收茶钱！”堂倌走过来，数一数碟子，就报出个钱数。我们的同学有时临窗饮茶，嗑完一碟瓜子，随手把铁皮碟往外一扔，“Pi－a——”，碟子就落进了水里。堂倌算账，还是照碟算。这些堂倌们晚上清点时，自然会发现碟子少了，并且也一定会知道这些碟子上哪里去了。但是从来没有一次收茶钱时因此和顾客吵起来过；并且在提着大铜壶用“凤凰三点头”手法为客人续水时也从不拿眼睛“贼”着客人。把瓜子碟扔进水里，自然是不大道德，不过堂倌不那么斤斤计较的风度却是很可佩服的。

除了到翠湖图书馆看书、喝茶，我们更多的时候是到翠湖去“穷遛”。这“穷遛”有两层意思，一是不名一钱地遛，一是无穷无尽地遛。“园日涉以成趣”，我们遛翠湖没有个够的时候。尤其是晚上，踏着斑驳的月光树影，可以在湖里一遛遛好几圈。一面走，一面海阔天空，高谈阔论。我们那时都是二十岁上下的人，似乎有很多话要说，可说，我们都说了些什么呢？我现在一句都记不得了！

我是一九四六年离开昆明的。一别翠湖，已经三十八年了，时间过得真快！

我是很想念翠湖的。

前几年，听说因为搞什么“建设”，挖断了水脉，翠湖没有水了。我听了，觉得怅然，而且，愤怒了。这是怎么搞的！谁搞的？翠湖会成了什么样子呢？那些树呢？那些水浮莲呢？那些鱼呢？

最近听说，翠湖又有水了，我高兴！我当然会想到这是三中全会带来的好处。这是拨乱反正。

但是我又听说，翠湖现在很热闹，经常举办“蛇展”什么的，我又有点担心。这又会成了什么样子呢？我不反对翠湖游人多，甚至可以有游艇，甚至可以设立摊篷卖破酥包子、焖鸡米线、冰激凌、雪糕，但是最好不要搞“蛇展”。我希望还有一个明爽安静的翠湖。我想这也是很多昆明人的希望。

一九八四年五月九日

载一九八四年第八期《滇池》

泰山片石

序

我从泰山归，
携归一片云，
开匣忽相视，
化作雨霖霖。

泰山很大

泰即太，太的本字是大，段玉裁以为太是后起的俗字，太字下面的一点是后人加上去的。金文、甲骨文的大字下面如果加上一点，也不成个样子，很容易让人误解，以为是表示人体上的某个器官。

因此描写泰山是很困难的。它太大了，写起来没有抓挠。三千年来，写泰山的诗里最好的，我以为是诗经的《鲁颂》：“泰山岩岩，鲁邦所詹。”“岩岩”究竟是一种什么感觉，很难捉摸，但是登上泰山，似乎可以体会到泰山是有那么一股劲儿。詹即瞻。说是在鲁国，不论在哪里，抬起头来就能看到泰山。这是写实，然而写出了一个大境界。汉武帝登泰山封禅，对泰山简直不知道怎么说才好，只好发出一连串的感叹：“高矣！极矣！大矣！特矣！壮矣！赫矣！惑矣！”完全没说出个所以然。这倒也是一种办法，人到了超经验的景色之前，往往找不到合适的语言，就只好狗一样地乱叫。杜甫诗《望岳》，自是绝唱，“岱宗夫何如？齐鲁青未了”，一句话就把泰山概括了。杜甫真是一个深受儒家思想影响的伟大的现实主义者，这一句诗表现了他对祖国山河的无比的忠悃。相比之下，李白的“天门一长啸，万里清风来”，就有点洒狗血，李白写了很多好诗，很有气势，但有时底气不足，便只好洒狗血，装疯。他写泰山的几首诗都让人有底气不足之感。杜甫的诗当然受了《鲁颂》的影响，“齐鲁青未了”，当自“鲁邦所詹”出。张岱说：“泰山元气浑厚，绝不以玲珑小巧示人。”这话是说得对的。大概写泰山，只能从宏观处着笔。郦道元写三峡可以取法，柳宗元的《永州八记》刻琢精深，以其法写泰山即不大适用。

写风景，是和个人气质有关的。徐志摩写泰山日出，用了那么多华丽鲜明的颜色，真是“浓得化不开”。但我有点怀疑，这是写泰山日出，还是写徐志摩自己？我想周作人就不会这样写。周作人大概根本不会去写日出。

我是写不了泰山的，因为泰山太大。我对泰山不能认同。我对一切伟大的东西总有点格格不入。我十年间两登泰山，可谓了不相干。泰山既不能进入我的内部，我也不能外化为泰山。山自山，我自我，不能达到物我同一，山即是我，我即是山。泰山是强者之山，我自以为这个提法很合适，我不是强者，不论是登山还是处世。我是生长在水边的人，一个平常的、平和的人。我已经过了七十岁，对于高山，只好仰止。我是个安于竹篱茅舍、小桥流水的人。以惯写小桥流水之笔而写高大雄奇之山，殆矣。人贵有自知之明，不要“小鸡吃绿豆——强努”。

同样，我对一切伟大的人物也只能以常人视之。泰山的出名，一半由于封禅。封禅史上最突出的两个人物是秦皇、汉武。唐玄宗作《纪泰山铭》，文词华缛而空洞无物。宋真宗更是个沐猴而冠的小丑。对于秦始皇，我对他统一中国的丰功，不大感兴趣。他是不是“千古一帝”，与我无关。我只从人的角度来看他，对他的“蜂目豺声”印象很深。我认为汉武帝是个极不正常的人，是个妄想型精神病患者，一个变态心理的难得的标本。这两位大人物的封禅，可以说是他们的人格的夸大。看起来这两位伟大人物的封禅的实际效果都不怎么样，秦始皇上山，上了一半，遇到暴风雨，吓得退下来了。按照秦始皇的性格，暴风雨算什么呢？他横下心来，是可以不顾一切地上到山顶的。然而他害怕了，退下来了。于此可以看出，伟大人物也有虚弱的一面。汉武帝要封禅，召集群臣讨论封禅的制度。因无旧典可循，大家七嘴八舌瞎说一气。汉武帝恼了，自己规定了照祭东皇太乙的仪式，上山了。却谁也不让同去，只带了霍去病的儿子一个人。霍去病的儿子不久即得暴病而死。他的死因很可疑，于是汉武帝究竟在山顶上鼓捣了什么名堂，谁也不知道。封禅是大典，为什么要这样保密？看来汉武帝心里也有鬼，很怕他的那一套名堂不灵验，为人所讥。

但是，又一次登了泰山，看了秦刻石和无字碑（无字碑是一个了不起的杰作），在乱云密雾中坐下来，冷静地想想，我的心态比较透亮了。我承认泰山很雄伟，尽管我和它不能水乳交融，打成一片；承认伟大的人物确实是伟大的，尽管他们所做的许多事不近人情。他们是人里头的强者，这是毫无办法的事。在山上待了七天，我对名山大川、伟大人物的偏激情绪有所平息。

同时我也更清楚地认识到我的微小，我的平常，更进一步安于微小，安于平常。

这是我在泰山受到的一次教育。

从某个意义上说，泰山是一面镜子，照出每个人的价值。

碧霞元君

泰山牵动人的感情，是因为它关系到人的生死。人死后，魂魄都要到蒿里集中。汉代挽歌有《薤露》《蒿里》两曲。或谓本是一曲，李延年裁之为二，《薤露》送王公贵人，《蒿里》送大夫士庶。我看二曲词义，各成首尾，似本即二曲。《蒿里》词云：

蒿里谁家地？
聚敛魂魄无贤愚。
鬼伯亦何相催迫，
人命不得少踟蹰。

写得不如《薤露》感人，但如同说话，亦自悲切。十年前到泰山，就想到蒿里去看看，因为路不顺，未果。蒿里山才多大的地方，天下的鬼魂都聚在那里，怎么装得下呢？也许鬼有形无质，挤一点不要紧，后来不知怎么又出来个酆都城。这就麻烦了，鬼们将无所适从，是上山东呢，还是到四川？我看，随便吧。

泰山神是管死的。这位神不知是什么来头。或说他是金氏，或说是《封神榜》上的黄飞虎。道教的神多是随意瞎编出来的。编的时候也不查查档案，于是弄得乱七八糟。历代帝王对泰山神屡次加封，老百姓则称之为东岳大帝。全国各地几乎都有一座东岳庙，亦称泰山庙。我们县的泰山庙离我家很近。我对这位大帝是很熟悉的（一张油白发亮的长圆脸，疏眉细眼，五绺胡须）。我小小年纪便知道大帝是黄飞虎，并且小小年纪就觉得这很滑稽。

中国人死了，变成鬼，要经过层层转关系，手续相当麻烦。先由本宅灶君报给土地，土地给一纸“回文”，再到城隍那里“挂号”，最后转到东岳大帝那里听候发落。好人，登银桥。道教好人上天，要经过一道桥（我想象倒是颇美的），这桥就叫“升仙桥”。我是亲眼看见过的，是纸扎的。道士诵经后，桥即烧去。这个死掉的人升天是不是经过东岳大帝批准了，不知道。不过死者的家属要给道士一笔劳务费，我是知道的。坏人，下地狱。地狱设各种酷刑：上刀山、下油锅、锯人、磨人……这些都塑在东岳庙的两廊，叫做“七十二司”。听说泰山蒿里祠也有“司”，但不是七十二，而是七十五，是个单数，不知是何道理。据我的印象，人死了，登桥升天的很少，大部分都在地狱里受罪。人都不愿死，尤其不愿在七十二司里受酷刑——七十二司是很恐怖的，我小时即不敢多看，因此，大家对东岳大帝都没什么好感。香，还是要烧的，因为怕他。而泰山香火最盛处，为碧霞元君祠。

碧霞元君，或说是泰山神的侍女、女儿，或说是玉皇大帝的女儿，又说是玉皇大帝的妹妹。道教诸神的谱系很乱，差一辈不算什么。又一说是东汉人石守道之女。这个说法不可取，这把元君的血统降低了，从贵族降成了平民。封之为“天仙玉女碧霞元君”的，是宋真宗。老百姓则称之为泰山娘娘，或泰山老奶奶。碧霞元君实际上取代了东岳大帝，成为泰山的主神。“礼岱者皆祷于泰山娘娘祠庙，而弗旅岳神久矣。”（福格《听雨丛谈》）泰安百姓“终日仰对泰山，而不知有泰山，名之曰奶奶山。”（王照《行脚山东记》）

泰山神是女神，为什么？这很容易让人联想原始社会母性崇拜的远古隐秘心理的回归，想到母系社会，这不是没有道理的。我们不管活得多大，在深层心里中都封藏着不止一代人对母亲的记忆。母亲，意味着生。假如说东岳大帝是司死之神，那么，碧霞元君就是司生之神，是滋生繁衍之神。或者直截了当地说，是母亲神。人的一生，在残酷的现实生活之中。艰难辛苦，受尽委屈，特别需要得到母亲的抚慰。明万历八年，山东巡抚何起鸣登泰山，看到“四方以进香来谒元君者，辄号泣如赤子久离父母膝下者”。这里的“父”字可删。这种现象使这位巡抚大为震惊，“看出了群众这种感情背后隐藏着对冷酷现实强烈否定”。（车锡伦《泰山女神的神话信仰与宗教》）这位何巡抚是个有头脑、能看问题的人。对封建统治者来说，这种如醉如痴的半疯狂的感情，是一种可怕的力量。

碧霞元君当然被蒙上世俗宗教的唯利色彩，如各种人来许愿、求子。

车锡伦同志在他的《泰山女神的神话信仰与宗教》的最后提出一

个很有意思的问题，即对碧霞元君“净化”的问题。怎样“净化”？我们不能把碧霞元君祠翻造成巴黎圣母院那样的建筑，也不能请巴赫那样的作曲家来写像《圣母颂》一样的《碧霞元君颂》。但是好像也不是一点办法都没有。比如能不能组织一个道教音乐乐队，演奏优美的道教乐曲，调集一些有文化的炼师诵唱道经，使碧霞元君在意象上升华起来，更诗意化起来？

任何名山都应该提高自己的文化层次。都有责任提高全民的文化素质。我希望主管全国旅游的当局，能思索一下这个问题。

泰山石刻

第一次看见经石峪字，是在昆明一个旧家，一副四言的集字对联，厚纸浓墨，是较早的拓本。百年老屋，光线晦暗，而字字神气俱足，不能忘。

经石峪在泰山中路的岔道上。这地方的地形很奇怪，在崇山峻岭之中，怎么会出现一片一亩大的基本平整的石坪呢？泰山石为花岗岩，多为青色，而这片石坪的颜色是姜黄的。四周都没有这样的石头，很奇怪。是一个什么人发现了这片石坪，并且想起在石坪上刻下一部《金刚经》呢？经字大径一尺半。摩崖大字，一般都是刻在直立的石崖上，这是刻在平铺的石坪上的，很少见。这样的字体，他处也极少见。

经石峪的时代，众说纷纭。说这是从隶书过渡到楷书之间的字体，则多数人都无异议。

有人以为经石峪与瘗鹤铭的时代差不多，是有见地的。经石峪保存较多隶书笔意，但无蚕头雁尾，笔圆而体稍扁，可以上接石门铭，但不似石门铭的放肆。有人说经石峪和瘗鹤铭都是王羲之写的，似无据，王羲之书多以偏侧取势。经石峪不也。瘗鹤铭结体稍长，用笔瘦劲，秀气扑人，说这近似二王书，还有几分道理（我以为应早于王羲之）。书法自晋唐以后，都贵瘦硬。杜甫诗“书贵瘦硬方通神”。是一时风气。经石峪字颇肥重，但是骨在肉中，肥而不痴，笔笔送到，而不板滞。假如用一个字评经石峪字，曰：稳。这是一个心平而志坚的学佛的人所写的字。这不是废话么，《金刚经》还能是不学佛的人写的？不，经字有佛性。

这样的字和泰山才相称。刻在他处，无此效果。十年前，我在经石峪待了好大一会，觉得两天的疲劳，看了经石峪，也就值了。“经石峪”是“泰山”不可分离的一部分。泰山即使没有别的东西，没有碧霞元君祠，没有南天门，只有一个经石峪，也还是值得来看看的。

我很希望有人能拓印一份经石峪字的全文（得用好多张纸拼起来），在北京陈列起来，即便专为它盖一个大房子，也不为过。

名山之中，石刻最多也最好的，似为泰山。大观峰真是大观，那么多块摩崖大字，大都写得很好，这好像是摩崖大字大赛，哪一块都不寒碜，这块地场（这是山东话）也选得好。石岩壁立，上无遮盖，而石壁前有一片空地，看字的人可以在一个距离之外看，收其全貌，不必像壁虎似的趴在石壁上。其他各处的摩崖石碑的字也都写得不错。摩崖字多是真书，体兼颜柳，是得这样，才压得住（蔡襄平日写行草，鼓山的大字题名却是真书。董其昌字甚飘逸，但写大字则用颜体）。看大字碑刻题名，很多都是山东巡抚。大概到山东来当巡抚，先得练好大字。

有些摩崖石刻，是当代人手笔。较之前人，不逮也。有的字甚至明显地看得出是用铅笔或圆珠笔写在纸上放大的。是乌可哉。

很奇怪，泰山上竟没有一块韩复榘写的碑。这位老兄在山东待了那么久，为什么不想到泰山来留下一点字迹？看来他有点自知之明。

韩复榘在他的任内曾大修过泰山一次，竣工后，电令泰山各处："嗣后除奉令准刊外，无论何人不准题字、题诗。"我准备投他一票。随便刻字，实在是糟蹋了泰山。

担山人

我在泰山遇了一点险，在由天街到神憩宾馆的石级上，叫一个担山人的扁担的铁尖在右眼角划了一下，当时出了血。这位担山人从我的后边走上来，在我身边换肩。担山人说："你注意一点。"话倒是挺和气，不过有点岂有此理，他在我后面，倒是我不注意！我看他担着重担，没有说什么（我能说什么呢？揪住他不放？这种事我还做不出来。）这个担山人年纪比较轻，担山、做人，都还少点经验。他担了四块正方形的水泥砖，一头两块（为什么不把原材料运到山上，在山上做砖，要这样一趟一趟担？）我看了别的担山人，担什么的都有。有担啤酒的，不用筐箱，啤酒瓶直立着，缚紧了，两层。一担也就是担个五六十瓶吧。我们在山上喝啤酒，有时开了一瓶，没喝完，就扔下了，往后可不能这样，这瓶酒来之不易。

泰山担山人有个特别处，担物不用绳系，直接结缚在扁担两头。这样重心就很高，有什么好处？大概因为用绳系，爬山级时易于碰腿。听泰山管理处的路宗元同志说，担山人一般能担一百四五十斤，多的能担一百八。他们走得不快，一步一步，脚脚落在实处，很稳，呼吸调得很匀，不出粗气。冯玉祥诗《上山的挑夫》说担山人“腿酸气喘，汗如雨滴”，要是这样，那算什么担山的呢？

泰山担山人的扁担较他处为长，当中宽厚，两头稍翘，一头有铁尖（这种带有铁尖的扁担湖南也有，谓之钎担）。扁担作紫黑色，不知是什么木料，看起来很结实，又有绵性，既能承重，也不压肩。

我的那点轻伤不算什么。到了宾馆，血就止了。大夫用酒精擦了擦，晚上来看看，说：“没有感染。”（我还真有点怕万一感染了破伤风什么的）又说：“你扎的那个地方可不好！如果再往下一点，扎得深一点……”“那就麻烦了！”

扇子崖下

泰山散文笔会的作家去登扇子崖。我和斤澜没有上去。叶梦为了陪我们，上了一截又下来了。路宗元同志叫我们在下面随便走走，等登山的人下来。

这也是一个景区，竹林寺风景管理区，但竹林寺只存其名，寺已不存在。这里属泰山西路，不是登山的正路，游人很少。除了特意来登扇子崖的，几乎没有人来。这不大像风景区，倒像山里的一个村子。稍远处有农家。地里种着地瓜（即白薯）。一个树林里有近百只羊。一色是黑山羊。泰山的山羊和别处不大一样，毛色浓黑，眼圈和嘴头是棕黄色的——别处的黑山羊眼、嘴都是浅灰色。这些羊分散在石块上，或立或卧，都一动不动，只有嘴不停地磨着，在倒嚼。这些羊的样子很"古"。有一个小庙。叫无极庙。庙外有老妇人卖汽水，无极庙极小。正殿上塑着无极娘娘，两旁配殿一边塑送生娘娘，一边塑眼光娘娘，比碧霞元君祠简陋。中国人不知道为什么对眼光娘娘那样重视，很多庙里都有，是中国害眼的特多？无极庙小，没人来，亦无主持僧道，庭中有树两株，石凳一，很安静。在石凳上坐坐，舒服得很。出门时问卖汽水的老妇人："有人买汽水么？"答曰："有！"

出无极庙，沿山路徐行。路也有点起伏，石级崎岖处得由叶梦扶我一把，但基本上是平缓的。半山有石亭，在亭外坐下，眺望近处的长寿桥，远处的黑龙潭，如王旭《西溪》诗所说"一川烟景合，三面画屏开"，很美。许安仁《游泰山竹林》诗云："客来总说游山好，不道山僧却厌山"，在游山诗中别开生面。我在泰山，虽不到"厌山"的程度，但连日上上下下，不免疲乏，能于雄、伟、奇、险之外得一幽境（王旭《游竹林寺》："竹林开幽境"）偷闲半日，也是很好的休息。

薄暮，登山诸公下来，全都累得够呛，我与斤澜皆深以不登扇子崖为得计。

临走时，卖汽水的老妇人已经走了，无极庙的门开着。

回来翻翻资料，无极庙的来历原来是这样：一九二五年张宗昌督鲁时，兖州镇守使张培荣封其夫人为"无极真人"，并在竹林寺旧址建无极庙，不禁失笑。一个镇守使竟然“封”自己的老婆为“真人”，亦是怪事。这种事大概只有张宗昌的部下才干得出来。

中溪宾馆

中溪宾馆在中天门，一径通幽，两层楼客房，安安静静。楼外有个长长的庭院，种着小灌木，豆板黄杨、小叶冬青、日本枫。庭院两端有一石造方亭，突出于山岩之外，下临虚谷，不安四壁，亭中有桌凳。坐在亭子里，觉山色皆来相就，用四川话说，真是“安逸”。

伙食很好，餐餐有野菜吃。十年前我到泰山，就吃过野菜，但不如这次多。泰山可吃的野菜有一百多种，主要的有三十一种。野菜不外是两种吃法，一是开水焯后凉拌，一是裹了蛋清面糊油炸。我们这次吃过的野菜有这些：

灰菜（亦名雪里青，略焯，凉拌。亦可炒食，或裹面蒸食）

野苋菜（凉拌或炒）

马齿苋（凉拌或炒）

蕨菜（即藜，焯后凉拌）

黄花菜（泰山顶上的黄花菜淡黄色，与他处金黄者不同，瓣亦较厚而嫩，甚香。凉拌或炒，亦可做汤）

藿香（即做藿香正气丸的藿香。山东人读“藿”音如“河”，初不知“河香”为何物，上桌后方知是一味中药。藿香叶裹面油炸）

薄荷（野生者。油炸，入口不凉，细嚼后有薄荷香味）

紫苏（本地叫苏叶，与南京女作家苏叶名字相同，但南京的苏叶不能裹面油炸了吃耳）

椿叶（香椿已经无嫩芽，但其叶仍可炸食）

木槿花（整朵油炸，炸出后花形不变，一朵一朵开在瓷盘里。吃起来只是酥脆，亦无特殊味道，好玩而已）

宾馆经理朱正伦把野菜移栽在食堂外面的空地上，要吃，由炊事员现采。故皆极新鲜。朱经理说港台客人对中溪宾馆的野菜宴非常感兴趣。那是，香港咋能吃到野菜呢！

宾馆的服务员都是小姑娘。对人很亲切，没有星级宾馆的服务员那样过多的职业性的礼貌。她们对“散文笔会”的十八位作家的底细大体都摸清了。一个叫米峰的姑娘戴一副眼镜，我戏称她为学者型的服务员。她拿了一本《蒲桥集》来让我签名，说是今年一月在泰安买的，说她最喜欢《昆明的雨》那几篇，说没想到我会来，看到了我，真高兴。我在扉页上签了名，并写了几句话。

山中七日，除了在山顶的神憩宾馆住过一晚上外，六天都住在中溪宾馆。早晨出发，薄暮归来。人真是怪，宾馆，宾馆耳，但踏进大门，即觉得是回家了。

我问朱正伦同志，这地方为什么叫中溪，他指指对面的山头，说山上有一条溪水，是泰山的主溪，因为在泰山之中，故名中溪。听人说，泰山山有多高，水有多高，信然。

写了两个晚上的字。为中溪宾馆写了一幅四尺横幅：溪流崇岭上，人在乱云中。

临走，宾馆人员全体出动，一直把我们送下山坡上汽车。桑下三宿，未免有情。再来泰山，我还住中溪。

泰山云雾

宿中溪宾馆第二天，我起得很早，推开客房楼门，到院里一看，大雾。雾在峰谷间缓缓移动，忽浓忽淡。远近诸山皆作浅黛。忽隐忽现。早饭后，雾渐散，群山皆如新沐。

登玉皇顶，下来，到探海石旁，不由常路，转到后山。后山小路狭窄，未经斫治，有些地方仅能容足，颇险。我四月间在云南曾崴过一次脚，因有旧伤，所以格外小心。但是后山很值得一看。山皆壁立，直上直下，岩块皆数丈，笔致粗豪，如大斧劈。忽然起了大雾，回头看玉皇顶，完全没有了，只闻鸟啼。从鸟声中知道所从来的山岭松林的方位，知道就在不远处。然而极目所见，但浓雾而已。

宿神憩宾馆，晚上，和张抗抗出宾馆大门看看，只见白茫茫一片，不辨为云为雾。想到天街走走，服务员劝我们不要去，危险，只好伏在石栏上看看。云雾那样浓，似乎扔一个鸡蛋下去也不会沉底。老是白茫茫一片，看到什么时候？回去吧。抗抗说她小时候看见云流进屋里，觉得非常神奇。不想我们回去，拉开了玻璃大门，云雾抢在我们前面先进来了，一点不客气，好像谁请了它似的。

离泰山的那天夜晚，雾特大，开了车灯，能见度只有二尺。司机在泰山开了十年车，是老泰山了。他说外地司机，这天气不敢开车。我们就这样云里雾里，糊里糊涂地离开泰山了。

在车里，我想：泰山那么多的云雾，为什么不种茶？史载：中国的饮茶，始于泰山的灵岩寺，那么，泰山原来是有茶树的。泰山的水那样好（本地人云：泰山有三美，白菜、豆腐、水），以泰山水泡泰山茶，一定很棒。我想向泰山管委会作个建议：试种茶树。也许管委会早已想到了，下次再来泰山，希望能喝到泰山岩茶，或“碧霞新绿”。

一九九一年七月末，北京

载一九九二年创刊号《绿叶》

湘行二记

桃花源记

汽车开进桃花源，车中一眼看见一棵桃树上还开着花。只有一枝，四五朵，通红的，如同胭脂。十一月天气，还开桃花！这四五朵红花似乎想努力地证明：这里确实是桃花源。

有一位原来也想和我们一同来看看桃花源的同志，听说这个桃花源是假的，就没有多大兴趣，不来了。这位同志真是太天真了。桃花源怎么可能是真的呢?《桃花源记》是一篇寓言。中国有几处桃花源，都是后人根据《桃花源诗并记》附会出来的。先有《桃花源记》，然后有桃花源。不过如果要在中国选举出一个桃花源，这一个应该有优先权。这个桃花源在湖南桃源县，桃源旧属武陵。而且这里有一条小溪，直通沅江。陶渊明的《桃花源记》不是这样说的么："晋太元中，武陵人，捕鱼为业。缘溪行，忘路之远近……”

刚放下旅行包，文化局的同志就来招呼去吃擂茶。闻擂茶之名久矣，此来一半为擂茶，没想到下车后第一个节目便是吃擂茶，当然很高兴。茶叶、老姜、芝麻、米，加盐，放在一个擂钵里，用硬杂木做的擂棒“擂”成细末，用开水冲开，便是擂茶。吃擂茶时还要摆出十几个碟子，里面装的是炒米、炒黄豆、炒绿豆、炒包谷、炒花生、砂炒红薯片、油炸锅巴、泡菜、酸辣藠头……边喝边吃。擂茶别具风味，连喝几碗，浑身舒服。佐茶的茶食也都很好吃，藠头尤其好。我吃过的藠头多矣，江西的、湖北的、四川的……但都不如这里的又酸又甜又辣，桃源藠头滋味之浓，实为天下冠。桃源人都爱喝擂茶。有的农民家，夏天中午不吃饭，就是喝一顿擂茶。问起擂茶的来历，说是：诸葛亮带兵到这里，士兵得了瘟疫，遍请名医，医治无效，有一个老婆婆说：“我会治!”她熬了几大锅擂茶，说：“喝吧!”士兵喝了擂茶，都好了。这种说法当然也只好姑妄听之。诸葛亮有没有带兵到过桃源，无可稽考。根据印象，这一带在三国时应是吴国的地方，若说是鲁肃或周瑜的兵，还差不多。我总怀疑，这种喝茶法是宋代传下来的。《都城纪胜·茶坊》载：“冬天兼卖擂茶。”《梦粱录·茶肆》条载：“冬月添卖七宝擂茶。”有一本书载：“杭州人一天吃三十丈木头。”指的是每天消耗的“擂槌”的表层木质。“擂槌”大概就是桃源人所说的擂棒。“一天吃三十丈木头”，形容杭州人口之多。

擂槌可以擂别的东西，当然也可以擂茶。“擂”这个字是从宋代沿用下来的。“擂”者，擂而细之之谓也，跟擂鼓的擂不是一个意思。茶里放姜，见于《水浒传》，王婆家就有这种茶卖，《水浒传》第二十四回写道：“便浓浓的点两盏姜茶，将来放在桌子上。”从字面看，这种茶里有茶叶，有姜，至于还放不放别的什么，只好阙闻了。反正，王婆所卖之茶与桃源擂茶有某种渊源，是可以肯定的。湖南省不少地方喝“芝麻豆子茶”，即在茶里放入炒熟且碾碎的芝麻、黄豆、花生，也有放姜的，好像不加盐，茶叶则是整的，并不擂细，而且喝干了茶水还把叶子捞出来放进嘴里嚼嚼吃了，这可以说是擂茶的嫡堂兄弟。湖南人爱吃姜。十多年前在醴陵、浏阳一带旅行，公共汽车一到站，就有人托了一个瓷盘，里面装的是插在牙签上的切得薄薄的姜片，一根牙签上插五六片，卖与过客。本地人掏出角把钱，买得几串，就坐在车里吃起来，像吃水果似的。大概楚地卑湿，故湘人保存了不撤姜食的习惯。生姜、茶叶可以治疗某些外感，是一般的本草书上都讲过的。北方的农村也有把茶叶、芝麻一同放在嘴里生嚼用来发汗的偏方。因此，说擂茶最初起于医治兵士的时症，不为无因。

上午在山上桃花观里看了看。进门是一正殿，往后高处是“古隐君子之堂”。两侧各有一座楼，一名“蹑风”，用陶渊明“愿言蹑轻风”诗意；一名“玩月”，用刘禹锡故实。楼皆三面开窗，后为墙壁，颇小巧，不俗气。观里的建筑都不甚高大，疏疏朗朗，虽为道观，却无甚道士气，既没有一气化三清的坐像，也没有伸着手掌放掌心雷降妖的张天师。楹联颇多，联语多隐括《桃花源记》词句，也与道教无关。这些联匾在“文化大革命”中由一看山的老人摘下藏了起来，没有交给“破四旧”的“红卫兵”，故能完整地重新挂出来，也算万幸了。

下午下山，去钻了“秦人洞”。洞口倒是有点像《桃花源记》所写的那样，“山有小口，仿佛若有光”，“初极狭，才通人”。洞里有小小流水，深不过人脚面，然而源源不竭，蜿蜒流至山下。走了十几步，豁然开朗了，但并不是“土地平旷，屋舍俨然，有良田美池桑竹之属。阡陌交通，鸡犬相闻”。后面有一点平地，也有一块稻田，田中插一木牌，写着“千丘田”，实际上只有两间房子那样大，是特意开出来种了稻子应景的。有两个水池子，山上有一个擂茶馆，再后就又是山了。如此而已。因此不少人来看了，都觉得失望，说是“不像”。这些同志也真是天真。他们大概还想遇见几个避乱的秦人，请到家里，设酒杀鸡来招待他一番，这才满意。

看了秦人洞，便扶向路下山。山下有方竹亭，亭极古拙，四面有门而无窗，墙甚厚，拱顶，无梁柱，云是明时所筑，似可信。亭后旧有方竹。为国民党的兵砍尽。竹子这个东西，每隔三年，须删砍一次，不则挤死；然亦不能砍尽，砍尽则不复长。现在方竹亭后仍有一丛细竹，导游的说明牌上说：这种竹子看起来是圆的，摸起来是方的。摸了摸，似乎有点棱。但一切竹竿似皆不尽浑圆，这一丛细竹是补种来应景的，和我在成都薛涛井旁所见方竹不同——那是真正“对角四方”的。方竹亭前原来有很多碑，“文化大革命”中都被“红卫兵”椎碎了，剩下一些石头乌龟昂着头空空地坐在那里。据说有一块明朝的碑，字写得很好，不知还能不能找到拓本。

旧的碑毁掉了，新的碑正在造出来。就在碎碑残骸不远处，有几个石工正在丁丁地斫治。一个小伙子在一块桃源石的巨碑上浇了水，用一块油石在慢慢地磨着。碑石绿如艾叶，很好看。桃源石很硬，磨起来很不容易。问：“磨这样一块碑得用多少工?”——“好多工啊?哪晓得呢?反正磨光了算!”这回答真有点无怀氏之民的风度。

晚饭后，管理处的同志摆出了纸墨笔砚，请求写几个字，把上午吃擂茶时想出的四句诗写给了他们：

红桃曾照秦时月，
黄菊重开陶令花。
大乱十年成一梦，
与君安坐吃擂茶。

晚宿观旁的小招待所，栏杆外面，竹树萧然，极为幽静。桃花源虽无真正的方竹，但别的竹子都可看。竹子都长得很高，节子也长，竹叶细碎，姗姗可爱，真是所谓修竹。树都不粗壮，而都甚高。大概树都是从谷底长上来的，为了够得着日光，就把自己拉长了。竹叶间有小鸟穿来穿去，绿如竹叶，才一寸多长。

修竹姗姗节子长，
山中高树已经霜。
经霜竹树皆无语
小鸟啾啾为底忙？

晨起，至桃花观门外闲眺，下起了小雨。

山下鸡鸣相应答，
林间鸟语自高低。
芭蕉叶响知来雨，
已觉清流涨小溪。

作了一日武陵人，临去，看那个小伙子磨的石碑，似乎进展不大。门口的桃花还在开着。

岳阳楼记

岳阳楼值得一看。

长江三胜，滕王阁、黄鹤楼都没有了，就剩下这座岳阳楼了。

岳阳楼最初是唐开元中中书令张说所建，但在一般中国人印象里，它是滕了京建的。滕了京之所以出名，是由丁范仲淹的《岳阳楼记》。中国过去的读书人很少没有读过《岳阳楼记》的。《岳阳楼记》一开头就写道："庆历四年春，滕子京谪守巴陵郡。越明年，政通人和，百废俱兴……"虽然范记写得很清楚，滕子京不过是"重修岳阳楼，增其旧制"，然而大家不甚注意，总以为这是滕子京建的。岳阳楼和滕子京这个名字分不开了。滕子京一生做过什么事，大家不去理会，只知道他修建了丘阳楼，好像他这辈子就做了这一件事。滕子京因为岳阳楼而不朽，而岳阳楼又因为范仲淹的一记而不朽。若无范仲淹的《岳阳楼记》，不会有那么多人知道岳阳楼，有那么多人对它向往。《岳阳楼记》通篇写得很好，而尤其为人传诵者，是"先天下之忧而忧，后天下之乐而乐"这两句名言。可以这样说：岳阳楼是由于这两句名言而名闻天下的。这大概是滕子京始料所不及，亦为范仲淹始料所不及。这位"胸中自有数万甲兵"的范老夫子的事迹大家也多不甚了了，他流传后世的，除了几首词，最突出的，便是一篇《岳阳楼记》和《记》里的这两句话。这两句话哺育了很多后代人，对中国知识分子的品德的形成，产生了极其深远的影响。匹夫而为百世师，一言而为天下法，呜呼，立言的价值之重且大矣，可不慎哉！

写这篇《记》的时候，范仲淹不在岳阳，他被贬在邓州，即今延安，而且听说他根本就没有到过岳阳，《记》中对岳阳楼四周景色的描写，完全出诸想象。这真是不可思议的事。他没有到过岳阳，可是比许多久住岳阳的人看到的还要真切。岳阳的景色是想象的，但是“先天下之忧而忧，后天下之乐而乐”的思想却是久经考虑，出于胸臆的，真实的、深刻的。看来一篇文章最重要的是思想。有了独特的思想，才能调动想象，才能把在别处所得到的印象概括集中起来。范仲淹虽可能没有看到过洞庭湖，但是他看到过很多巨浸大泽。他是吴县人，太湖是一定看过的。我很怀疑他对洞庭湖的描写，有些是从太湖印象中借用过来的。

现在的岳阳楼早已不是滕子京重修的了。这座楼烧掉了几次。据《巴陵县志》载：岳阳楼在明崇祯十二年毁于火，推官陶宗孔重建。清顺治十四年又毁于火，康熙二十二年由知府李遇时、知县赵士珩捐资重建。康熙二十七年又毁于火，直到乾隆五年由总督班第集资修复。因此范记所云“刻唐贤、今人诗赋于其上”，已不可见。现在楼上刻在檀木屏上的《岳阳楼记》系张照所书，楼里的大部分楹联是到处写字的“道州何绍基”写的，张、何皆乾隆间人。但是人们还相信这是滕子京修的那座楼，因为范仲淹的《岳阳楼记》实在太深入人心了。也很可能，后来两次修复，都还保存了滕楼的旧样。九百多年前的规模格局，至今犹能得其仿佛，斯可贵矣。

我在别处没有看见过一个像岳阳楼这样的建筑。全楼为四柱、三层、盔顶的纯木结构。主楼三层，高十五米，中间以四根楠木巨柱从地到顶承荷全楼大部分重力，再用十二根宝柱作为内围，外围绕以十二根檐柱，彼此牵制，结为整体。全楼纯用木料构成，逗缝对榫，没用一钉一铆，一块砖石。楼的结构精巧，但是看起来端庄浑厚，落落大方，没有搔首弄姿的小家气，在烟波浩淼的洞庭湖上很压得住，很有气魄。

岳阳楼本身很美，尤其美的是它所占的地势。“滕王高阁临江渚”，看来和长江是有一段距离的。黄鹤楼在蛇山上，晴川历历，芳草萋萋，宜俯瞰，宜远眺，楼在江之上，江之外，江自江，楼自楼。岳阳楼则好像直接从洞庭湖里长出来的。楼在岳阳西门之上，城门口即是洞庭湖。伏在楼外女墙上，好像洞庭湖就在脚底，丢一个石子，就能听见水响。楼与湖是一整体。没有洞庭湖，岳阳楼不成其为岳阳楼；没有岳阳楼，洞庭湖也就不成其为洞庭湖了。站在岳阳楼上，可以清清楚楚看到湖中帆船来往，渔歌互答，可以扬声与舟中人说话；同时又可远看浩浩荡荡，横无际涯，北通巫峡，南极潇湘的湖水，远近咸宜，皆可悦目。“气蒸云梦泽，波撼岳阳城”，并非虚语。

我们登岳阳楼那天下雨，游人不多。有三四级风，洞庭湖里的浪不大，没有起白花。本地人说不起白花的是“波”，起白花的是“涌”。“波”和“涌”有这样的区别，我还是第一次听到。这可以增加对于“洞庭波涌连天雪”的一点新的理解。

夜读《岳阳楼诗词选》。读多了，有千篇一律之感，最有气魄的还是孟浩然的那一联，和杜甫的“吴楚东南坼，乾坤日夜浮”。刘禹锡的“遥望洞庭山水翠，白银盘里一青螺”，化大境界为小景，另辟蹊径。许棠因为《洞庭》一诗，当时号称“许洞庭”，但“四顾疑无地，中流忽有山”，只是工巧而已。滕子京的《临江仙》把“气蒸云梦泽，波撼岳阳城”，“曲终人不见，江上数峰青”整句地搬了进来，未免过于省事！吕洞宾的绝句：“朝游岳鄂暮苍梧，袖里青蛇胆气粗。三醉岳阳人不识，朗吟飞过洞庭湖。”很有点仙气，但我怀疑这是伪造的（清人陈玉垣《岳阳楼》诗有句云：“堪惜忠魂无处奠，却教羽客踞华楹。”他主张岳阳楼上当奉屈左徒为宗主，把楼上的吕洞宾的塑像请出去，我准备投他一票）。写得最美的，还是屈大夫的“袅袅兮秋风，洞庭波兮木叶下”两句话，把洞庭湖就写完了！

一九八二年十二月八日　北京

葡萄月令

一月，下大雪。

雪静静地下着。果园一片白。听不到一点声音。

葡萄睡在铺着白雪的窖里。

二月里刮春风。

立春后，要刮四十八天“摆条风”。风摆动树的枝条，树醒了，忙忙地把汁液送到全身。树枝软了。树绿了。

雪化了，土地是黑的。

黑色的土地里，长出了茵陈蒿。碧绿。

葡萄出窖。

把葡萄窖一锹一锹挖开。挖下的土，堆在四面。葡萄藤露出来了，乌黑的。有的梢头已经绽开了芽苞，吐出指甲大的苍白的小叶。它已经等不及了。

把葡萄藤拉出来，放在松松的湿土上。

不大一会，小叶就变了颜色，叶边发红；——又不大一会，绿了。

三月，葡萄上架。

先得备料。把立柱、横梁、小棍，槐木的、柳木的、杨木的、桦木的，按照树棵大小，分别堆放在旁边。立柱有汤碗口粗的、饭碗口粗的、茶杯口粗的。一棵大葡萄得用八根、十根，乃至十二根立柱。中等的，六根、四根。

先刨坑，竖柱。然后搭横梁。用粗铁丝摽紧。然后搭小棍，用细铁丝缚住。

然后，请葡萄上架。把在土里趴了一冬的老藤扛起来，得费一点劲。大的，得四五个人一起来。“起！——起!”哎，它起来了，把它放在葡萄架上，把枝条向三面伸开，像五个指头一样的伸开，扇面似的伸开。然后，用麻筋在小棍上固定住。葡萄藤舒舒展展，凉凉快快地在上面待着。

上了架，就施肥。在葡萄根的后面，距主干一尺，挖一道半月形的沟，把大粪倒在里面。葡萄上大粪，不用稀释，就这样把原汁大粪倒下去。大棵的，得三四桶。小葡萄，一桶也就够了。

四月，浇水。

挖窖挖出的土，堆在四面，筑成垄，就成一个池子。池里放满了水。葡萄园里水气泱泱，沁人心肺。

葡萄喝起水来是惊人的。它真是在喝哎！葡萄藤的组织跟别的果树不一样，它里面是一根一根细小的导管。这一点，中国的古人早就发现了。《图经》云：“根苗中空相通。圃人将货之，欲得厚利，暮溉其根，而晨朝水浸子中矣，故俗呼其苗为木通。”“暮溉其根，而晨朝水浸子中矣。”是不对的，葡萄成熟了，就不能再浇水了。再浇，果粒就会涨破。“中空相通”却是很准确的。浇了水，不大一会，它就从根直吸到梢，简直是小孩嘬奶似的拼命往上嘬。浇过了水，你再回来看看吧：梢头切断过的破口，就嗒嗒地往下滴水了。

是一种什么力量使葡萄拼命地往上吸水呢？

施了肥，浇了水，葡萄就使劲抽条、长叶子。真快！原来是几根根枯藤，几天工夫，就变成青枝绿叶的一大片。

五月，浇水，喷药，打梢，掐须。

葡萄一年不知道要喝多少水，别的果树都不这样。别的果树都是刨一个“树碗”，往里浇几担水就得了，没有像它这样的：“漫灌”，整池子的喝。

喷波尔多液。从抽条长叶，一直到坐果成熟，不知道要喷多少次。喷了波尔多液，太阳一晒，葡萄叶子就都变成蓝的了。

葡萄抽条，丝毫不知节制，它简直是瞎长！几天工夫，就抽出好长的一截的新条。这样长法还行呀，还结不结果呀？因此，过几天就得给它打一次条。葡萄打条，也用不着什么技巧，是个人就能干，拿起树剪，噼噼啪啪，把新抽出来的一截都给它铰了就得了。一铰，一地的长着新叶的条。

葡萄的卷须，在它还是野生的时候是有用的，好攀附在别的什么树木上。现在，已经有人给它好好地固定在架上了，就一点用也没有了。卷须这东西最耗养分，——凡是作物，都是优先把养分输送到顶端，因此，长出来就给它掐了，长出来就给它掐了。

葡萄的卷须有一点淡淡的甜味。这东西如果腌成咸菜，大概不难吃。

五月中下旬，果树开花了。果园，美极了。梨树开花了，苹果树开花了，葡萄也开花了。

都说梨花像雪，其实苹果花才像雪。雪是厚重的，不是透明的。梨花像什么呢？——梨花的瓣子是月亮做的。

有人说葡萄不开花，哪能呢，只是葡萄花很小，颜色淡黄微绿，不钻进葡萄架是看不出的，而且它开花期很短。很快，就结出了绿豆大的葡萄粒。

六月，浇水、喷药、打条、掐须。

葡萄粒长了一点了，一颗一颗，像绿玻璃料做的纽子。硬的。

葡萄不招虫。葡萄会生病，所以要经常喷波尔多液。但是它不像桃，桃有桃食心虫；梨，梨有梨食心虫。葡萄不用疏虫果。——果园每年疏虫果是要费很多工的。虫果没有用，黑黑的一个半干的球，可是它耗养分呀！所以，要把它“疏”掉。

七月，葡萄“膨大”了。

掐须、打条、喷药，大大地浇一次水。

追一次肥。追硫铵。在原来施粪肥的沟里撒上硫铵。然后，就把沟填平了，把硫铵封在里面。

汉朝是不会有追这次肥的，汉朝没有硫铵。

八月，葡萄“着色”。

别以为我这里是把画家的术语借用来了。不是的。这是果农的语言，他们就叫“着色”。

下过大雨，你来看看葡萄园吧，那叫好看！白的像白玛瑙，红的像红宝石，紫的像紫水晶，黑的像黑玉。一串一串，饱满、磁棒、挺括，璀璨琳琅。你就把《说文解字》里的玉字偏旁的字都搬了来吧，那也不够用呀！

可是你得快来！明天，对不起，你全看不到了。我们要喷波尔多液了。一喷波尔多液，它们的晶莹鲜艳全都没有了，它们蒙上一层蓝兮兮、白糊糊的东西，成了磨砂玻璃。我们不得不这样干。葡萄是吃的，不是看的。我们得保护它。

过不两天，就下葡萄了。

一串一串剪下来，把病果、瘪果去掉，妥妥地放在果筐里。果筐满了，盖上盖，要一个棒小伙子跳上去蹦两下，用麻筋缝的筐盖。——新下的果子，不怕压，它很结实，压不坏。倒怕是装不紧，逛里逛当的。那，来回一晃悠，全得烂！

葡萄装上车，走了。

去吧，葡萄，让人们吃去吧！

九月的果园像一个生过孩子的少妇，宁静、幸福而慵懒。

我们还给葡萄喷一次波尔多液。哦，下了果子，就不管了？人，总不能这样无情无义吧。

十月，我们有别的农活。我们要去割稻子。葡萄，你愿意怎么长，就怎么长着吧。

十一月。葡萄下架。

把葡萄架拆下来。检查一下，还能再用的，搁在一边。糟朽了的，只好烧火。立柱、横梁、小棍，分别堆垛起来。

剪葡萄条。干脆得很，除了老条，一概剪光。葡萄又成了一个秃子。

剪下的葡萄条，挑有三个芽眼的，剪成二尺多长的一截，捆起来，放在屋里，准备明春插条。

其余的，连枝带叶，都用竹笤帚扫成一堆，装走了。

葡萄园光秃秃。

十一月下旬，十二月上旬，葡萄入窖。

这是个重活。把老本放倒，挖土把它埋起来。要埋得很厚实。外面要用铁锹拍平。这个活不能马虎。都要经过验收，才给记工。

葡萄窖，一个一个长方形的土墩墩。一行一行，整整齐齐地排列着。风一吹，土色发了白。

这真是一年的冬景了。热热闹闹的果园，现在什么颜色都没有了。眼界空阔，一览无余，只剩下发白的黄土。

下雪了。我们踏着碎玻璃碴似的雪，检查葡萄窖，扛着铁锹。

一到冬天，要检查几次。不是怕别的，怕老鼠打了洞。葡萄窖里很暖和，老鼠爱往这里面钻。它倒是暖和了，咱们的葡萄可就受了冷啦！

篇二：那年那些人

沈从文先生在西南联大

沈先生在联大开过三门课：各体文习作、创作实习和中国小说史。三门课我都选了，——各体文习作是中文系二年级必修课，其余两门是选修。西南联大的课程分必修与选修两种。中文系的语言学概论、文字学概论、文学史（分段）……是必修课，其余大都是任凭学生自选。诗经、楚辞、庄子、昭明文选、唐诗、宋诗、词选、散曲、杂剧与传奇……选什么，选哪位教授的课都成。但要凑够一定的学分（这叫“学分制”）。一学期我只选两门课，那不行。自由，也不能自由到这种地步。

创作能不能教？这是一个世界性的争论问题。很多人认为创作不能教。我们当时的系主任罗常培先生就说过：大学是不培养作家的，作家是社会培养的。这话有道理。沈先生自己就没有上过什么大学。他教的学生后来成为作家的，也极少。但是也不是绝对不能教。沈先生的学生现在能算是作家的，也还有那么几个。问题是由什么样的人来教，用什么方法教。现在的大学里很少开创作课的，原因是找不到合适的人来教。偶尔有大学开这门课的，收效甚微，原因是教得不甚得法。

教创作靠“讲”不成。如果在课堂上讲鲁迅先生所讥笑的“小说作法”之类，讲如何作人物肖像，如何描写环境，如何结构，结构有几种——攒珠式的、橘瓣式的……那是要误人子弟的，教创作主要是让学生自己“写”。沈先生把他的课叫做“习作”、“实习”，很能说明问题。如果要讲，那“讲”要在“写”之后。就学生的作业，讲他的得失。教授先讲一套，让学生照猫画虎，那是行不通的。

沈先生是不赞成命题作文的，学生想写什么就写什么。但有时在课堂上也出两个题目。沈先生出的题目都非常具体。我记得他曾给我的上一班同学出过一个题目，“我们的小庭院有什么”，有几个同学就这个题目写了相当不错的散文，都发表了。他给比我低一班的同学曾出过一个题目：“记一间屋子里的空气”！我的那一班出过些什么题目，我倒不记得了。沈先生为什么出这样的题目？他认为：先得学会车零件，然后才能学组装。我觉得先做一些这样的片段的习作，是有好处的，这可以锻炼基本功。现在有些青年文学爱好者，往往一上来就写大作品，篇幅很长，而功力不够，原因就在零件车得少了。

沈先生的讲课，可以说是毫无系统。前已说过，他大都是看了学生的作业，就这些作业讲一些问题。他是经过一番思考的，但并不去翻阅很多参考书。沈先生读很多书，但从不引经据典，他总是凭自己的直觉说话，从来不说亚里士多德怎么说、福楼拜怎么说、托尔斯泰怎么说、高尔基怎么说。他的湘西口音很重，声音又低，有些学生听了一堂课，往往觉得不知道听了一些什么。沈先生的讲课是非常谦抑，非常自制的。他不用手势，没有任何舞台道白式的腔调，没有一点哗众取宠的江湖气。他讲得很诚恳，甚至很天真。但是你要是真正听“懂”了他的话，——听“懂”了他的话里并未发挥罄尽的余意，你是会受益匪浅，而且会终生受用的。听沈先生的课，要像孔子的学生听孔子讲话一样：“举一隅而三隅反”。

沈先生讲课时所说的话我几乎全都忘了（我这人从来不记笔记）！我们有一个同学把闻一多先生讲唐诗课的笔记记得极详细，现已整理出版，书名就叫《闻一多论唐诗》，很有学术价值，就是不知道他把闻先生讲唐诗时的“神气”记下来了没有。我如果把沈先生讲课时的精辟见解记下来，也可以成为一本《沈从文论创作》。可惜我不是这样的有心人。

沈先生关于我的习作讲过的话我只记得一点了，是关于人物对话的。我写了一篇小说（内容早已忘记干净），有许多对话。我竭力把对话写得美一点，有诗意，有哲理。沈先生说：“你这不是对话，是两个聪明脑壳打架！”从此我知道对话就是人物所说的普普通通的话，要尽量写得朴素。不要哲理，不要诗意。这样才真实。

沈先生经常说的一句话是：“要贴到人物来写。”很多同学不懂他的这句话是什么意思。我以为这是小说学的精髓。据我的理解，沈先生这句极其简略的话包含这样几层意思：小说里，人物是主要的，主导的；其余部分都是派生的，次要的。环境描写、作者的主观抒情、议论，都只能附着于人物，不能和人物游离，作者要和人物同呼吸、共哀乐。作者的心要随时紧贴着人物。什么时候作者的心“贴”不住人物，笔下就会浮、泛、飘、滑，花里胡哨，故弄玄虚，失去了诚意。而且，作者的叙述语言要和人物相协调。写农民，叙述语言要接近农民；写市民，叙述语言要近似市民。小说要避免“学生腔”。

我以为沈先生这些话是浸透了淳朴的现实主义精神的。

沈先生教写作，写的比说的多，他常常在学生的作业后面写很长的读后感，有时会比原作还长。这些读后感有时评析本文得失，也有时从这篇习作说开去，谈及有关创作的问题，见解精到，文笔讲究。——一个作家应该不论写什么都写得讲究。这些读后感也都没有保存下来，否则是会比《废邮存底》还有看头的。可惜！

沈先生教创作还有一种方法，我以为是行之有效的，学生写了一个作品，他除了写很长的读后感之外，还会介绍你看一些与你这个作品写法相近似的中外名家的作品看。记得我写过一篇不成熟的小说《灯下》，记一个店铺里上灯以后各色人的活动，无主要人物、主要情节，散散漫漫。沈先生就介绍我看了几篇这样的作品，包括他自己写的《腐烂》。学生看看别人是怎样写的，自己是怎样写的，对比借鉴，是会有长进的。这些书都是沈先生找来，带给学生的。因此他每次上课，走进教室里时总要夹着一大摞书。

沈先生就是这样教创作的。我不知道还有没有别的更好的方法教创作。我希望现在的大学里教创作的老师能用沈先生的方法试一试。

学生习作写得较好的，沈先生就作主寄到相熟的报刊上发表。这对学生是很大的鼓励。多年以来，沈先生就干着给别人的作品找地方发表这种事。经他的手介绍出去的稿子，可以说是不计其数了。我在一九四六年前写的作品，几乎全都是沈先生寄出去的。他这辈子为别人寄稿子用去的邮费也是一个相当可观的数目了。为了防止超重太多，节省邮费，他大都把原稿的纸边裁去，只剩下纸芯。这当然不大好看。但是抗战时期，百物昂贵，不能不打这点小算盘。

沈先生教书，但愿学生省点事，不怕自己麻烦。他讲《中国小说史》，有些资料不易找到，他就自己抄，用夺金标毛笔，筷子头大的小行书抄在云南竹纸上。这种竹纸高一尺，长四尺，并不裁断，抄得了，卷成一卷。上课时分发给学生。他上创作课夹了一摞书，上小说史时就夹了好些纸卷。沈先生做事，都是这样，一切自己动手，细心耐烦。他自己说他这种方式是“手工业方式”。他写了那么多作品，后来又写了很多大部头关于文物的著作，都是用这种手工业方式搞出来的。

沈先生对学生的影响，课外比课堂上要大得多。他后来为了躲避日本飞机空袭，全家移住到呈贡桃园新村，每星期上课，进城住两天。文林街二十号联大教职员宿舍有他一间屋子。他一进城，宿舍里几乎从早到晚都有客人。客人多半是同事和学生，客人来，大都是来借书，求字，看沈先生收到的宝贝，谈天。

沈先生有很多书，但他不是“藏书家”，他的书，除了自己看，也是借给人看的，联大文学院的同学，多数手里都有一两本沈先生的书，扉页上用淡墨签上“上官碧”的名字。谁借的什么书，什么时候借的，沈先生是从来不记得的。直到联大“复员”，有些同学的行装里还带着沈先生的书，这些书也就随之而漂流到四面八方了。沈先生书多，而且很杂，除了一般的四部书、中国现代文学、外国文学的译本，社会学、人类学、黑格尔的《小逻辑》、弗洛伊德、亨利·詹姆斯、道教史、陶瓷史、《髹饰录》、《糖霜谱》……兼收并蓄，五花八门。这些书，沈先生大都认真读过。沈先生称自己的学问为“杂知识”。一个作家读书，是应该杂一点的。沈先生读过的书，往往在书后写两行题记。有的是记一个日期，那天天气如何，也有时发一点感慨。有一本书的后面写道：“某月某日，见一大胖女人从桥上过，心中十分难过。”这两句话我一直记得，可是一直不知道是什么意思。

大胖女人为什么使沈先生十分难过呢？

沈先生对打扑克简直是痛恨。他认为这样地消耗时间，是不可原谅的。他曾随几位作家到井冈山住了几天。这几位作家成天在宾馆里打扑克，沈先生说起来就很气愤："在这种地方打扑克！"沈先生小小年纪就学会掷骰子，各种赌术他也都明白，但他后来不玩这些。沈先生的娱乐，除了看看电影，就是写字。他写章草，笔稍偃侧，起笔不用隶法，收笔稍尖，自成一格。他喜欢写窄长的直幅，纸长四尺，阔只三寸。他写字不择纸笔，常用糊窗的高丽纸。他说："我的字值三分钱！"从前要求他写字的，他几乎有求必应。近年有病，不能握管，沈先生的字变得很珍贵了。

沈先生后来不写小说，搞文物研究了，国外、国内，很多人都觉得很奇怪。熟悉沈先生历史的人，觉得并不奇怪。沈先生年轻时就对文物有极其浓厚的兴趣。他对陶瓷的研究甚深，后来又对丝绸、刺绣、木雕、漆器……都有广博的知识。沈先生研究的文物基本上是手工艺制品。他从这些工艺品看到的是劳动者的创造性。他为这些优美的造型，不可思议的色彩，神奇精巧的技艺发出的惊叹，是对人的惊叹。他热爱的不是物，而是人，他对一件工艺品的孩子气的天真激情，使人感动。我曾戏称他搞的文物研究是"抒情考古学"。他八十岁生日，我曾写过一首诗送给他，其中有一联："玩物从来非丧志，著书老去为抒情"，是记实。他有一阵在昆明收集了很多耿马漆盒。这种黑红两色刮花的圆形缅漆盒，昆明多的是，而且很便宜。沈先生一进城就到处逛地摊，选买这种漆盒。他屋里装甜食点心、装文具邮票……的，都是这种盒子。有一次买得一个直径一尺五寸的大漆盒，一再抚摩，说："这可以作一期《红黑》杂志的封面！"他买到的缅漆盒，除了自用，大多数都送人了。有一回，他不知从哪里弄到很多土家族的挑花布，摆得一屋子，这间宿舍成了一个展览室。来看的人很多，沈先生于是很快乐。这些挑花图案天真稚气而秀雅生动，确实很美。

沈先生不长于讲课，而善于谈天。谈天的范围很广，时局、物价……谈得较多的是风景和人物。他几次谈及玉龙雪山的杜鹃花有多大，某处高山绝顶上有一户人家——就是这样一户！他谈某一位老先生养了二十只猫。谈一位研究东方哲学的先生跑警报时带了一只小皮箱，皮箱里没有金银财宝，装的是一个聪明女人写给他的信。谈徐志摩上课时带了一个很大的烟台苹果，一边吃，一边讲，还说："中国东西并不都比外国的差，烟台苹果就很好!"谈梁思成在一座塔上测绘内部结构，差一点从塔上掉下去。谈林徽因发着高烧，还躺在客厅里和客人谈文艺。他谈得最多的大概是金岳霖。金先生终生未娶，长期独身。他养了一只大斗鸡。这鸡能把脖子伸到桌上来，和金先生一起吃饭。他到处搜罗大石榴、大梨。买到大的，就拿去和同事的孩子的比，比输了，就把大梨、大石榴送给小朋友，他再去买！……沈先生谈及的这些人有共同特点。一是都对工作、对学问热爱到了痴迷的程度；二是为人天真到像一个孩子，对生活充满兴趣，不管在什么环境下永远不消沉沮丧，无机心，少俗虑。这些人的气质也正是沈先生的气质。"闻多素心人，乐与数晨夕"，沈先生谈及熟朋友时总是很有感情的。

文林街文林堂旁边有一条小巷，大概叫作金鸡巷，巷里的小院中有一座小楼。楼上住着联大的同学：王树藏、陈蕴珍（萧珊）、施载宣（萧荻）、刘北汜。当中有个小客厅。这小客厅常有熟同学来喝茶聊天，成了一个小小的沙龙。沈先生常来坐坐。有时还把他的朋友也拉来和大家谈谈。老舍先生从重庆过昆明时，沈先生曾拉他来谈过“小说和戏剧”。金岳霖先生也来过，谈的题目是“小说和哲学”。金先生是搞哲学的，主要是搞逻辑的，但是读很多小说，从普鲁斯特到《江湖奇侠传》。“小说和哲学”这题目是沈先生给他出的。不料金先生讲了半天，结论却是：小说和哲学没有关系。他说《红楼梦》里的哲学也不是哲学。他谈到兴浓处，忽然停下来，说：“对不起，我这里有个小动物!”说着把右手从后脖领伸进去，捉出了一只跳蚤，甚为得意。有人问金先生为什么搞逻辑，金先生说：“我觉得它很好玩!”

沈先生在生活上极不讲究。他进城没有正经吃过饭，大都是在文林街二十号对面一家小米线铺吃一碗米线。有时加一个西红柿，打一个鸡蛋。有一次我和他上街闲逛，到玉溪街，他在一个米线摊上要了一盘凉鸡，还到附近茶馆里借了一个盖碗，打了一碗酒。他用盖碗盖子喝了一点，其余的都叫我一个人喝了。

沈先生在西南联大是一九三八年到一九四六年。一晃，四十多年了！

一九八六年一月二日上午

载一九八六年第五期《人民文学》

金岳霖先生

西南联大有许多很有趣的教授，金岳霖先生是其中的一位。金先生是我的老师沈从文先生的好朋友。沈先生当面和背后都称他为“老金”。大概时常来往的熟朋友都这样称呼他。关于金先生的事，有一些是沈先生告诉我的。我在《沈从文先生在西南联大》一文中提到过金先生。有些事情在那篇文章里没有写进，觉得还应该写一写。

金先生的样子有点怪。他常年戴着一顶呢帽，进教室也不脱下。每一学年开始，给新的一班学生上课，他的第一句话总是：“我的眼睛有毛病，不能摘帽子，并不是对你们不尊重，请原谅。”他的眼睛有什么病，我不知道，只知道怕阳光。因此他的呢帽的前檐压得比较低，脑袋总是微微地仰着。他后来配了一副眼镜，这副眼镜一只的镜片是白的，一只是黑的。这就更怪了。后来在美国讲学期间把眼睛治好了，——好一些，眼镜也换了，但那微微仰着脑袋的姿态一直还没有改变。他身材相当高大，经常穿一件烟草黄色的麂皮夹克，天冷了就在里面围一条很长的驼色的羊绒围巾。联大的教授穿衣服是各色各样的。闻一多先生有一阵穿一件式样过时的灰色旧夹袍，是一个亲戚送给他的，领子很高，袖口极窄。联大有一次在龙云的长子，蒋介石的干儿子龙绳武家里开校友会，——龙云的长媳是清华校友，闻先生在会上大骂“蒋介石，王八蛋！混蛋！”那天穿的就是这件高领窄袖的旧夹袍。朱自清先生有一阵披着一件云南赶马人穿的蓝色毡子的一口钟。除了体育教员，教授里穿夹克的，好像只有金先生一个人。他的眼神即使是到美国治了后也还是不大好，走起路来有点深一脚浅一脚。他就这样穿着黄夹克，微仰着脑袋，深一脚浅一脚地在联大新校舍的一条土路上走着。

金先生教逻辑。逻辑是西南联大规定文学院一年级学生的必修课，班上学生很多，上课在大教室，坐得满满的。在中学里没有听说有逻辑这门学问，大一的学生对这课很有兴趣。金先生上课有时要提问，那么多的学生，他不能都叫得上名字来，——联大是没有点名册的，他有时一上课就宣布：“今天，穿红毛衣的女同学回答问题。”于是所有穿红衣的女同学就都有点紧张，又有点兴奋。那时联大女生在蓝阴丹士林旗袍外面套一件红毛衣成了一种风气。——穿蓝毛衣、黄毛衣的极少。问题回答得流利清楚，也是件出风头的事。金先生很注意地听着，完了，说：“Yes！请坐！”

学生也可以提出问题，请金先生解答。学生提的问题深浅不一，金先生有问必答，很耐心。有一个华侨同学叫林国达，操广东普通话，最爱提问题，问题大都奇奇怪怪。他大概觉得逻辑这门学问是挺“玄”的，应该提点怪问题。有一次他又站起来提了一个怪问题，金先生想了一想，说：“林国达同学，我问你一个问题：Mr. 林国达 is perpenticular to the blackboard（林国达君垂直于黑板），这什么意思？”林国达傻了。林国达当然无法垂直于黑板，但这句话在逻辑上没有错误。

林国达游泳淹死了。金先生上课，说："林国达死了，很不幸。"这一堂课，金先生一直没有笑容。

有一个同学，大概是陈蕴珍，即萧珊，曾问过金先生："您为什么要搞逻辑?"逻辑课的前一半讲三段论，大前提、小前提、结论、周延、不周延、归纳、演绎……还比较有意思。后半部全是符号，简直像高等数学。她的意思是：这种学问多么枯燥！金先生的回答是："我觉得它很好玩。"

除了文学院大一学生必修逻辑，金先生还开了一门"符号逻辑"，是选修课。这门学问对我来说简直是天书。选这门课的人很少，教室里只有几个人。学生里最突出的是王浩。金先生讲着讲着，有时会停下来，问："王浩，你以为如何?"这堂课就成了他们师生二人的对话。王浩现在在美国。前些年写了一篇关于金先生的较长的文章，大概是论金先生之学的，我没有见到。

王浩和我是相当熟的。他有个要好的朋友王景鹤，和我同在昆明黄土坡一个中学教书，王浩常来玩。来了，常打篮球。大都是吃了午饭就打。王浩管吃了饭就打球叫"练盲肠"。王浩的相貌颇"土"，脑袋很大，剪了一个光头，——联大同学剪光头的很少，说话带山东口音。他现在成了洋人——美籍华人，国际知名的学者，我实在想象不出他现在是什么样子。前年他回国讲学，托一个同学要我给他画一张画。我给他画了几个青头菌、牛肝菌，一根大葱，两头蒜，还有一块很大的宣威火腿。——火腿是很少入画的。我在画上题了几句话，有一句是"以慰王浩异国乡情"。王浩的学问，原来是师承金先生的。一个人一生哪怕只教出一个好学生，也值得了。当然，金先生的好学生不止一个人。

金先生是研究哲学的，但是他看了很多小说。从普鲁斯特到福尔摩斯，都看。听说他很爱看平江不肖生的《江湖奇侠传》。有几个联大同学住在金鸡巷，陈蕴珍、王树藏、刘北汜、施载宣（萧荻）。楼上有一间小客厅。沈先生有时拉一个熟人去给少数爱好文学、写写东西的同学讲一点什么。金先生有一次也被拉了去。他讲的题目是《小说和哲学》。题目是沈先生给他出的。大家以为金先生一定会讲出一番道理。不料金先生讲了半天，结论却是：小说和哲学没有关系。有人问：那么《红楼梦》呢？金先生说："红楼梦里的哲学不是哲学。"他讲着讲着，忽然停下来："对不起，我这里有个小动物。"他把右手伸进后脖颈，捉出了一个跳蚤，捏在手指里看看，甚为得意。

金先生是个单身汉（联大教授里不少光棍，杨振声先生曾写过一篇游戏文章《释鳏》，在教授间传阅），无儿无女，但是过得自得其乐。他养了一只很大的斗鸡（云南出斗鸡）。这只斗鸡能把脖子伸上来，和金先生一个桌子吃饭。他到处搜罗大梨、大石榴，拿去和别的教授的孩子比赛。比输了，就把梨或石榴送给他的小朋友，他再去买。

金先生朋友很多，除了哲学家的教授外，时常来往的，据我所知，有梁思成、林徽因夫妇，沈从文，张奚若……君子之交淡如水，坐定之后，清茶一杯，闲话片刻而已。金先生对林徽因的谈吐才华，十分欣赏。现在的年轻人多不知道林徽因。她是学建筑的，但是对文学的趣味极高，精于鉴赏，所写的诗和小说如《窗子以外》《九十九度中》风格清新，一时无二。林徽因死后，有一年，金先生在北京饭店请了一次客，老朋友收到通知，都纳闷：老金为什么请客？到了之后，金先生才宣布："今天是徽因的生日。"

金先生晚年深居简出。毛主席曾经对他说："你要接触接触社会。"金先生已经八十岁了，怎么接触社会呢？他就和一个蹬平板三轮车的约好，每天蹬着他到王府井一带转一大圈。我想象金先生坐在平板三轮上东张西望，那情景一定非常有趣。王府井人挤人，熙熙攘攘，谁也不会知道这位东张西望的老人是一位一肚子学问、为人天真、热爱生活的大哲学家。

金先生治学精深，而著作不多。除了一本大学丛书里的《逻辑》，我所知道的，还有一本《论道》。其余还有什么，我不清楚，须问王浩。

我对金先生所知甚少。希望熟知金先生的人把金先生好好写一写。

联大的许多教授都应该有人好好地写一写。

一九八七年二月二十三日

载一九八七年第五期《读书》

我的父亲

我父亲行三。我的祖母有时叫他的小名“三子”。他是阴历九月初九重阳节那天生的，故名菊生（我父亲那一辈生字排行，大伯父名广生，二伯父名常生），字淡如。他作画时有时也题别号：亚痴、灌园生……他在南京读过旧制中学。所谓旧制中学大概是十年一贯制的学堂。我见过他在学堂时用过的教科书，英文是纳氏文法，代数几何是线装的有光纸印的，还有“修身”什么的。他为什么没有升学，我不知道。“旧制中学生”也算是功名。他的这个“功名”我在我的继母的“铭旌”上见过，写的是扁宋体的泥金字，所以记得。什么是“铭旌”？看《红楼梦》贾府办秦可卿丧事那回就知道，我就不噜苏了。

我父亲年轻时是运动员。他在足球校队踢后卫。他是撑杆跳选手，曾在江苏全省运动会上拿过第一。他又是单杠选手。我还见过他在天王寺外边驻军所设置的单杠上表演过空中大回环两周，这在当时是少见的。他练过武术，腿上带过铁砂袋。练过拳，练过刀、枪。我见他施展过一次武功，我初中毕业后，他陪我到外地去投考高中，在小轮船上，一个初来的侦缉队以检查为名勒索乘客的钱财。我父亲一掌，把他打得一溜跟头，从船上退过跳板，一屁股坐在码头上。我父亲平常温文尔雅，我还没见过他动手打人，而且，真有两下子！我父亲会骑马。南京马场有一匹劣马，咬人，没人敢碰它，平常都用一截粗竹筒套住他的嘴。我父亲偷偷解开缰绳，一骗腿骑了上去。一趟马道子跑下来，这马老实了。父亲还会游泳，水性很好。这些，我都不知道他是什么时候学的。

从南京回来后，他玩过一个时期乐器。他到苏州去了一趟，买回来好些乐器，笙箫管笛、琵琶、月琴、拉秦腔的胡胡、扬琴，甚至还有大小唢呐。唢呐我从未见他吹过。这东西吵人，除了吹鼓手、戏班子，一般玩乐器人都不在家里吹。一把大唢呐，一把小唢呐（海笛）一直放在他的画室柜橱的抽屉里。我们孩子们有时翻出来玩。没有哨子，吹不响，只好把铜嘴含在嘴里，自己呜呜作声，不好玩！他的一支洞箫、一支笛子，都是少见的上品。洞箫箫管很细，外皮作殷红色，很有年头了。笛子不是缠丝涂了一节一节黑漆的，是整个笛管擦了荸荠紫漆的，比常见的笛子管粗。箫声幽远，笛声圆润。我这辈子吹过的箫笛无出其右者。这两支箫笛不是从乐器店里买的，是花了大价钱从私人手里买的。他的琵琶是很好的，但是拿去和一个理发店里换了。他拿回理发店的那面琵琶又脏又旧、油里咕叽的。我问他为什么要换了这么一面脏琵琶回来，他说："这面琵琶声音好！"理发店用一面旧琵琶换了他的几乎是全新的琵琶，当然乐意。不论什么乐器，他听听别人演奏，看看指法，就能学会，他弹过一阵古琴，说：都说古琴很难，其实没有什么。我的一个远房舅舅，有一把一个法国神父送他的小提琴，我父亲跟他借回来，鼓揪鼓揪，几天工夫，就能拉出曲子来。据我父亲说：乐器里最难，最要功夫的，是胡琴。别看它只有两根弦，很简单，越是简单的东西越不好弄。他拉的胡琴我拉不了，弓子硬，马尾多，滴的松香很厚，松香拉出一道很窄的深槽，我一拉，马尾就跑到深槽的外面来了。父亲不在家的时候我有时使劲拉一小段，我父亲一看松香就知道我动过他的胡琴了。他后来不大摆弄别的乐器了，只有胡琴是一直拉着的。

摒挡丝竹以后，父亲大部分时间用于画画和刻图章，他画画并无真正的师承，只有几个画友。画友中过从较密的是铁桥，是一个和尚，善因寺的方丈。我写的小说《受戒》里的石桥，就是以他为原型的。铁桥曾在苏州邓尉山一个庙里住过，他作画有时下款题为“邓尉山僧”。我父亲第二次结婚，娶我的第一个继母，新房里就挂了铁桥的一个条幅，泥金纸，上角画了几枝桃花，两只燕子，款题“淡如仁兄嘉礼弟铁桥写贺”。在新房里挂一幅和尚的画，我的父亲可谓全无禁忌；这位和尚和俗人称兄道弟，也真是不拘礼法。我上小学的时候，就觉得他们有点“胡来”。这条画的两边还配了我的一个舅舅写的一副虎皮宣的对子：“蝶欲试花犹护粉，莺初学啭尚羞簧”，我后来懂得对联的意思了，觉得实在很不像话！铁桥能画，也能写。他的字写石鼓，画法任伯年。根据我的印象，都是相当有功力的。我父亲和铁桥常来往，画风却没有怎么受他的影响。也画过一阵工笔花卉。我们那里的画家有一种理论，画画要从工笔入手，也许是有道理的。扬州有一位专画菊花的画家，这位画家画菊按朵论价，每朵大洋一元。父亲求他画了一套菊谱，二尺见方的大册页。我有个姑太爷，也是画画的，说：“像他那样的玩法，我们玩不起！”兴化有一位画家徐子兼，画猴子，也画工笔花卉。我父亲也请他画了一套册页。有一开画的是罂粟花，薄瓣透明，十分绚丽。一开是月季，题了两行字：“春水蜜波为花写照”。“春水”“蜜波”是月季的两个品种，我觉得这名字起得很美，一直不忘。我见过父亲画工笔菊花，原来花头的颜色不是一次敷染，要“加”几道。扬州有菊花名种“晓色”，父亲说这种颜色最不好画。“晓色”，很空灵，不好捉摸。他画成了，我一看，是晓色！他后来改了画写意，用笔略似吴昌硕，照我看，我父亲的画是有功力的，但是“见”得少，没有行万里路，多识大家真迹。受了限制。他又不会作诗，题画多用前人陈句，故布局平稳，缺少创意。

父亲刻图章，初宗浙派，清秀规矩。他年轻时刻过一套《陋室铭》印谱，有几方刻得不错，但是过于著意，很拘谨。有“兰带”“折钉”，都是“做”出来的。有一方“草色入帘青”是双钩，我小时觉得很好看，稍大，即觉得纤巧小气。《陋室铭》印谱只是他初学刻印的成绩。三十多岁后，渐渐豪放，以治汉印为主。他有一套端方的《匋斋印存》，经常放在案头。有时也刻浙派少印。我记得他给一个朋友张仲陶刻过一块青田涑石小长方印，文曰“中匋”，实在漂亮。“中匋”两字也很好安排。

刻印的人多喜藏石。父亲的石头是相当多的，他最心爱的是三块田黄，我在小说《岁寒三友》中写的靳彝甫的三块田黄，实际上写的是我父亲的三块图章。

他盖章用的印泥是自己做的。用的是“大劈砂”，这是朱砂里最贵重的。大劈砂深紫色的，片状，制成印泥，鲜红夺目。他说见过一些明朝画，纸色已经灰暗，而印色鲜明不变。大劈砂盖的图章可以“隐指”，即用手指摸摸，印文是鼓出的。他的画室的书橱里摆了一列装在玻璃瓶的大劈砂和陈年的蓖麻子油，蓖麻油是调印色用的。

我父亲手很巧，而且总是活得很有兴致。他会做各种玩意。元宵节，他用通草（我们家开药店，可以选出很大片的通草）为瓣，用画牡丹的西洋红（西洋红很贵，齐白石作画，有一个时期，如用西洋红，是要加价的）染出深浅，做成一盏荷花灯，点了蜡烛，比真花还美。他用蝉翼笺染成浅绿，以铁丝为骨，做了一盏纺织娘灯，下安细竹棍。我和姐姐提了，举着这两盏灯上街，到邻居家串门，好多人围着看。清明节前，他糊风筝。有一年糊了一只蜈蚣（我们那里叫"百脚"），是绢糊的，他用药店里称麝香用的小戥子约蜈蚣两边的鸡毛，——鸡毛必须一样重，否则上天就会打滚。他放这只蜈蚣不是用的一般线，是胡琴的老弦。我们那里用老弦放风筝的，家父实为第一人（用老弦放风筝，风筝可以笔直地飞上去，没有"肚子"）。他带子几个孩子在傅公桥麦田里放风筝。这时麦子尚未"起身"，是不怕踩的，越踩越旺。春服既成，惠风和畅，我父亲这个孩子头带着几个孩子，在碧绿的麦垅间奔跑呼叫，为乐如何？我想念我的父亲（我现在还常常梦见他），想念我的童年，虽然我现在是七十二岁，皤然一老了。夏天，他给我们糊养金铃子的盒子。他用钻石刀把玻璃裁成一小块一小块，再合拢，接缝处用皮纸浆糊固定，再加两道细蜡笺条，成了一只船、一座小亭子、一个八角玲珑玻璃球，里面养着金铃子。隔着玻璃，可以看到金铃子在里面爬，吃切成小块的梨，张开翅膀"叫"。秋天，买来拉秧的小西瓜，把瓜瓤掏空，在瓜皮上镂刻出很细致的图案，做成几盏西瓜灯，西瓜灯里点了蜡烛，撒下一片绿光，父亲鼓捣半天，就为让孩子高兴一晚上。我的童年是很美的。

我母亲死后，父亲给她糊了几箱子衣服，单夹皮棉，四时不缺。他不知从哪里搜罗来各种颜色，研出各种花样的纸。听我的大姑妈说，他糊的皮衣跟真的一样，能分出滩羊、灰鼠。这些衣服我没看见过，但他用剩的色纸，我见过。我们用来折“手工”。有一种纸，银灰色，正像当时时兴的“慕本缎子”。

我父亲为人很随和，没架子。他时常周济穷人，参与一些有关公益的事情。因此在地方上人缘很好。民国二十年发大水，大街成了河。我每天看见他蹚着齐胸的水出去，手里横执了一根很粗的竹篙，穿一身直罗褂，他出去，主要是办赈济。我在小说《钓鱼的医生》里写王淡人有一次乘了船，在腰里系了铁链，让几个水性很好的船工也在腰里系了铁链，一头拴在王淡人的腰里，冒着生命危险，渡过激流，到一个被大水围困的孤村去为人治病，这写的实际是我父亲的事。不过他不是去为人治病，而是去送“华洋义赈会”发来的面饼（一种很厚的面饼，山东人叫“锅盔”）。这件事写进了地方上人送给我祖父的六十寿序里，我记得很清楚。

父亲后来以为人医眼为职业。眼科是汪家祖传。我的祖父、大伯父都会看眼科。我不知道父亲懂眼科医道。我十九岁离开家乡，离乡之前，我没见过他给人看眼睛。去年回乡，我的妹婿给我看了一册父亲手抄的眼科医书，字很工整，是他年轻时抄的。那么，他是在眼科上下过功夫的。听说他的医术还挺不错。有一邻居的孩子得了眼疾，双眼肿得像桃子，眼球红得像大红缎子。父亲看过，说不要紧。他叫孩子的父亲到阴城（一片乱葬坟场，很大，很野，据说韩世忠在这里打过仗）去捉两个大田螺来。父亲在田螺里倒进两管鹅翎眼药，两撮冰片，把田螺扣在孩子的眼睛上，过了一会田螺壳裂了。据那个孩子说，他睁开眼，看见天是绿的。孩子的眼好了。一生没有再犯过眼病。田螺治眼，我在任何医书上没看见过，也没听说过。这个“孩子”现在还在，已经五十几岁了。是个理发师傅。去年我回家乡，从他的理发店门前经过，那天，他又把我父亲给他治眼的经过，向我的妹婿详细地叙述了一次。这位理发师傅希望我给他的理发店写一块招牌。当时我很忙，没有来得及给他写。我会给他写的。一两天就写了托人带去。

我父亲配制过一次眼药。这个配方现在还在，但是没有人配得起，要几十种贵重的药，包括冰片、麝香、熊胆、珍珠……珍珠要是人戴过的。父亲把祖母帽子上的几颗大珠子要了去。听我的第二个继母说，他制药极其虔诚，三天前就洗了澡（“斋戒沐浴”），一个人住在花园里，把三道门都关了，谁也不让去。

父亲很喜欢我。我母亲死后，他带着我睡。他说我半夜醒来就笑。那时我三岁（实年）。我到江阴去投考南菁中学，是他带着我去的。住在一个市庄的栈房里，臭虫很多。他就点了一支蜡烛，见有臭虫，就用蜡烛油滴在它身上。第二天我醒来，看见席子上好多好多蜡烛油点子。我美美地睡了一夜，父亲一夜未睡。我在昆明时，他还在信封里用玻璃纸包了一小包“虾松”寄给我过。我父亲很会做菜，而且能别出心裁。我的祖父春天忽然想吃螃蟹。这时候哪里去找螃蟹?父亲就用瓜鱼（即水仙鱼），给他伪造了一盘螃蟹，据说吃起来跟真螃蟹一样。“虾松”是河虾剁成米粒大小，掺以小酱瓜丁，入温油炸透。我也吃过别人做的“虾松”，都比不上我父亲的手艺。

我很想念我的父亲，现在还常常做梦梦见他。我的那些梦本和他不相干，我梦里的那些事，他不可能在场，不知道怎么会掺和进来了。

一九九二年五月二十八日
载一九九二年第八期《作家》

我的母亲

我父亲结过三次婚。我的生母姓杨。我不知道她的学名。杨家不论男女都是排行的。我母亲那一辈“遵”字排行，我母亲应该叫杨遵什么。前年我写信问我的姐姐，我们的母亲叫什么。姐姐回信说：叫“强四”。我觉得很奇怪，怎么叫这么个名呢？是小名么？也不大像。我知道我母亲不是行四。一个人怎么会连自己母亲的名字都不知道呢？因为我母亲活着的时候我太小了。

我三岁的时候，母亲就故去了。我对她一点印象都没有。她得的是肺病，病后即移住在一个叫“小房”的房间里，她也不让人把我抱去看她。我只记得我父亲用一个煤油箱自制了一个炉子。煤油箱横放着，有两个火口，可以同时为母亲熬粥，熬参汤、燕窝，另外还记得我父亲雇了一只船陪她到淮城去就医，我是随船去的。还记得小船中途停泊时，父亲在船头钓鱼，我记得船舱里挂了好多大头菜。我一直记得大头菜的气味。

我只能从母亲的画像看看她。据我的大姑妈说，这张像画得很像。画像上的母亲很瘦，眉尖微蹙。样子和我的姐姐很相似。

我母亲是读过书的。她病倒之前每天还写一张大字。我曾在我父亲的画室里找出一摞母亲写的大字，字写得很清秀。

前年我回家乡，见着一个老邻居，她记得我母亲。看见过我母亲在花园里看花。——这家邻居和我们家的花园只隔一堵短墙。我母亲叫她“小新娘子”。“小新娘子，过来过来，给你一朵花戴。”我于是好像看见母亲在花园里看花，并且觉得她对邻居很和善。这位“小新娘子”已经是八十多岁的老太太了！

我还记得我母亲爱吃京冬菜。这东西我们家乡是没有的，是托做京官的亲戚带回来的，装在陶制的罐子里。

我母亲死后，她养病的那间“小房”锁了起来，里面堆放着她生前用的东西，全部嫁妆，——“摞橱”、皮箱和铜火盆，朱漆的火盆架子……我的继母有时开锁进去，取一两样东西，我跟着进去看过。“小房”外面有一个小天井。靠南有一个秋叶形的小花台。花台上开了一些秋海棠。这些海棠自开自落，没人管它。花很伶仃，但是颜色很红。

我的第一个继母娘家姓张。他们家原来在张家庄住，是个乡下财主。后来在城里盖了房子，才搬进城来。房子是全新的，新砖，新瓦，油漆的颜色也都很新。没有什么花木，却有一片很大的桑园。我小时就觉得奇怪，又不养蚕，种那么多桑树做什么？桑树都长得很好，干粗叶大，是湖桑。

我的继母幼年丧母，她是跟姑妈长大的，姑妈家姓吴。继母的姑妈年轻守寡。她住的房子二梁上挂着一块匾，朱地金字：“松贞柏节”，下款是“大总统题”。这大总统不知是谁，是袁世凯，还是黎元洪？吴家家境不富裕，住的房子是张家的三间偏房。老姑奶奶有两个儿子，一个叫大和子，一个叫小和子。两个儿子都没上学校，念了几年私塾，专学珠算。同年龄的少年学“鸡兔同笼”，他们却每天打“归除”、“斤求两，两求斤”。他们是准备到钱庄去学生意的。

我的继母归宁，也到她的继母屋里坐坐，但大部分时间都在这三间偏房里和姑妈在一起。我父亲到老丈人那边应酬应酬，说些淡话，也都在“这边”陪姑妈闲聊。直到“那边”来请坐席了，才过去。

继母身体不好。她婚前咳嗽得很厉害，和我父亲拜堂时是服用了一种进口的杏仁露压住的。

她是长女，但是我的外公显然并不钟爱她。她的陪嫁妆奁是不丰的。她有时准备出门作客，才戴一点首饰。比较好的首饰是副翡翠耳环。有一次，她要带我们到外公家拜年，她打扮了一下，换了一件灰鼠的皮袄。我觉得她一定会冷。这样的天气，穿一件灰鼠皮袄怎么行呢？然而她只有一件皮袄。我忽然对我的继母产生一种说不出来的感情。我可怜她，也爱她。

后娘不好当。我的继母进门就遇到一个局面，“前房”（我的生母）留下三个孩子：我姐姐，我，还有一个妹妹。这对于“后娘”当然会是沉重的负担。上有婆婆，中有大姑子、小姑子，还有一些亲戚邻居，她们都拿眼睛看着，拿耳朵听着。

也许我和娘（我们都叫继母为娘）有缘，娘很喜欢我。

她每次回娘家，都是吃了晚饭才回来。张家总是叫了两辆黄包车，姐姐和妹妹坐一辆，娘搂着我坐一辆。张家有个规矩（这规矩是很多人家都有的），姑娘回自己婆家，要给孩子手里拿两根点着了的安息香。我于是拿着两根安息香，偎在娘怀里。黄包车慢慢地走着。

两旁人家、店铺的影子向后移动着，我有点迷糊。闻着安息香的香味，我觉得很幸福。

小学一年级时，冬天，有一天放学回家，我大便急了，憋不住，拉在裤子里了（我记得我拉的屎是热腾腾的）。我兜着一裤兜屎，一扭一扭地回了家。我的继母一闻，二话没说，赶紧烧水，给我洗了屁股。她把我擦干净了，让我围着棉被坐着。接着就给我洗衬裤刷棉裤。她不但没有说我一句，连眉头都没有皱一下。

我妹妹长了头虱，娘煎了草药给她洗头，用篦子给她篦头发。张氏娘认识字，念过《女儿经》。《女儿经》有几个版本，她念过的那本，她从娘家带了过来，我看过。里面有这样的句子："张家长，李家短，别人的事情我不管。"她就是按照这一类道德规范做人的。她有时念经：《金刚经》《心经》《高王经》。她是为她的姑妈念的。

她做的饭菜有些是乡下做法，比如番瓜（南瓜）熬面疙瘩、煮百合先用油炒一下。我觉得这样的吃法很怪。

她死于肺病。

我的第二个继母姓任。任家是邵伯大地主，庄园有几座大门，庄园外有壕沟吊桥。

我父亲是到邵伯结的婚。那年我已经十七岁，读高二了。父亲写信给我和姐姐，叫我们去参加他的婚礼。任家派一个长工推了一辆独轮车到邵伯码头来接我们。我和姐姐一人坐一边。我第一次坐这种独轮车，觉得很有趣。

我已经很大了，任氏娘对我们很客气，称呼我是"大少爷"。我十九岁离开家乡到昆明读大学。一九八六年回乡，这时娘才改口叫我"曾祺"。——我这时已经六十六岁，也不是什么"少爷"了。

我对任氏娘很尊敬。因为她伴随我的父亲度过了漫长的很艰苦的沧桑岁月。

她今年八十六岁。

一九九二年七月十一日

载一九九三年第二期《作家》

我的祖父祖母

我的祖父名嘉勋，字铭甫。他的本名我只在名帖上见过。我们那里有个风俗，大年初一，多数店铺要把东家的名帖投到常有来往的别家店铺。初一，店铺是不开门的，都是天不亮由门缝里插进去。名帖是前两天由店铺的“相公”（学生）在一张一张八寸长、五寸宽的大红纸上用一个木头戳子蘸了墨汁盖上去的，楷书，字有核桃大。我有时也愿意盖几张。盖名帖使人感到年就到了。我盖一张，总要端详一下那三个乌黑的欧体正字：汪嘉勋，好像对这三个字很有感情。

祖父中过拔贡，是前清末科，从那以后就废科举改学堂了。他没有能考取更高的功名，大概是终身遗憾的。拔贡是要文章写得好的。听我父亲说，祖父的那份墨卷是出名的，那种章法叫做“夹凤股”。我不知道是该叫“夹凤”还是“夹缝”，当然更不知道是如何一种“夹”法。拔贡是做不了官的。功名道断。他就在家经营自己的产业。他是个创业的人。

我们家原是徽州人（据说全国姓汪的原来都是徽州人），迁居高邮，从我祖父往上数，才七代。祠堂里的祖宗牌位没有多少块。高邮汪家上几代功名似都不过举人，所做的官也只是“教谕”“训导”之类的“学官”，因此，在邑中不算望族。我的曾祖父曾在外地坐过馆，后来做“盐票”亏了本。“盐票”亦称“盐引”，是包给商人销售官盐的执照，大概是近似股票之类的东西，我也弄不清做盐票怎么就会亏了，甚至把家产都赔尽了。听我父亲说，我们后来的家业是祖父几乎是赤手空拳地创出来的。

创业不外两途：置田地，开店铺。

祖父手里有多少田，我一直不清楚。印象中大概在两千多亩，这是个不小的数目。但他的田好田不多。一部分在北乡。北乡田瘦，有的只能长草，谓之“草田”。年轻时他是亲自管田的，常常下乡。后来请人代管，田地上的事就不再过问。我们那里有一种人，专替大户人家管田产，叫做“田禾先生”。看青（估产）、收租、完粮、丈地……这也是一套学问。田禾先生大都是世代相传的。我们家的田禾先生姓龙，我们叫他龙先生。他给我留下颇深的印象，是因为他骑驴。我们那里的驴一般都是牵磨用，极少用来乘骑。龙先生的家不在城里，在五里坝。他每逢进城办事或到别的乡下去，都是骑驴。他的驴拴在檐下，我爱喂它吃粽子叶。龙先生总是关照我把包粽子的麻筋拣干净，说驴吃了会把肠子缠住。

祖父所开的店铺主要是两家药店，一家万全堂，在北市口，一家保全堂，在东大街。这两家药店过年贴的春联是祖父自撰的。万全堂是“万花仙掌露，全树上林春”，保全堂是“保我黎民，全登寿域”。祖父的药店信誉很好，他坚持必须卖“地道药材”。药店一般倒都不卖假药，但是常常不很地道。尤其是丸散，常言“神仙难识丸散”，连做药店的内行都不能分辨这里该用的贵重药料，麝香、珍珠、冰片之类是不是上色足量。万全堂的制药的过道上挂着一副金字对联：“修合虽无人见，存心自有天知”，并非虚语。我们县里有几个门面辉煌的大药店，店里的店员生了病，配方抓药，都不在本店，叫家里人到万全堂抓。祖父并不到店问事，一切都交给“管事”（经理）。只到每年腊月二十四，由两位管事夹了总账，到家里来，向祖父报告一年营业情况。因为信誉好，盈利是有保证的。我常到两处药店去玩，尤其是保全堂，几乎每天都去。我熟悉一些中药的加工过程，熟悉药材的形状、颜色、气味。有时也参加搓“梧桐子大”的蜜丸、碾药、摊膏药。保全堂的“管事”“同事”（配药的店员）“相公”（学生意未满师的）跟我关系很好。他们对我有一个很亲切的称呼，不叫我的名字，叫“黑少”——我小名叫黑子。我这辈子没有别人这样称呼过我。我的小说《异秉》写的就是保全堂的生活。

祖父是很有名的眼科医生。汪家世代都是看眼科的。他有一球眼药，有一个柚子大，黑咕隆咚的。祖父给人看了眼，开了方子，祖母就用一把大剪子从黑柚子的窟窿抠出耳屎大一小块，用纸包了交给病人，嘱咐病人用清水化开，用灯草点在眼里。这一球眼药不知道有多少年头了，据说很灵。祖父为人看眼病是不收钱也不受礼的。

中年以后，家道渐丰，但是祖父生活俭朴，自奉甚薄。他爱喝一点好茶，西湖龙井。饭食很简单。他总是一个人吃，在堂屋一侧放一张“马杌”——较大的方凳，便是他的餐桌。坐小板凳。他爱吃长鱼（鳝鱼）汤下面。面下在白汤里，汤里的长鱼捞出来便是酒菜。——他每顿用一个五彩釉画公鸡的茶盅喝一盅酒。没有长鱼，就用咸鸭蛋下酒。一个咸鸭蛋吃两顿。上顿吃一半，把蛋壳上掏蛋黄蛋白的小口用一块小纸封起来，下顿再吃。他的马杌上从来没有第二样菜。喝了酒，常在房里大声背唐诗："李白斗酒诗百篇，长安市上酒家眠。天子呼来不上船，自称臣是酒……中……仙……"汪铭甫的俭省，在我们县是有名的。

但是他曾有一个时期舍得花钱买古董字画。他有一套商代的彝鼎，是祭器。不大，但都有铭文。难得的是五件能配成一套。我们县里有钱人家办丧事，六七开吊，常来借去在供桌上摆一天。有一个大霁红花瓶，高可四尺，是明代物。一九八六年我回乡时，我的妹婿问我："人家都说汪家有个大霁红花瓶，是有过么?"我说："有过!"我小时天天看见，放在"老爷柜"（神案）上，不过我们并不觉得它有什么名贵，和老爷柜上的锡香炉烛台同等看待之。他有一个奇怪古董：浑天仪。不是陈列在南京紫金山天文台和北京观象台的那种大家伙，只是一个直径约四寸的铜的溜圆的圆球，上面有许多星星，下面有一个把，安在紫檀木座上。就放在他床前的小条桌上。我曾趴在桌上细细地看过，没有什么好看。是明代御造的。其珍贵处在一次一共只造了几个。祖父不知是从哪里买来的。他还为此起了一个斋名"浑天仪室"，让我父亲刻了一块长方形的图章。他有几张好画。有四幅马远的小屏条。他曾为这四张画亲自到苏州去，请有名的细木匠做了檀木框，把画嵌在里面。对这四幅画的真伪，我有点怀疑，画的构图颇满，不像"马一角"。但"年份"是很旧的。有一个高约八尺的绢地大中堂，画的是"报喜图"。一棵很大的柏树，树上有十多只喜鹊，下面卧着一头豹子。作者是吕纪。我小时候不知吕纪是何许人，只觉得画得很像。豹子的毛是一根一根都画出来的，真亏他有那么多工夫！这几幅画平常是不让人见的，只在他六十大寿时拿出来挂过。同时挂出来的字画，我记得有郑板桥的六尺大横幅，纸本，画的是兰花；陈曼生的隶书对联；汪琬的楷书对联。我对汪琬的对子很有兴趣，字很端秀，尤其是对子的纸，真好看，豆绿色的蜡笺。他有很多字帖，是一次从夏家买下来的。夏家是百年以上的大家，号“十八鹤来堂夏家”（据说堂建成时有十八只仙鹤飞来）。夏家的房屋极多而大，花园里有合抱的大桂花，有曲沼流泉，人称“夏家花园”。后来败落了，就出卖藏书字画。祖父把几箱字帖都买了。我小时候写的《圭峰碑》《闲邪公家传》，以及后来奖励给我的虞世南的《夫子庙堂碑》、褚遂良的《圣教序》、小字《麻姑仙坛》，都是初拓本，原是夏家的东西。祖父有两件宝。一是一块蕉叶白大端砚。据我父亲说，颜色正如芭蕉叶的背面。是夏之蓉的旧物。一是《云麾将军碑》，据说是个很早的拓本，海内无二，这两样东西祖父视为性命，每遇“兵荒”，就叫我父亲首先用油布包了埋起来。这两件宝物，我都没有看见过。解放后还在，现在不知下落。

我弄不清祖父的“思想”是怎么回事。他是幼读孔孟之书的，思想的基础当然是儒家。他是学佛的，在教我读《论语》的桌上有一函《南无妙法莲华经》。他是印光法师的弟子。他屋里的桌上放的两部书，一部是顾炎武的《日知录》，另一部是《红楼梦》！更不可理解的是，他订了一份杂志：邹韬奋编的《生活周刊》。

我的祖父本来是有点浪漫主义气质，诗人气质的，只是因为所处的环境，使他的个性不可能得到发展。有一年，为了避乱，他和我父亲这一房住在乡下一个小庙里，即我的小说《受戒》所写的菩提庵里，就住在小说所写“一花一世界”那间小屋里。这样他就常常让我陪他说说闲话。有一天，他喝了酒，忽然说起年轻时的一段风流韵事，说得老泪纵横。我没怎么听明白，又不敢问个究竟。后来我问父亲："是有那么一回事吗?"父亲说："有！是一个什么大官的姨太太。"老人家不知为什么要跟他的孙子说起他的艳遇，大概他的尘封的感情也需要宣泄宣泄吧。因此我觉得我的祖父是个人。

我的祖母是谈人格的女儿。谈人格是同光间本县最有名的诗人，一县人都叫他"谈四太爷"。我的小说《徙》里所写的谈甓渔就是参照一些关于他的传说写的。他的诗我在小说《故里杂记·李三》的附注里引用过一首《警火》。后来又读了友人从旧县志里抄出寄来的几首。他的诗明白晓畅，是"元和体"，所写多与治水、修坝、筑堤有关，是"为事而发"，属闲适一类者较少。看来他是一个关心时务的明白人，县人所传关于他的糊涂放诞的故事不怎么可靠。

祖母是个很勤劳的人，一年四季不闲着。做酱。我们家吃的酱油都不到外面去买。把酱豆瓣加水熬透，用一个牛腿似的布兜子"吊"起来，酱油就不断由布兜的末端一滴一滴滴在盆里。这"酱油兜子"就挂在祖母所住房外的廊檐上。逢年过节，有客人，都是她亲自下厨。她做的鱼圆非常嫩。上坟祭祖的祭菜都是她做的。端午，包粽子。中秋洗"连枝藕"——藕得有五节，极肥白，是供月亮用的。做糟鱼。糟鱼烧肉，我小时候不爱吃那种味儿，现在想起来是很好吃的东西。腌咸蛋。入冬，腌菜。腌"大咸菜"，用一个能容五担水的大缸腌"青菜"。我的家乡原来没有大白菜，只有青菜，似油菜而大得多。腌芥菜。腌"辣菜"，——小白菜晾去水分，入芥末同腌，过年时开坛，色如淡金，辣味冲鼻，极香美。自离家乡，我从来没吃过这么好吃的咸菜。风鸡，——大公鸡不去毛，揉入粗盐，外包荷叶，悬之于通风处，约二十日即得，久则愈佳。除夕，要吃一顿"团圆饭"，祖父与儿孙同桌。团圆饭必有一道鸭羹汤，鸭丁与山药丁、慈姑丁同煮。这是徽州菜。大年初一，祖母头一个起来，包“大圆子”，即汤团。我们家的大圆子特别“油”。圆子馅前十天就以洗沙猪油拌好，每天放在饭锅头蒸一次，油都“吃”进洗沙里去了，煮出，咬破，满嘴油。这样的圆子我最多能吃四个。

祖母的针线很好。祖父的衣裳鞋袜都是她缝制的。祖父六十岁时，祖母给他做了几双“挖云子”的鞋，——黑呢鞋面上挖出“云子”，内衬大红薄呢里子。这种鞋我只在戏台上和古画上见过。老太爷穿上，高兴得像个孩子。祖母还会剪花样。我的小说《受戒》写小英子的妈赵大娘会剪花样，这细节是从我祖母身上借去的。

祖母对祖父照料得非常周到。每天晚上用一个“五更鸡”（一种点油的极小的炉子）给他炖大枣。祖父想吃点甜的，又没有牙，祖母就给他做花生酥，——花生用饼槌碾细，掺绵白糖，在一个针箍子（即顶针）里压成一个个小圆糖饼。

祖母是吃长斋的。有一年祖父生了一场大病。她在佛前许愿，从此吃了长斋。她吃的菜离不了豆腐、面筋、皮子（豆腐皮）……她的素菜里最好吃的是香蕈饺子。香蕈（即冬菇）熬汤，荠菜馅包小饺子，油炸后倾入滚汤中，嗤拉一声。这道菜她一生中也没有吃过几次。

她没有休息的时候。没事时也总在捻麻线。一个牛拐骨，上面有个小铁钩，续入麻丝后，用手一转牛拐，就捻成了麻线。我不知道她捻那么多麻线干什么，肯定是用不完的。小时候读归有光的《先妣事略》：“孺人不忧米盐，乃劳苦若不谋夕”，觉得我的祖母就是这样的人。

祖母很喜欢我。夏天晚上，我们在天井里乘凉，她有时会摸着黑走过来，躺在竹床上给我“说古话”（讲故事）。有时她唱“偈”，声音哑哑的：“观音老母站桥头……”这是我听她唱过的惟一的“歌”。

一九九一年十月，我回了一趟家乡，我的妹妹、弟弟说我长得像祖母。他们拿出一张祖母的六寸相片，我一看，是像，尤其是鼻子以下，两腮，嘴，都像。我年轻时没有人说过我像祖母。大概年轻时不像，现在，我老了，像了。

一九九二年一月二十二日

载一九九二年第四期《作家》

闻一多先生上课

闻先生性格强烈坚毅。日寇南侵，清华、北大、南开合成临时大学，在长沙少驻，后改为西南联合大学，将往云南。一部分师生组成步行团，闻先生参加步行，万里长征，他把胡子留了起来，声言：抗战不胜，誓不剃须。他的胡子只有下巴上有，是所谓“山羊胡子”，而上髭浓黑，近似一字。他的嘴唇稍薄微扁，目光灼灼。有一张闻先生的木刻像，回头侧身，口衔烟斗，用炽热而又严冷的目光审视着现实，很能表达闻先生的内心世界。

联大到云南后，先在蒙自待了一年。闻先生还在专心治学，把自己整天关在图书馆里。图书馆在楼上。那时不少教授爱起斋名，如朱自清先生的斋名叫“贤于博弈斋”，魏建功先生的书斋叫“学无不暇簃”，有一位教授戏赠闻先生一个斋主的名称：“何妨一下楼主人”。因为闻先生总不下楼。

西南联大校舍安排停当，学校即迁至昆明。

我在读西南联大时，闻先生先后开过三门课：楚辞、唐诗、古代神话。

楚辞班人不多。闻先生点燃烟斗，我们能抽烟的也点着了烟（闻先生的课可以抽烟的），闻先生打开笔记，开讲："痛饮酒，熟读《离骚》，乃可以为名士。"闻先生的笔记本很大，长一尺有半，宽近一尺，是写在特制的毛边纸稿纸上的。字是正楷，字体略长，一笔不苟。他写字有一特点，是爱用秃笔。别人用过的废笔，他都收集起来，秃笔写篆楷蝇头小字，真是一个功夫。我跟闻先生读一年楚辞，真读懂的只有两句"袅袅兮秋风，洞庭波兮木叶下"。也许还可加上几句："成礼兮会鼓，传葩兮代舞，春兰兮秋菊，长毋绝兮终古。"

闻先生教古代神话，非常"叫座"。不单是中文系的、文学院的学生来听讲，连理学院、工学院的同学也来听。工学院在拓东路，文学院在大西门，听一堂课得穿过整整一座昆明城。闻先生讲课"图文并茂"。他用整张的毛边纸墨画出伏羲、女娲的各种画像，用按钉钉在黑板上，口讲指画，有声有色，条理严密，文采斐然，高低抑扬，引人入胜。闻先生是一个好演员。伏羲女娲，本来是相当枯燥的课题，但听闻先生讲课让人感到一种美，思想的美，逻辑的美，才华的美。听这样的课，穿一座城，也值得。

能够像闻先生那样讲唐诗的，并世无第二人。他也讲初唐四杰、大历十才子、《河岳英灵集》，但是讲得最多，也讲得最好的，是晚唐。他把晚唐诗和后期印象派的画联系起来。讲李贺，同时讲到印象派里的 pointlism（点画派），说点画看起来只是不同颜色的点，这些点似乎不相连属，但凝视之，则可感觉到点与点之间的内在联系。这样讲唐诗，必须本人既是诗人，也是画家，有谁能办到？闻先生讲唐诗的妙悟，应该记录下来。我是个大大咧咧的人，上课从不记笔记。听说比我高一班的同学郑临川记录了，而且整理成一本《闻一多论唐诗》，出版了，这是大好事。

我颇具歪才，善能胡诌，闻先生很欣赏我。我曾替一个比我低一班的同学代笔写了一篇关于李贺的读书报告，——西南联大一般课程都不考试，只于学期终了时交一篇读书报告即可给学分。闻先生看了这篇读书报告后，对那位同学说："你的报告写得很好，比汪曾祺写的还好！"其实我写李贺，只写了一点：别人的诗都是画在白底子上的画，李贺的诗是画在黑底子上的画，故颜色特别浓烈。这也是西南联大许多教授对学生鉴别的标准：不怕新，不怕怪，而不尚平庸，不喜欢人云亦云，只抄书，无创见。

一九九七年三月十二日

载一九九七年五月三十日《南方周末》

老舍先生

北京东城迺兹府丰富胡同有一座小院。走进这座小院，就觉得特别安静，异常豁亮。这院子似乎经常布满阳光。院里有两棵不大的柿子树（现在大概已经很大了），到处是花，院里、廊下、屋里，摆得满满的。按季更换，都长得很精神，很滋润，叶子很绿，花开得很旺。这些花都是老舍先生和夫人胡絜青亲自莳弄的。天气晴和，他们把这些花一盆盆抬到院子里，一身热汗。刮风下雨，又一盆一盆抬进屋，又是一身热汗。老舍先生曾说："花在人养。"老舍先生爱花，真是到了爱花成性的地步，不是可有可无的了。汤显祖曾说他的词曲"俊得江山助"。老舍先生的文章也可以说是"俊得花枝助"。叶浅予曾用白描为老舍先生画像，四面都是花，老舍先生坐在百花丛中的藤椅里，微仰着头，意态悠远。这张画不是写实，意思恰好。

客人被让进了北屋当中的客厅，老舍先生就从西边的一间屋子走出来。这是老舍先生的书房兼卧室。里面陈设很简单，一桌、一椅、一榻。老舍先生腰不好，习惯睡硬床。老舍先生是文雅的、彬彬有礼的。他的握手是轻轻的，但是很亲切。茶已经沏出色了，老舍先生执壶为客人倒茶。据我的印象，老舍先生总是自己给客人倒茶的。

老舍先生爱喝茶，喝得很勤，而且很酽。他曾告诉我，到莫斯科去开会，旅馆里倒是为他特备了一只暖壶。可是他沏了茶，刚喝了几口，一转眼，服务员就给倒了。“他们不知道，中国人是一天到晚喝茶的！”

有时候，老舍先生正在工作，请客人稍候，你也不会觉得闷得慌。你可以看看花。如果是夏天，就可以闻到一阵一阵香白杏的甜香味儿。一大盘香白杏放在条案上，那是专门为了闻香而摆设的。你还可以站起来看看西壁上挂的画。

老舍先生藏画甚富，大都是精品。所藏齐白石的画可谓“绝品”。壁上所挂的画是时常更换的。挂的时间较久的，是白石老人应老舍点题而画的四幅屏。其中一幅是很多人在文章里提到过的“蛙声十里出山泉”。“蛙声”如何画？白石老人只画了一脉活泼的流泉，两旁是乌黑的石崖，画的下端画了几只摆尾的蝌蚪。画刚刚裱起来时，我上老舍先生家去，老舍先生对白石老人的设想赞叹不止。

老舍先生极其爱重齐白石，谈起来总是充满感情。我所知道的一点白石老人的逸事，大都是从老舍先生那里听来的。老舍先生谈这四幅里原来点的题有一句是苏曼殊的诗（是哪一句我忘记了），要求画卷心的芭蕉。老人踌躇了很久，终于没有应命，因为他想不起芭蕉的心是左旋还是右旋的了，不能胡画。老舍先生说：“老人是认真的。”老舍先生谈起过，有一次要拍齐白石的画的电影，想要他拿出几张得意的画来，老人说：“没有！”后来由他的学生再三说服动员，他才从画案的隙缝中取出一卷（他是木匠出身，他的画案有他自制的“消息”），外面裹着好几层报纸，写着四个大字：“此是废纸”。打开一看，都是惊人的杰作——就是后来纪录片里所拍摄的。白石老人家里人口很多，每天煮饭的米都是老人亲自量，用一个香烟罐头。“一下、两下、三下……行了！”——“再添一点，再添一点！”——“吃那么多呀！”有人曾提出把老人接出来住，这么大岁数了，不要再操心这样的家庭琐事。老舍先生知道了，给拦了，说：“别！他这么着惯了。不叫他干这些，他就活不成了。”老舍先生的意见表现了他对人的理解，对一个人生活习惯的尊重，同时也表现了对白石老人真正的关怀。

老舍先生很好客，每天下午，来访的客人不断。作家、画家、戏曲、曲艺演员……老舍先生都是以礼相待，谈得很投机。

每年，老舍先生要把市文联的同仁约到家里聚两次。一次是菊花开的时候，赏菊。一次是他的生日，——我记得是腊月二十三。酒菜丰盛，而有特点。酒是“敞开供应”，汾酒、竹叶青、伏特卡，愿意喝什么喝什么，能喝多少喝多少。有一次很郑重地拿出一瓶葡萄酒，说是毛主席送来的，让大家都喝一点。菜是老舍先生亲自掂配的。老舍先生有意叫大家尝尝地道的北京风味。我记得有一次用一瓷钵芝麻酱炖黄花鱼。这道菜我从未吃过，以后也再没有吃过。老舍家的芥末墩是我吃过的最好的芥末墩！有一年，他特意订了两大盒“盒子菜”。直径三尺许的朱红扁圆漆盒，里面分开若干格，装的不过是火腿、腊鸭、小肚、口条之类的切片，但都很精致。熬白菜端上来了，老舍先生举起筷子：“来来来！这才是真正的好东西！”

老舍先生对他下面的干部很了解，也很爱护。当时市文联的干部不多，老舍先生对每个人都相当清楚。他不看干部的档案，也从不找人“个别谈话”，只是从平常的谈吐中就了解一个人的水平和才气，那是比看档案要准确得多的。老舍先生爱才，对有才华的青年，常常在各种场合称道，“平生不解藏人善，到处逢人说项斯”。而且所用的语言在有些人听起来是有点过甚其词，不留余地的。老舍先生不是那种惯说模棱两可、含糊其辞、温吞水一样的官话的人。我在市文联几年，始终感到领导我们的是一位作家。他和我们的关系是前辈与后辈的关系，不是上下级关系。老舍先生这样“作家领导”的作风在市文联留下很好的影响，大家都平等相处，开诚布公，说话很少顾虑，都有点书生气、书卷气。他的这种领导风格，正是我们今天很多文化单位的领导所缺少的。

老舍先生是市文联的主席，自然也要处理一些“公务”，看文件、开会、做报告（也是由别人起草的）……但是作为一个北京市的文化工作的负责人，他常常想一些别人没有想到或想不到的问题。

北京解放前有一些盲艺人，他们沿街卖艺，有时还兼带算命，生活很苦。他们的“玩意儿”和睁眼的艺人不全一样。老舍先生和一些盲艺人熟识，提议把这些盲艺人组织起来，使他们的生活有出路，别让他们的“玩意儿”绝了。为了引起各方面的重视，他把盲艺人请到市文联演唱了一次。老舍先生亲自主持，作了介绍，还特烦两位老艺人翟少平、王秀卿唱了一段《当皮箱》。这是一个喜剧性的牌子曲，里面有一个人物是当铺的掌柜，说山西话；有一牌子叫“鹦哥调”，句尾和声用喉舌作出有点像母猪拱食的声音，很特别，很逗。这个段子和这个牌子，是睁眼艺人没有的。老舍先生那天显得很兴奋。

北京有一座智化寺，寺里的和尚作法事和别的庙里的不一样，演奏音乐。他们演奏的乐调不同凡响，很古。所用乐谱别人不能识，记谱的符号不是工尺，而是一些奇奇怪怪的笔道。乐器倒也和现在常见的差不多，但主要的乐器却是管。据说这是唐代的“燕乐”。解放后，寺里的和尚多半已经各谋生计了，但还能集拢在一起。老舍先生把他们请来，演奏了一次。音乐界的同志对这堂活着的古乐课都很感兴趣。老舍先生为此也感到很兴奋。

《当皮箱》和“燕乐”的下文如何，我就不知道了。

老舍先生是历届北京市人民代表。当人民代表就要替人民说话，以前人民代表大会的文件汇编是把代表提案都印出来的。有一年老舍先生的提案是：希望政府解决芝麻酱的供应问题。那一年北京芝麻酱缺货。老舍先生说：“北京人夏天离不开芝麻酱！”不久，北京的油盐店里有芝麻酱卖了，北京人又吃上了香喷喷的麻酱面。

老舍是属于全国人民的，首先是属于北京人的。

一九五四年，我调离北京市文联，以后就很少上老舍先生家里去了。听说他有时还提到我。

一九八四年三月三十日

载一九八四年第五期《北京文学》

多年父子成兄弟

这是我父亲的一句名言。

父亲是个绝顶聪明的人。他是画家，会刻图章，画写意花卉。图章初宗浙派，中年后治汉印。他会摆弄各种乐器，弹琵琶，拉胡琴，笙箫管笛，无一不通。他认为乐器中最难的其实是胡琴，看起来简单，只有两根弦，但是变化很多，两手都要有功夫。他拉的是老派胡琴，弓子硬，松香滴得很厚——现在拉胡琴的松香都只滴了薄薄的一层，他的胡琴音色刚亮。胡琴码子都是他自己刻的，他认为买来的不中使。他养蟋蟀养金铃子，他养过花，他养的一盆素心兰在我母亲病故那年死了，从此他就不再养花。我母亲死后，他亲手给她做了几箱子冥衣——我们那里有烧冥衣的风俗。按照母亲生前的喜好，选购了各种花素色纸作衣料，单夹皮棉，四时不缺。他做的皮衣能分得出小麦穗、羊羔、灰鼠、狐肷。

父亲是个很随和的人，我很少见他发过脾气，对待子女，从无疾言厉色。他爱孩子，喜欢孩子，爱跟孩子玩，带着孩子玩。我的姑妈称他为“孩子头”。春天，不到清明，他领一群孩子到麦田里放风筝。

放的是他自己糊的蜈蚣（我们那里叫“百脚”），是用染了色的绢糊的。放风筝的线是胡琴的老弦。老弦结实而轻，这样风筝可笔直地飞上去，没有“肚儿”。用胡琴弦放风筝，我还未见过第二人。清明节前，小麦还没有“起身”，是不怕践踏的，而且越踏会越长得旺。孩子们在屋里闷了一冬天，在春天的田野里奔跑跳跃，身心都极其畅快。他用钻石刀把玻璃裁成不同形状的小块，再一块一块斗拢，接缝处用胶水粘牢，做成小桥、小亭子、八角玲珑水晶球。桥、亭、球是中空的，里面养了金铃子。从外面可以看到金铃子在里面自在爬行，振翅鸣叫。他会做各种灯。用浅绿透明的“鱼鳞纸”扎了一只纺织娘，栩栩如生。用西洋红染了色，上深下浅，通草做花瓣，做了一个重瓣荷花灯，真是美极了。用小西瓜（这是拉秧的小瓜，因其小，不中吃，叫做“打瓜”或“笃瓜”）上开小口挖净瓜瓤，在瓜皮上雕镂出极细的花纹，做成西瓜灯。我们在这些灯里点了蜡烛，穿街过巷，邻居的孩子都跟过来看，非常羡慕。

父亲对我的学业是关心的，但不强求。我小时候，国文成绩一直是全班第一。我的作文，时得佳评，他就拿出去到处给人看。我的数学不好，他也不责怪，只要能及格，就行了。他画画，我小时也喜欢画画，但他从不指点我。他画画时，我在旁边看，其余时间由我自己乱翻画谱，瞎抹。我对写意花卉那时还不太会欣赏，只是画一些鲜艳的大桃子，或者我从来没有见过的瀑布。我小时字写得不错，他倒是给我出过一点主意。在我写过一阵“圭峰碑”和“多宝塔”以后，他建议我写写“张猛龙”。这建议是很好的，到现在我写的字还有“张猛龙”的影响。我初中时爱唱戏，唱青衣，我的嗓子很好，高亮甜润。在家里，他拉胡琴，我唱。我的同学有几个能唱戏的。学校开园乐会，他应我的邀请，到学校去伴奏。几个同学都只是清唱，有一个姓费的同学借到一顶纱帽，一件蓝官衣，扮起来唱“朱砂井”，但是没有配角，没有衙役，没有犯人，只是一个赵廉，摇着马鞭在台上走了两圈，唱了一段“郡坞县在马上心神不定”便完事下场。父亲那么大的人陪着几个孩子玩了一下午，还挺高兴。我十七岁初恋，暑假里，在家写情书，他在一旁瞎出主意。我十几岁就学会了抽烟喝酒。他喝酒，给我也倒一杯。抽烟，一次抽出两根他一根我一根。他还总是先给我点上火。我们的这种关系，他人或以为怪。父亲说：“我们是多年父子成兄弟。”

我和儿子的关系也是不错的。我戴了“右派分子”的帽子下放张家口农村劳动，他那时还从幼儿园刚毕业，刚刚学会汉语拼音，用汉语拼音给我写了第一封信。我也只好赶紧学会汉语拼音，好给他写回信。“文化大革命”期间，我被打成“黑帮”，送进“牛棚”。偶尔回家，孩子们对我还是很亲热。我的老伴告诫他们“你们要和爸爸‘划清界限’”，儿子反问母亲：“那你怎么还给他打酒？”只有一件事，两代之间，曾有分歧。他下放山西忻县“插队落户”，按规定，春节可以回京探亲。我们等着他回来。不料他同时带回了一个同学。他这个同学的父亲是一位正受林彪迫害，搞得人囚家破的空军将领。这个同学在北京已经没有家。按照大队的规定是不能回北京的，但是孩子很想回北京，在一伙同学的秘密帮助下，我的儿子就偷偷地把他带回来了。他连“临时户口”也不能上，是个“黑人”，我们留他在家住，等于“窝藏”了他。公安局随时可以来查户口，街道办事处的大妈也可能举报。当时人人自危，自顾不暇，儿子惹了这么一个麻烦，使我们非常为难。我和老伴把他叫到我们的卧室，对他的冒失行为表示不满，我责备他："怎么事前也不和我们商量一下!"我的儿子哭了，哭得很委屈，很伤心。我们当时立刻明白了：他是对的，我们是错的。我们这种怕担干系的思想是庸俗的。我们对儿子和同学之间义气缺乏理解，对他的感情不够尊重。他的同学在我们家一直住了四十多天，才离去。

对儿子的几次恋爱，我采取的态度是"闻而不问"。了解，但不干涉。我们相信他自己的选择，他的决定。最后，他悄悄和一个小学时期女同学好上了，结了婚。有了一个女儿，已近七岁。

我的孩子有时叫我"爸"，有时叫我"老头子"!连我的孙女也跟着叫。我的亲家母说这孩子"没大没小"。我觉得一个现代化的，充满人情味的家庭，首先必须做到"没大没小"。父母叫人敬畏，儿女"笔管条直"最没有意思。

儿女是属于他们自己的。他们的现在，和他们的未来，都应由他们自己来设计。一个想用自己理想的模式塑造自己的孩子的父亲是愚蠢的，而且，可恶！另外作为一个父亲，应该尽量保持一点童心。

一九九〇年九月一日

载一九九一年第一期《福建文学》

星斗其文，赤子其人

沈先生逝世后，傅汉斯、张充和从美国电传来一副挽辞。字是晋人小楷，一看就知道是张充和写的。词想必也是她拟的。只有四句：

> 不折不从　亦慈亦让
>
> 星斗其文　赤子其人

这是嵌字格，但是非常贴切，把沈先生的一生概括得很全面。这位四妹对三姐夫沈二哥真是非常了解。——荒芜同志编了一本《我所认识的沈从文》，写得最好的一篇，我以为也应该是张充和写的《三姐夫沈二哥》。

沈先生的血管里有少数民族的血液。他在填履历表时，“民族”一栏里填土家族或苗族都可以，可以由他自由选择。湘西有少数民族血统的人大都有一股蛮劲、狠劲，做什么都要做出一个名堂。黄永玉就是这样的人。沈先生瘦瘦小小（晚年发胖了），但是有用不完的精力。他小时是个顽童，爱游泳（他叫“游水”）。进城后好像就不游了。

三姐（师母张兆和）很想看他游一次泳，但是没有看到。我当然更没有看到过。他少年当兵，漂泊转徙，很少连续几晚睡在同一张床上。吃的东西，最好的不过是切成四方的大块猪肉（煮在豆芽菜汤里）。行军、拉船，锻炼出一副极富耐力的体魄。二十岁冒冒失失地闯到北平来，举目无亲。连标点符号都不会用，就想用手中一支笔打出一个天下。经常为弄不到一点东西"消化消化"而发愁。冬天屋里生不起火，用被子围起来，还是不停地写。我一九四六年到上海，因为找不到职业，情绪很坏，他写信把我大骂了一顿，说："为了一时的困难，就这样哭哭啼啼的，甚至想到要自杀，真是没出息！你手中有一支笔，怕什么！"他在信里说了一些他刚到北京时的情形。——同时又叫三姐从苏州写了一封很长的信安慰我。他真的用一支笔打出了一个天下了。一个只读过小学的人，竟成了一个大作家，而且积累了那么多的学问，真是一个奇迹。

沈先生很爱用一个别人不常用的词："耐烦"。他说自己不是天才（他应当算是个天才），只是耐烦。他对别人的称赞，也常说"要算耐烦"。看见儿子小虎搞机床设计时，说"要算耐烦"。看见孙女小红做作业时，也说"要算耐烦"。他的"耐烦"，意思就是锲而不舍，不怕费劲。一个时期，沈先生每个月都要发表几篇小说，每年都要出几本书，被称为"多产作家"，但是写东西不是很快的，从来不是一挥而就。他年轻时常常日以继夜地写。他常流鼻血。血液凝聚力差，一流起来不易止住，很怕人。有时夜间写作，竟致晕倒，伏在自己的一摊鼻血里，第二天才被人发现。我就亲眼看到过他的带有鼻血痕迹的手稿。他后来还常流鼻血，不过不那么厉害了。他自己知道，并不惊慌。很奇怪，他连续感冒几天，一流鼻血，感冒就好了。他的作品看起来很轻松自如，若不经意，但都是苦心刻琢出来的。《边城》一共不到七万字，他告诉我，写了半年。他这篇小说是《国闻周报》上连载的，每期一章。小说共二十一章，21×7＝147，我算了算，差不多正是半年。这篇东西是他新婚之后写的，那时他住在达子营。巴金住在他那里。他们每天写，巴老在屋里写，沈先生搬个小桌子，在院子里树荫下写。巴老写了一个长篇，沈先生写了《边城》。他称他的小说为“习作”，并不完全是谦虚。有些小说是为了教创作课给学生示范而写的，因此试验了各种方法。为了教学生写对话，有的小说通篇都用对话组成，如《若墨医生》；有的，一句对话也没有。《月下小景》确是为了履行许给张家小五的诺言“写故事给你看”而写的。同时，当然是为了试验一下“讲故事”的方法（这一组“故事”明显地看得出受了《十日谈》和《一千零一夜》的影响）。同时，也为了试验一下把六朝译经和口语结合的文体。这种试验，后来形成一种他自己说是“文白夹杂”的独特的沈从文体，在四十年代的文字（如《烛虚》）中尤为成熟。他的亲戚，语言学家周有光曾说“你的语言是古英语”，甚至是拉丁文。沈先生讲创作，不大爱说“结构”，他说是“组织”。我也比较喜欢“组织”这个词。“结构”过于理智，“组织”更带感情，较多作者的主观。他曾把一篇小说一条一条地裁开，用不同方法组织，看看哪一种形式更为合适。沈先生爱改自己的文章。他的原稿，一改再改，天头地脚页边，都是修改的字迹，蜘蛛网似的，这里牵出一条，那里牵出一条。作品发表了，改。成书了，改。看到自己的文章，总要改。有时改了多次，反而不如原来的，以至于三姐后来不许他改了（三姐是沈先生文集的一个极其细心，极其认真的义务责任编辑）。沈先生的作品写得最快，最顺畅，改得最少的，只有一本《从文自传》。这本自传没有经过冥思苦想，只用了三个星期，一气呵成。

他不大用稿纸写作。在昆明写东西，是用毛笔写在当地出产的竹纸上的，自己折出印子。他也用钢笔，蘸水钢笔。他抓钢笔的手势有点像抓毛笔（这一点可以证明他不是洋学堂出身）。《长河》就是用钢笔写的，写在一个硬面的练习簿上，直行，两面写。他的原稿的字很清楚，不潦草，但写的是行书。不熟悉他的字体的排字工人是会感到困难的。他晚年写信写文章爱用秃笔淡墨。用秃笔写那样小的字，不但清楚，而且顿挫有致，真是一个功夫。

他很爱他的家乡。他的《湘西》《湘行散记》和许多篇小说可以作证。他不止一次和我谈起棉花坡，谈起枫树坳——一到秋天满城落了枫树的红叶。一说起来，不胜神往。黄永玉画过一张凤凰沈家门外的小巷，屋顶墙壁颇零乱，有大朵大朵的红花——不知是不是夹竹桃，画面颜色很浓，水气泱泱。沈先生很喜欢这张画，说："就是这样!"八十岁那年，和三姐一同回了一次凤凰，领着她看了他小说中所写的各处，都还没有大变样。家乡人闻知沈从文回来了，简直不知怎样招待才好。他说："他们为我捉了一只锦鸡!"锦鸡毛羽很好看，他很爱那只锦鸡，还抱着它照了一张相，后来知道竟作了他的盘中餐，对三姐说："真煞风景!"锦鸡肉并不怎么好吃。沈先生说及时大笑，但也表现出对乡人的殷勤十分感激。他在家乡听了傩戏，这是一种古调犹存的很老的弋阳腔。打鼓的是一位七十多岁的老人，他对年轻人打鼓失去旧范很不以为然。沈先生听了，说："这是楚声，楚声!"他动情地听着"楚声"，泪流满面。

沈先生八十岁生日，我曾写了一首诗送他，开头两句是：

犹及回乡听楚声，

此身虽在总堪惊。

端木蕻良看到这首诗，认为“犹及”二字很好。我写下来的时候就有点觉得这不大吉利，没想到沈先生再也不能回家乡听一次了！他的家乡每年有人来看他，沈先生非常亲切地和他们谈话，一坐半天。每当同乡人来了，原来在座的朋友或学生就只有退避在一边，听他们谈话。沈先生很好客，朋友很多。老一辈的有林宰平、徐志摩。沈先生提及他们时充满感情。没有他们的提挈，沈先生也许就会当了警察，或者在马路旁边“瘪了”。我认识他后，他经常来往的有杨振声、张奚若、金岳霖、朱光潜诸先生、梁思成林徽因夫妇。他们的交往真是君子之交，既无朋党色彩，也无酒食征逐。清茶一杯，闲谈片刻。杨先生有一次托沈先生带信，让我到南锣鼓巷他的住处去，我以为有什么事。去了，只是他亲自给我煮一杯咖啡，让我看一本他收藏的姚茫父的册页。这册页的芯子只有火柴盒那样大，横的，是山水，用极富金石味的墨线勾轮廓，设极重的青绿，真是妙品。杨先生对待我这个初露头角的学生如此，则其接待沈先生的情形可知。杨先生和沈先生夫妇曾在颐和园住过一个时期，想来也不过是清晨或黄昏到后山谐趣园一带走走，看看湖里的金丝莲，或写出一张得意的字来，互相欣赏欣赏，其余时间各自在屋里读书做事，如此而已。沈先生对青年的帮助真是不遗余力。他曾经自己出钱为一个诗人出了第一本诗集。一九四七年，诗人柯原的父亲故去，家中落了一笔债，沈先生提出卖字来帮助他。《益世报》登出了沈从文卖字的启事，买字的可定出规格，而将价款直接寄给诗人。柯原一九八〇年去看沈先生，沈先生才记起有这回事。他对学生的作品细心修改，寄给相熟的报刊，尽量争取发表。他这辈子为学生寄稿的邮费，加起来是一个相当可观的数字。抗战时期，通货膨胀，邮费也不断涨，往往寄一封信，信封正面反面都得贴满邮票。为了省一点邮费，沈先生总是把稿纸的天头地脚页边都裁去，只留一个稿芯，这样分量轻一点。稿子发表了，稿费寄来，他必为亲自送去。李霖灿在丽江画玉龙雪山，他的画都是寄到昆明，由沈先生代为出手的。我在昆明写的稿子，几乎无一篇不是他寄出去的。一九四六年，郑振铎、李健吾先生在上海创办《文艺复兴》，沈先生把我的《小学校的钟声》和《复仇》寄去。这两篇稿子写出已经有几年，当时无地方可发表。稿子是用毛笔楷书写在学生作文的绿格本上的，郑先生收到，发现稿纸上已经叫蠹虫蛀了好些洞，使他大为激动。沈先生对我这个学生是很喜欢的。为了躲避日本飞机空袭，他们全家有一阵住在呈贡新街，后迁跑马山桃源新村。沈先生有课时进城住两三天。他进城时，我都去看他，交稿子，看他收藏的宝贝，借书。沈先生的书是为了自己看，也为了借给别人看的。“借书一痴，还书一痴”，借书的痴子不少，还书的痴子可不多。有些书借出去一去无踪。有一次，晚上，我喝得烂醉，坐在路边，沈先生到一处演讲回来，以为是一个难民，生了病，走近看看，是我！他和两个同学把我扶到他住处，灌了好些酽茶，我才醒过来。有一回我去看他，牙疼，腮帮子肿得老高。沈先生开了门，一看，一句话没说，出去买了几个大橘子抱着回来了。沈先生的家庭是我见到的最好的家庭，随时都在亲切和谐气氛中。两个儿子，小龙小虎，兄弟怡怡。他们都很高尚清白，无丝毫庸俗习气，无一句粗鄙言语，——他们都很幽默，但幽默得很温雅。一家人于钱上都看得很淡。《沈从文文集》的稿费寄到，九千多元，大概开过家庭会议，又从存款中取出几百元，凑成一万，寄到家乡办学。沈先生也有生气的时候，也有极度烦恼痛苦的时候，在昆明，在北京，我都见到过，但多数时候都是笑眯眯的。他总是用一种善意的、含情的微笑，来看这个世界的一切。到了晚年，喜欢放声大笑，笑得合不拢嘴，且摆动双手作势，真像一个孩子。只有看破一切人事乘除，得失荣辱，全置度外，心地明净无渣滓的人，才能这样畅快地大笑。

沈先生五十年代后放下写小说散文的笔（偶然还写一点，笔下仍极活泼，如写纪念陈翔鹤文章，实写得极好），改业钻研文物，而且钻出了很大的名堂，不少中国人、外国人都很奇怪。实不奇怪。沈先生很早就对历史文物有很大兴趣。他写的关于展子虔游春图的文章，我以为是一篇重要文章，从人物服装颜色式样考订图画的年代的真伪，是别的鉴赏家所未注意的方法。他关于书法的文章，特别是对宋四家的看法，很有见地。在昆明，我陪他去遛街，总要看看市招，到裱画店看看字画。昆明市政府对面有一堵大照壁，写满了一壁字（内容已不记得，大概不外是总理遗训），字有七八寸见方大，用二爨掺一点北魏造像题记笔意，白墙蓝字，是一位无名书家写的，写得实在好。我们每次经过，都要去看看。昆明有一位书法家叫吴忠荩，字写得极多，很多人家都有他的字，家家裱画店都有他的刚刚裱好的字。字写得很熟练，行书，只是用笔枯扁，结体少变化。沈先生还去看过他，说“这位老先生写了一辈子字”！意思颇为他水平受到限制而惋惜。昆明碰碰撞撞都可见到黑漆金字抱柱楹联上钱南园的四方大颜字，也还值得一看。沈先生到北京后即喜欢搜集瓷器。有一个时期，他家用的餐具都是很名贵的旧瓷器，只是不配套，因为是一件一件买回来的。他一度专门搜集青花瓷。买到手，过一阵就送人。西南联大好几位助教、研究生结婚时都收到沈先生送的雍正青花的茶杯或酒杯。沈先生对陶瓷赏鉴极精，一眼就知是什么朝代的。一个朋友送我一个梨皮色釉的粗瓷盒子，我拿去给他看，他说："元朝东西，民间窑！"有一阵搜集旧纸，大都是乾隆以前的。多是染过色的，瓷青的、豆绿的、水红的，触手细腻到像煮熟的鸡蛋白外的薄皮，真是美极了。至于茧纸、高丽发笺，那是凡晶了（他搜集旧纸，但自己舍不得用来写字。晚年写字用糊窗户的高丽纸，他说："我的字值三分钱"）。

在昆明，搜集了一阵耿马漆盒。这种漆盒昆明的地摊上很容易买到，且不贵。沈先生搜集器物的原则是"人弃我取"。其实这种竹胎的，涂红黑两色漆，刮出极繁复而奇异的花纹的圆盒是很美的。装点心，装花生米，装邮票杂物均合适，放在桌上也是个摆设。这种漆盒也都陆续送人了。客人来，坐一阵，临走时大都能带走一个漆盒。有一阵研究中国丝绸，弄到许多大藏经的封面，各种颜色都有：宝蓝的、茶褐的、肉色的，花纹也是各式各样。沈先生后来写了一本《中国丝绸图案》。有一阵研究刺绣。除了衣服、裙子，弄了好多扇套、眼镜盒、香袋。不知他是从哪里"寻摸"来的。这些绣品的针法真是多种多样。我只记得有一种绣法叫"打子"，是用一个一个丝线疙瘩缀出来的。他给我看一种绣品，叫"七色晕"，用七种颜色的绒绣成一个团花，看了真叫人发晕。他搜集、研究这些东西，不是为了消遣，是从发现、证实中国历史文化的优越这个角度出发的，研究时充满感情。我在他八十岁生日写给他的诗里有一联：

玩物从来非丧志，

著书老去为抒情。

这全是记实。沈先生提及某种文物时常是赞叹不已。马王堆那副不到一两重的纱衣，他不知说了多少次。刺绣用的金线原来是盲人用一把刀，全凭手感，就金箔上切割出来的。他说起时非常感动。有一个木俑（大概是楚俑）一尺多高，衣服非常特别：上衣的一半（连同袖子）是黑色，一半是红的；下裳正好相反，一半是红的，一半是黑的。沈先生说："这真是现代派！"如果照这样式（一点不用修改）做一件时装，拿到巴黎去，由一个长身细腰的模特儿穿起来，到表演台上转那么一转，准能把全巴黎都"镇"了！他平生搜集的文物，在他生前全都分别捐给了几个博物馆、工艺美术院校和工艺美术工厂，连收条都不要一个。

沈先生自奉甚薄。穿衣服从不讲究。他在《湘行散记》里说他穿了一件细毛料的长衫，这件长衫我可没见过。我见他时总是一件洗得褪了色的蓝布长衫，夹着一摞书，匆匆忙忙地走。解放后是蓝卡其布或涤卡的干部服，黑灯芯绒的"懒汉鞋"。有一年做了一件皮大衣(记得是从房东手里买的一件旧皮袍改制的，灰色粗线呢面)，他穿在身上，说是很暖和，高兴得像一个孩子。吃得很清淡。我没见他下过一次馆子。在昆明，我到文林街二十号他的宿舍去看他，到吃饭时总是到对面米线铺吃一碗一角三分钱的米线。有时加一个西红柿，打一个鸡蛋，超不过两角五分。三姐是会做菜的，会做八宝糯米鸭，炖在一个大砂锅里，但不常做。他们住在中老胡同时，有时张充和骑自行车到前门月盛斋买一包烧羊肉回来，就算加了菜了。在小羊宜宾胡同时，常吃的不外是炒四川的菜头，炒茨菇。沈先生爱吃慈姑，说"这个好，比土豆‘格’高”。他在《自传》中说他很会炖狗肉，我在昆明，在北京都没见他炖过一次。有一次他到他的助手王亚蓉家去，先来看看我（王亚蓉住在我们家马路对面，——他七十多了，血压高到二百多，还常为了一点研究资料上的小事到处跑），我让他过一会来吃饭。他带来一卷画，是古代马戏图的摹本，实在是很精彩。他非常得意地问我的女儿："精彩吧?"那天我给他做了一只烧羊腿，一条鱼。他回家一再向三姐称道："真好吃。"他经常吃的荤菜是：猪头肉。

他的丧事十分简单。他凡事不喜张扬，最反对搞个人的纪念活动。反对"办生做寿"。他生前累次嘱咐家人，他死后，不开追悼会，不举行遗体告别。但火化之前，总要有一点仪式。新华社消息的标题是沈从文告别亲友和读者，是合适的。只通知少数亲友。——有一些景仰他的人是未接通知自己去的。不收花圈，只有约二十多个布满鲜花的花篮，很大的白色的百合花、康乃馨、菊花、菖兰。参加仪式的人也不戴纸制的白花，但每人发给一枝半开的月季，行礼后放在遗体边。不放哀乐，放沈先生生前喜爱的音乐，如贝多芬的"悲怆"奏鸣曲等。沈先生面色如生，很安详地躺着。我走近他身边，看着他，久久不能离开。这样一个人，就这样地去了。我看他一眼，又看一眼，我哭了。

沈先生家有一盆虎耳草，种在一个椭圆形的小小钧窑盆里。很多人不认识这种草。这就是《边城》里翠翠在梦里采摘的那种草，沈先生喜欢的草。

一九八八年五月二十六日

载一九八八年第七期《人民文学》

篇三：随遇而安

我的家乡

法国人安妮·居里安女士听说我要到波士顿，特意退了机票，推迟了行期，希望和我见一面。她翻译过我的几篇小说。我们谈了约一个小时，她问了我一些问题。其中一个是，为什么我的小说里总有水？即使没有写到水，也有水的感觉。这个问题我以前没有意识到过。是这样，这是很自然的。我的家乡是一个水乡，我是在水边长大的，耳目之所接，无非是水。水影响了我的性格，也影响了我的作品的风格。

我的家乡高邮在京杭大运河的下面。我小时候常到运河堤上去玩（我的家乡把运河堤叫"上河堆"或"上河埫"。"埫"字一般字典上没有，可能是家乡人造出来的字，音淌。"堆"当是"堤"的声转）。我读的小学的西面是一片菜园，穿过菜园就是河堤。我的大姑妈（我们那里对姑妈有个很奇怪的叫法，叫"摆摆"，别处我从未听过有此叫法）的家，出门西望，就看见爬上河堤的石级。这段河堤有石级，因此地名"御码头"，康熙或乾隆曾在此泊舟登岸（据说御码头夏天没有蚊子）。运河是一条"悬河"，河底比东堤下的地面高，据说河堤和城墙垛子一般高。站在河堤上，可以俯瞰堤下的街道房屋。我们几个同学，可以指认哪一处的屋顶是谁家的。城外的孩子放风筝，风筝在我们的脚下飘。城里人家养鸽子，鸽子飞起来，我们看到的是鸽子的背。几只野鸭子贴水飞向东，过了河堤，下面的人看见野鸭子飞得高高的。

我们看船。运河里有大船。上水的船多撑篙。弄船的脱光了上身，使劲把篙子梢头顶在肩窝处，在船侧窄窄的舷板上，从船头一步一步走向船尾。然后拖着篙子走回船头，欻一声把篙子投进水里，扎到河底，又顶篙子，一步一步走向船尾。如是往复不停。大船上用的船篙甚长而极粗，篙头如饭碗大，有锋利的铁尖。使篙的通常是两个人，船左右舷各一人；有时只有一个人，在一边。这条船的水程，实际上是他们用脚一步一步走出来的。这种船多是重载，船帮吃水甚低，几乎要浸到船板上来。这些撑篙男人都极精壮，浑身作古铜色。他们是不说话的，大都眉棱很高，眉毛很重。因为长年注视着滚动的水，故目光清明坚定。这些大船常有一个舵楼，住着船老板的家眷。船老板娘子大都很年轻，一边扳舵，一边敞开怀奶孩子，态度悠然。舵楼大都伸出一枝竹竿，晾晒着衣裤，风吹着啪啪作响。

看打鱼。在运河里打鱼的多用鱼鹰。一般都是两条船，一船八只鱼鹰，有时也会有三条、四条，排成阵势。鱼鹰栖在木架上，精神抖擞，如同临战状态。打鱼人把篙子一挥，这些鱼鹰就噼噼啪啪，纷纷跃进水里。只见它们一个猛子扎下去，眨眼功夫，有的就叼一条鳜鱼上来——鱼鹰似乎专逮鳜鱼。打鱼人解开鱼鹰脖子上的金属的箍——鱼鹰脖子上都有一道箍，否则它就会把逮到的鱼吞下去，把鳜鱼扔进船舱，奖给它一条小鱼，它就高高兴兴，心甘情愿地又跳进水里去了。有时两只鱼鹰合力抬起一条大鳜鱼上来，鳜鱼还在挣蹦，打鱼人已经一手捞住了。这条鳜鱼够四斤！这真是一个热闹场面。看打鱼的、看鱼鹰的，都很兴奋激动，倒是打鱼人显得十分冷静，不动声色。

远远地听见砰砰砰砰的响声，那是在修船造船。砰砰的声音是斧头往船板里敲钉。船体是空的，故声音传得很远。待修的船翻扣过来，底朝上。这只船辛苦了很久，它累了，它正在休息。一只新船造好了，油了桐油，过两天就要下水了。看看崭新的船，叫人心里高兴——生活是充满希望的。船场附近照例有打船钉的铁匠炉，叮叮当当。有碾石粉的碾子，石粉是填船缝用的。有卖牛杂碎的摊子。卖牛杂碎的是山东人。这种摊子上还卖锅盔（一种很厚很大的面饼）。

有时我们到西堤去玩。坐小船，两篙子就到了。西堤外就是高邮湖。我们那里的人都叫它西湖。湖很大，一眼望不到边。很奇怪，我竟没有在湖上坐过一次船。西湖还有一些村镇。我知道一个地名，菱塘桥，想必是个大镇子。我喜欢菱塘桥这个地名，这引起我的向往，但我不知道菱塘桥是什么样子。湖东有的村子，到夏天就把耕牛送到湖西去歇伏。我所住的东大街上，那几天就不断有成队的水牛在大街上慢慢地走过。牛过后，留下很大的一堆一堆牛屎。听说湖西凉快，而且湖西有茭草，牛吃了会消除劳乏，恢复健壮。我于是想象湖西是一片碧绿碧绿的茭草。

高邮湖中，曾有神珠。沈括《梦溪笔谈》载：

嘉祐中，扬州有一珠甚大，天晦多见，初出于天长县陂泽中，后转入甓射湖，又后乃在新开湖中，凡十余年，居民行人常常见之。余友人书斋在湖上，一夜忽见其珠甚近，初微开其房，光自吻中出，如横一金线，俄忽张壳，其大如半席，壳中白光如银，珠大如掌。灿烂不可正视，十余里间林木皆有影，如初日所照，远处但见天赤如野火，倏然远去，其行如飞，浮于波中，杳杳如月。古有明月之珠，此珠色不类月，荧荧有芒焰，殆类日光。崔伯易尝为《明珠赋》。伯易高邮人，盖常见之。近岁不复出，不知所往。樊良镇正当珠往来处，行人至此，往往维船数宵以待观，名其亭为“玩珠”。

这就是“秦邮八景”的第一景“甓射珠光”。沈括是很严肃的学者，所言凿凿，又生动细致，似乎不容怀疑。这是个什么东西呢？是一颗大珠子？嘉祐到现在也才九百多年，已经不可究诘了。高邮湖亦称珠湖，以此。我小时学刻图章，第一块刻的就是“珠湖人”，是一块肉红色的长方形图章。

湖通常是平静的，透明的。这样一片大水，浩浩淼淼（湖上常常没有一艘船），让人觉得有些荒凉，有些寂寞，有些神秘。

黄昏了。湖上的蓝天渐渐变成浅黄、橘黄，又渐渐变成紫色，很深很深的紫色。这种紫色使人深深感动。我永远忘不了这样的紫色的长天。

闻到一阵阵炊烟的香味。停泊在御码头一带的船上正在烧饭。

一个女人高亮而悠长的声音：

“二丫头……回来吃晚饭来……”

像我的老师沈从文常爱说的那样，这一切真是一个圣境。

高邮湖是悬湖。湖面，甚至有的地方的湖底，比运河东面的地面都高。

湖是悬湖，河是悬河，我的家乡随时都在大水的威胁之中。翻开县志，水灾接连不断。我所经历过的最大的一次水灾，是民国二十年。

这次水灾是全国性的。事前已经有了很多征兆。连降大雨，西湖水位增高，运河水平了漕，坐在河堤上可以“踢水洗脚”。有很多“瘆人”的、不祥的现象。天王寺前，虾蟆爬在柳树顶上叫。老人们说：虾蟆在多高的地方叫，大水就会涨得多高。我们在家里的天井里躺在竹床上乘凉，忽然扑哧一声，从阴沟里蹦出一条大鱼！运河堤上，龙王庙里香烛昼夜不熄。七公殿也是这样。大风雨的黑夜里，人们说是看见“耿庙神灯”了。耿七公是有这个人的，生前为人治病施药，风雨之夜，他就在家门前高旗杆上挂起一串红灯，在黑暗的湖里打转的船，奋力向红灯划去，就能平安到岸。他死后，红灯还常在浓云密雨中出现，这就是“耿庙神灯”——“秦邮八景”中的一景。耿七公是渔民和船民的保护神，渔民称之为“七公老爷”。渔民每年要做会，谓之“七公会”。神灯是美丽的，但同时也给人一种神秘恐怖感。阴历七月，西风大作，店铺都预备了“高挑灯笼”——长竹柄，一头用火烧弯如钩状，上悬一个灯笼，轮流值夜巡堤。告警锣声不断。本来平静的水变得暴怒了。一个浪头翻上来，会把东堤石工的丈把长的青石掀起来。看来堤是保不住了。终于，我记得是七月十三（可能记错），倒了口子。我们那里把决堤叫“倒口子”。西堤四处，东堤六处。湖水涌入运河，运河水直灌堤东。顷刻之间，高邮成了泽国。

我们家住进了竺家巷一个茶馆的楼上（同时搬到茶馆楼上的还有

几家），巷口外的东大街成了一条河，“河”里翻滚着箱箱柜柜、死猪死羊。“河”里行了船，会水的船家各处去救人（很多人家爬在屋顶上、树上）。

约一星期后，水退了。

水退了，很多人家的墙壁上留下了水印，高及屋檐。很奇怪，水印怎么擦洗也擦洗不掉。全县粮食几乎颗粒无收。我们这样的人家还不致挨饿，但是没有菜吃。老是吃慈姑汤，很难吃。比慈姑汤还要难吃的是芋头梗子做的汤，日本人爱喝芋梗汤，真不可理解。大水之后，百物皆一时生长不出，惟有慈姑芋头却是丰收！我在小学教务处的地上发现几个特大的蚂蟥，缩成一团，有拳头大，怎么踩也踩不破！

我小时候，从早到晚，一天没有看过河水的日子，几乎没有。我上小学，倘不走东大街而走后街，是沿河走的。上初中，如果不从城里走，走东门外，则是沿着护城河。出我家所在的巷口的南头，是越塘。出巷北，往东不远，就是大淖。我在小说《异秉》中所写的老朱，每天要到大淖去挑水，我就跟着他一起去玩。老朱真是个忠心耿耿的人，我很敬重他。他下水把水桶弄满（他两腿都是“筋疙瘩”——静脉曲张），我就拣选平薄的瓦片打水漂。我到一沟、二沟、三垛，都是坐船。到我的小说《受戒》所写的庵赵庄去，也是坐船。我第一次离家去外地读高中，也是坐船——轮船。

水乡极富水产。鱼之类，乡人所重者为鳊、白、鲹（鲹花鱼即鳜鱼）。虾有青白两种。青虾宜炒虾仁，呛虾（活虾酒醉生吃）则用白虾。小鱼小虾，比青菜便宜，是小户人家佐餐的恩物。小鱼有名“罗汉狗子”、“猫杀子”者很好吃。高邮湖蟹甚佳，以作醉蟹，尤美。高邮的大麻鸭是名种。我们那里八月中秋兴吃鸭，馈送节礼必有公母鸭成对。大麻鸭很能生蛋。腌制后即为著名的“高邮咸蛋”。高邮鸭蛋双黄者甚多。江浙一带人见面问起我的籍贯，答云高邮，多肃然起敬，曰：“你们那里出咸鸭蛋。”好像我们那里就只出咸鸭蛋！

我的家乡不只出咸鸭蛋。我们还出过秦少游，出过散曲作家王磐，出过经学大师王念孙、王引之父子。

县里名胜古迹最出名的是文游台。这是秦少游、苏东坡、孙莘老、王定国文酒游会之所。台基在东山（一座土山）上，登台四望，眼界空阔。我小时凭栏看西面运河的船帆露着半截，在密密的杨柳梢头后面缓缓移动，觉得非常美。有一座镇国寺塔，是个唐塔，方形。这座塔原在陆上，运河拓宽后，为了保存这座塔，留下塔的周围的土地，成了运河当中的一个小岛。镇国寺我小时还去玩过，是个不大的寺。寺门外有一堵紫色的石制照壁，这堵照壁向前倾斜，却不倒。照壁上刻着海水，故名“海水照壁”。寺内还有一尊肉身菩萨的坐像，是一个和尚坐化后漆成的。寺不知毁于何时。另外还有一座净土寺塔，明代修建。我们小时候记不住什么镇国寺、净土寺，因其一在西门，名之为“西门宝塔”；一在东门，便叫它“东门宝塔”。老百姓都是这么叫的。

全国以邮字为地名的，应只高邮一县。为什么叫高邮？因为秦始皇曾在高处建邮亭。高邮是秦王子婴的封地，至今还有一条河叫子婴河，旧有子婴庙，今不存。高邮为秦代始建，故亦名秦邮，外地人或以为这跟秦少游有什么关系，没有。

一九九一年六月二十日

原载《作家》一九九一年第十期

泡茶馆

“泡茶馆”是联大学生特有的语言。本地原来似无此说法，本地人只说“坐茶馆”。“泡”是北京话。其含义很难准确地解释清楚。勉强解释，只能说是持续长久地沉浸其中，像泡泡菜似的泡在里面。“泡蘑菇”、“穷泡”，都有长久的意思。北京的学生把北京的“泡”字带到了昆明，和现实生活结合起来，便创造出一个新的语汇。“泡茶馆”，即长时间地在茶馆里坐着。本地的“坐茶馆”也含有时间较长的意思。到茶馆里去，首先是坐，其次才是喝茶（云南叫吃茶）。不过联大的学生在茶馆里坐的时间往往比本地人长，长得多，故谓之“泡”。

有一个姓陆的同学，是一怪人，曾经骑自行车旅行半个中国。这人真是一个泡茶馆的冠军。他有一个时期，整天在一家熟识的茶馆里泡着。他的盥洗用具就放在这家茶馆里。一起来就到茶馆里去洗脸刷牙，然后坐下来，泡一碗茶，吃两个烧饼，看书。一直到中午，起身出去吃午饭。吃了饭，又是一碗茶，直到吃晚饭。晚饭后，又是一碗，直到街上灯火阑珊，才挟着一本很厚的书回宿舍睡觉。

昆明的茶馆共分几类，我不知道。大别起来，只能分为两类，一类是大茶馆，一类是小茶馆。

正义路原先有一家很大的茶馆，楼上楼下，有几十张桌子。都是荸荠紫漆的八仙桌，很鲜亮。因为在热闹地区，坐客常满，人声嘈杂。所有的柱子上都贴着一张很醒目的字条："莫谈国事"。时常进来一个看相的术士，一手捧一个六寸来高的硬纸片，上书该术士的大名（只能叫做大名，因为往往不带姓，不能叫"姓名"；又不能叫"法名"、"艺名"，因为他并未出家，也不唱戏），一只手捏着一根纸媒子，在茶桌间绕来绕去，嘴里念说着"送看手相不要钱！""送看手相不要钱！"——他手里这根媒子即是看手相时用来指示手纹的。

这种大茶馆有时唱围鼓。围鼓即由演员或票友清唱。我很喜欢"围鼓"这个词。唱围鼓的演员、票友好像是不取报酬的。只是一群有同好的闲人聚拢来唱着玩。但茶馆却可借来招揽顾客，所以茶馆里便于闹市张贴告条："某月日围鼓"。到这样的茶馆里来一边听围鼓，一边吃茶，也就叫做"吃围鼓茶"。"围鼓"这个词大概是从四川来的，但昆明的围鼓似多唱滇剧。我在昆明七年，对滇剧始终没有入门。只记得不知什么戏里有一句唱词"孤王头上长青苔"。孤王的头上如何会长青苔呢？这个设想实在是奇绝，因此一听就永不能忘。

我要说的不是那种"大茶馆"。这类大茶馆我很少涉足，而且有些大茶馆，包括正义路那家兴隆鼎盛的大茶馆，后来大都陆续停闭了。我所说的是联大附近的茶馆。

从西南联大新校舍出来，有两条街，凤翥街和文林街，都不长。这两条街上至少有不下十家茶馆。

从联大新校舍，往东，折向南，进一座砖砌的小牌楼式的街门，便是凤翥街。街夹右手第一家便是一家茶馆。这是一家小茶馆，只有三张茶桌，而且大小不等、形状不一的茶具也是比较粗糙的，随意画了几笔蓝花的盖碗。除了卖茶，檐下挂着大串大串的草鞋和地瓜（即湖南人所谓的凉薯），这也是卖的。张罗茶座的是一个女人。这女人长得很强壮，皮色也颇白净。她生了好些孩子。身边常有两个孩子围着她转，手里还抱着一个。她经常敞着怀，一边奶着那个早该断奶的孩子，一边为客人冲茶。她的丈夫，比她大得多，状如猿猴，而目光锐利如鹰。他什么事情也不管，但是每天下午却捧了一个大碗喝牛奶。这个男人是一头种畜。这情况使我们颇为不解。这个白皙强壮的妇人，只凭一大卖几碗茶，卖一点草鞋、地瓜，怎么能喂饱了这么多张嘴，还能供应一个懒惰的丈夫每天喝牛奶呢？怪事！中国的妇女似乎有一种天授的惊人的耐力，多大的负担也压不垮。

由这家往前走几步，斜对面，曾经开过一家专门招徕大学生的新式茶馆。这家茶馆的桌椅都是新打的，涂了黑漆。堂倌系着白围裙。卖茶用细白瓷壶，不用盖碗（昆明茶馆卖茶一般都用盖碗）。除了清茶，还卖坨茶、香片、龙井。本地茶客从门外过，伸头看看这茶馆的局面，再看看里面坐得满满的大学生，就会挪步另走一家了。这家茶馆没有什么值得一记的事，而且开了不久就关了。联大学生至今还记得这家茶馆是因为隔壁有一家卖花生米的。这家似乎没有男人，站柜卖货是姑嫂二人，都还年轻，成天涂脂抹粉。尤其是那个小姑子，见人走过，辄作媚笑。联大学生叫她花生西施。这西施卖花生米是看人行事的。好看的来买，就给得多。难看的给得少。因此我们每次买花生米都推选一个挺拔英俊的“小生”去。

再往前几步，路东，是一个绍兴人开的茶馆。这位绍兴老板不知怎么会跑到昆明来，又不知为什么在这条小小的凤翥街上来开一爿茶馆。他至今乡音未改。大概他有一种独在异乡为异客的情绪，所以对待从外地来的联大学生异常亲热。他这茶馆里除了卖清茶，还卖一点芙蓉糕、萨其玛、月饼、桃酥，都装在一个玻璃匣子里。我们有时觉得肚子里有点缺空而又不到吃饭的时候，便到他这里一边喝茶一边吃两块点心。有一个善于吹口琴的姓王的同学经常在绍兴人茶馆喝茶。他喝茶，可以欠账。不但喝茶可以欠账，我们有时想看电影而没有钱，就由这位口琴专家出面向绍兴老板借一点。绍兴老板每次都是欣然地打开钱柜，拿出我们需要的数目。我们于是欢欣鼓舞，兴高采烈，迈开大步，直奔南屏电影院。

再往前，走过十来家店铺，便是凤翥街口，路东路西各有一家茶馆。

路东一家较小，很干净，茶桌不多。掌柜的是个瘦瘦的男人，有几个孩子。掌柜的事情多，为客人冲茶续水，大都由一个十三四岁的大儿子担任，我们称他这个儿子为“主任儿子”。街西那家又脏又乱，地面坑洼不平，一地的烟头、火柴棍、瓜子皮。茶桌也是七大八小，摇摇晃晃，但是生意却特别好。从早到晚，人坐得满满的。也许是因为风水好。这家茶馆正在凤翥街和龙翔街交接处，门面一边对着凤翥街，一边对着龙翔街，坐在茶馆两条街上的热闹都看得见。到这家吃茶的全都是本地人，本街的闲人、赶马的“马锅头”、卖柴的、卖菜的。他们都抽叶子烟。要了茶以后，便从怀里掏出一个烟盒——圆形，皮制的，外面涂着一层黑漆，打开来，揭开覆盖着的菜叶，拿出剪好的金堂叶子，一枝一枝地卷起来。茶馆的墙壁上张贴、涂抹得乱七八糟。但我却于西墙上发现了一首诗，一首真正的诗：

记得旧时好，
跟随爹爹去吃茶。
门前磨螺壳，
巷口弄泥沙。

是用墨笔题写在墙上的。这使我大为惊异了。这是什么人写的呢？

每天下午，有一个盲人到这家茶馆来卖唱。他打着扬琴，说唱着。照现在的说法，这应是一种曲艺，但这种曲艺该叫什么名称，我一直没有打听着。我问过“主任儿子”，他说是“唱扬琴的”，我想不是，他唱的是什么？我有一次特意站下来听了一会，是：

……
良田美地卖了，
高楼大厦拆了，
娇妻美妾跑了，
狐皮袍子当了……

我想了想，哦，这是一首劝戒鸦片的歌，他这唱的是鸦片烟之为害。这是什么时候传下来的呢？说不定是林则徐时代某一忧国之士的作品。但是这个盲人只管唱他的，茶客们似乎都没有在听，他们仍然在说话，各人想自己的心事。到了天黑，这个盲人背着扬琴，点着马杆，踽踽地走回家去。我常常想：他今天能吃饱么？

进大西门，是文林街，挨着城门口就是一家茶馆。这是一家最无趣味的茶馆。茶馆墙上的镜框里装的是美国电影明星的照片，蓓蒂。黛维丝、奥丽薇·德·哈弗兰、克拉克·盖博、泰伦宝华……除了卖茶，还卖咖啡、可可。这家的特点是：进进出出的除了穿西服和麂皮夹克的比较有钱的男同学外，还有把头发卷成一根一根香肠似的女同学。有时到了星期六，还开舞会。茶馆的门关了，从里面传出《蓝色的多瑙河》和《风流寡妇》舞曲，里面正在"嘣嚓嚓"。

和这家斜对着的一家，跟这家截然不同。这家茶馆除卖茶，还卖煎血肠。这种血肠是牦牛肠子灌的，煎起来一街都闻见一种极其强烈的气味，说不清是异香还是奇臭。这种西藏食品，那些把头发卷成香肠一样的女同学是绝对不敢问津的。

由这两家茶馆，往东，不远几步，面南，便可折向钱局街。街上有一家老式的茶馆，楼上楼下，茶座不少。说这家茶馆是"老式"的，是因为茶馆备有烟筒，可以租用。一段青竹，旁安一个粗如小指半尺长的竹管，一头装一个带爪的莲蓬嘴，这便是"烟筒"。在莲蓬嘴里装了烟丝，点以纸媒，把整个嘴埋在筒口内，尽力猛吸，筒内的水咚咚作响，浓烟便直灌肺腑，顿时觉得浑身通泰。吸烟筒要有点功夫，不会吸的吸不出烟来。茶馆的烟筒比家用的粗得多，高齐桌面，吸完就靠在桌腿边，吸时尤需底气充足。这家茶馆门前，有一个小摊，卖酸角（不知什么树上结的，形状有点像皂荚，极酸，入口使人攒眉）、拐枣（也是树上结的，应该算是果子，状如鸡爪，一疙瘩一疙瘩的，有的地方即叫做鸡脚爪，味道很怪，像红糖，又有点像甘草）和泡梨（糖梨泡在盐水里，梨味本是酸甜的，昆明人却偏于盐水内泡而食之。泡梨仍有梨香，而梨肉极脆嫩）。过了春节则有人于门前卖葛根。葛根是药，我过去只在中药铺见过，切成四方的棋子块儿，是已经经过加工的了。原物是什么样子，我是在昆明才见到的。这种东西可以当零食来吃，我也是在昆明才知道。一截根，粗如手臂，横放在一块板上，外包一块湿布。给很少的钱，卖葛根的便操起有点像北京切涮羊肉的肉片用的那种薄刃长刀，切下薄薄的几片给你。雪白的。嚼起来有点像干瓤的生白薯片，而有极重的药味。据说葛根能清火。联大的同学大概很少人吃过葛根。我是什么奇奇怪怪的东西都要买一点尝一尝的。

大学二年级那一年，我和两个外文系的同学经常一早就坐到这家茶馆靠窗的一张桌边，各自看自己的书，有时整整坐一上午，彼此不交语。我这时才开始写作，我的最初几篇小说，即是在这家茶馆里写的。茶馆离翠湖很近，从翠湖吹来的风里，时时带有水浮莲的气味。

回到文林街。文林街中，正对府甬道，后来新开了一家茶馆。这家茶馆的特点一是卖茶用玻璃杯，不用盖碗，也不用壶。不卖清茶，卖绿茶和红茶。红茶色如玫瑰，绿茶苦如猪胆。第二是茶桌较少，且覆有玻璃桌面。在这样桌子上打桥牌实在是再适合不过了，因此到这家茶馆来喝茶的，大都是来打桥牌的，这茶馆实在是一个桥牌俱乐部。联大打桥牌之风很盛。有一个姓马的同学每天到这里打桥牌。解放后，我才知道他是老地下党员，昆明学生运动的领导人之一。学生运动搞得那样热火朝天，他每天都只是很闲在，很热衷地在打桥牌，谁也看不出他和学生运动有什么关系。

文林街的东头，有一家茶馆，是一个广东人开的，字号就叫“广发茶社”——昆明的茶馆我记得字号的只有这一家，原因之一，是我后来住在民强巷，离广发很近，经常到这家去。原因之二是——经常聚在这家茶馆里的，有几个助教、研究生和高年级的学生。这些人多多少少有一点玩世不恭。那时联大同学常组织什么学会，我们对这些俨乎其然的学会微存嘲讽之意。有一天，广发的茶友之一说："咱们这也是一个学会，——广发学会！"这本是一句茶余的笑话。不料广发的茶友之一，解放后，在一次运动中被整得不可开交，胡乱交待问题，说他曾参加过"广发学会"。这就惹下了麻烦。几次有人专程到北京来外调"广发学会"问题。被调查的人心里想笑，又笑不出来，因为来外调的政工人员态度非常严肃。广发茶馆代卖广东点心。所谓广东点心，其实只是包了不同味道的甜馅的小小的酥饼，面上却一律贴了几片香菜叶子，这大概是这一家饼师的特有的手艺。我在别处吃过广东点心，就没有见过面上贴有香菜叶子的——至少不是每一块都贴。

或问：泡茶馆对联大学生有些什么影响？答曰：第一，可以养其浩然之气。联大的学生自然也是贤愚不等，但多数是比较正派的。那是一个污浊而混乱的时代，学生生活又穷困得近乎潦倒，但是很多人却能自许清高，鄙视庸俗，并能保持绿意葱茏的幽默感，用来对付恶浊和穷困，并不颓丧灰心，这跟泡茶馆是有些关系的。第二，茶馆出人才。联大学生上茶馆，并不是穷泡，除了瞎聊，大部分时间都是用来读书的。联大图书馆座位不多，宿舍里没有桌凳，看书多半在茶馆里。联大同学上茶馆很少不挟着一本乃至几本书的。不少人的论文、读书报告，都是在茶馆写的。有一年一位姓石的讲师的《哲学概论》期终考试，我就是把考卷拿到茶馆里去答好了再交上去的。联大八年，出了很多人才。研究联大校史，搞"人才学"，不能不了解了解联大附近的茶馆。第三，泡茶馆可以接触社会。我对各种各样的人、各种各样的生活都发生兴趣，都想了解了解，跟泡茶馆有一定关系。如果我现在还算一个写小说的人，那么我这个小说家是在昆明的茶馆里泡出来的。

一九八四年五月十三日

原载《滇池》一九八四年第九期

跑警报

西南联大有一位历史系的教授，——听说是雷海宗先生，他开的一门课因为讲授多年，已经背得很熟，上课前无需准备；下课了，讲到哪里算哪里，他自己也不记得。每回上课，都要先问学生："我上次讲到哪里了?"然后就滔滔不绝地接着讲下去。班上有个女同学，笔记记得最详细，一句不落。雷先生有一次问她："我上一课最后说的是什么?"这位女同学打开笔记夹，看了看，说："您上次最后说：'现在已经有空袭警报，我们下课。'"

这个故事说明昆明警报之多。我刚到昆明的头二年，一九三九、一九四〇年，三天两头有警报。有时每天都有，甚至一天有两次。昆明那时几乎说不上有空防力量，日本飞机想什么时候来就来。有时竟至在头一天广播：明天将有二十七架飞机来昆明轰炸。日本的空军指挥部还真言而有信，说来准来！

一有警报，别无他法，大家就都往郊外跑，叫做"跑警报"。"跑"和"警报"联在一起，构成一个语词，细想一下，是有些奇特的，因为所跑的并不是警报。这不像"跑马""跑生意"那样通顺。

但是大家就这么叫了，谁都懂，而且觉得很合适。也有叫“逃警报”或“躲警报”的，都不如“跑警报”准确。“躲”，太消极；“逃”又太狼狈。惟有这个“跑”字于紧张中透出从容，最有风度，也最能表达丰富生动的内容。

有一个姓马的同学最善于跑警报。他早起看天，只要是万里无云，不管有无警报，他就背了一壶水，带点吃的，夹着一卷温飞卿或李商隐的诗，向郊外走去。直到太阳偏西，估计日本飞机不会来了，才慢慢地回来。这样的人不多。

警报有三种。如果在四十多年前向人介绍警报有几种，会被认为有“神经病”，这是谁都知道的。然而对今天的青年，却是一项新的课题。一曰“预行警报”。

联大有一个姓侯的同学，原系航校学生，因为反应迟钝，被淘汰下来，读了联大的哲学心理系。此人对于航空旧情不忘，曾用黄色的“标语纸”贴出巨幅“广告”，举行学术报告，题曰《防空常识》。他不知道为什么对“警报”特别敏感。他正在听课，忽然跑了出去，站在“新校舍”的南北通道上，扯起嗓子大声喊叫：“现在有预行警报，五华山挂了三个红球!”可不！抬头望南一看，五华山果然挂起了三个很大的红球。五华山是昆明的制高点，红球挂出，全市皆见。我们一直很奇怪：他在教室里，正在听讲，怎么会“感觉”到五华山挂了红球呢？——教室的门窗并不都正对五华山。

一有预行警报，市里的人就开始向郊外移动。住在翠湖迤北的，多半出北门或大西门，出大西门的似尤多。大西门外，越过联大新校门前的公路，有一条由南向北的用浑圆的石块铺成的宽可五六尺的小路。这条路据说是古驿道，一直可以通到滇西。路在山沟里。平常走的人不多。常见的是驮着盐巴、碗糖或其他货物的马帮走过。赶马的马锅头侧身坐在木鞍上，从齿缝里咝咝地吹出口哨（马锅头吹口哨都是这种吹法，没有撮唇而吹的），或低声唱着呈贡“调子”：

哥那个在至高山那个放呀放放牛，
妹那个在至花园那个梳那个梳梳头。
哥那个在至高山那个招呀招招手，
妹那个在至花园点那个点点头。

这些走长道的马锅头有他们的特殊装束。他们的短褂外部套了一件白色的羊皮背心，脑后挂着漆布的凉帽，脚下是一双厚牛皮底的草鞋状的凉鞋，鞋帮上大都绣了花，还钉着亮晶晶的“鬼眨眼”亮片。——这种鞋似只有马锅头穿，我没见从事别种行业的人穿过。马锅头押着马帮，从这条斜阳古道上走过，马项铃哗棱哗棱地响，很有点浪漫主义的味道，有时会引起远客的游子一点淡淡的乡愁……

有了预行警报，这条古驿道就热闹起来了。从不同方向来的人都拥向这里，形成了一条人河。走出一截，离市较远了，就分散到古道两旁的山野，各自寻找一个合适的地方呆下来，心平气和地等着，——等空袭警报。

联大的学生见到预行警报，一般是不跑的，都要等听到空袭警报：汽笛声一短一长，才动身。新校舍北边围墙上有一个后门，出了门，过铁道（这条铁道不知起讫地点，从来也没见有火车通过），就是山野了。要走，完全来得及。——所以雷先生才会说“现在已经有空袭警报”。只有预行警报，联大师生一般都是照常上课的。

跑警报大都没有准地点，漫山遍野。但人也有习惯性，跑惯了哪里，愿意上哪里。大多是找一个坟头，这样可以靠靠。昆明的坟多有碑，碑上除了刻下坟主的名讳，还刻出“×山×向”，并开出坟茔的“四至”。这风俗我在别处还未见过。这大概也是一种古风。

说是漫山遍野，但也有几个比较集中的“点”。古驿道的一侧，靠近语言研究所资料馆不远，有一片马尾松林，就是一个点。这地方除了离学校近，有一片碧绿的马尾松，树下一层厚厚的干了的松毛，很软和，空气好，——马尾松挥发出很重的松脂气味，晒着从松枝间漏下的阳光，或仰面看松树上面的蓝得要滴下来的天空，都极舒适外，是因为这里还可以买到各种零吃。昆明做小买卖的，有了警报，就把担子挑到郊外来了。五味俱全，什么都有。最常见的是“丁丁糖”。“丁丁糖”即麦芽糖，也就是北京人祭灶用的关东糖，不过做成一个直径一尺多，厚可一寸许的大糖饼，放在四方的木盘上，有人掏钱要买，糖贩即用一个刨刃形的铁片楔入糖边，然后用一个小小铁锤，一击铁片，丁的一声，一块糖就震裂下来了，——所以叫做“丁丁糖”。其次是炒松子。昆明松子极多，个大皮薄仁饱，很香，也很便宜。我们有时能在松树下面捡到一个很大的成熟了的生的松球，就掰开鳞瓣，一颗一颗地吃起来。——那时候，我们的牙都很好，那么硬的松子壳，一嗑就开了！

另一个集中点比较远，得沿古驿道走出四五里，驿道右侧较高的土山上有一横断的山沟（大概是哪一年地震造成的），沟深约三丈，沟口有二丈多宽，沟底也宽有六七尺。这是一个很好的天然防空沟，日本飞机若是投弹，只要不是直接命中，落在沟里，即便是在沟顶上爆炸，弹片也不易崩进来。机枪扫射也不要紧，沟的两壁是死角。这道沟可以容数百人。有人常到这里，就利用闲空，在沟壁上修了一些私人专用的防空洞，大小不等，形式不一。这些防空洞不仅表面光洁，有的还用碎石子或碎瓷片嵌出图案，缀成对联。对联大都有新意。我至今记得两副，一副是：

人生几何

恋爱三角

一副是：

见机而作

入土为安

对联的嵌缀者的闲情逸致是很可叫人佩服的。前一副也许是有感而发，后一副却是纪实。

警报有三种。预行警报大概是表示日本飞机已经起飞。拉空袭警报大概是表示日本飞机进入云南省境了，但是进云南省不一定到昆明来。等到汽笛拉了紧急警报：连续短音，这才可以肯定是朝昆明来的。空袭警报到紧急警报之间，有时要间隔很长时间，所以到了这里的人都不忙下沟，——沟里没有太阳，而且过早地像云冈石佛似的坐在洞里也很无聊，大都先在沟上看书、闲聊、打桥牌。很多人听到紧急警报还不动，因为紧急警报后日本飞机也不定准来，常常是折飞到别处去了。要一直等到看见飞机的影子了，这才一骨碌站起来，下沟，进洞。联大的学生，以及住在昆明的人，对跑警报太有经验了，从来不仓皇失措。

上举的前一副对联或许是一种泛泛的感慨，但也是有现实意义的。跑警报是谈恋爱的机会。联大同学跑警报时，成双作对的很多。空袭警报一响，男的就在新校舍的路边等着，有时还提着一袋点心吃食，宝珠梨、花生米……他等的女同学来了，“嗨!”于是欣然并肩走出新校舍的后门。跑警报说不上是同生死，共患难，但隐隐约约有那么一点危险感，和看电影、遛翠湖时不同。这一点危险感使两方的关系更加亲近了。女同学乐于有人伺候，男同学也正好殷勤照顾，表现一点骑士风度。正如孙悟空在高老庄所说：“一来医得眼好，二来又照顾了郎中，这是凑四合六的买卖。”从这点来说，跑警报是颇为罗曼蒂克的。有恋爱，就有三角，有失恋。跑警报的“对儿”并非总是固定的，有时一方被另一方“甩”了，两人“吹”了，“对儿”就要重新组合。写（姑且叫做“写”吧）那副对联的，大概就是一位被“甩”的男同学。不过，也不一定。

警报时间有时很长，长达两三个小时，也很“腻歪”。紧急警报后，日本飞机轰炸已毕，人们就轻松下来。不一会，“解除警报”响了：汽笛拉长音，大家就起身拍拍尘土，络绎不绝地返回市里。也有时不等解除警报，很多人就往回走：天上起了乌云，要下雨了。一下雨，日本飞机不会来。在野地里被雨淋湿，可不是事！一有雨，我们有一个同学一定是一马当先往回奔，就是前面所说那位报告预行警报的姓侯的。他奔回新校舍，到各个宿舍搜罗了很多雨伞，放在新校舍的后门外，见有女同学来，就递过一把。他怕这些女同学挨淋。这位侯同学长得五大三粗，却有一副贾宝玉的心肠。大概是上了吴雨僧先生的《红楼梦》的课，受了影响。侯兄送伞，已成定例。警报下雨，一次不落。名闻全校，贵在有恒。——这些伞，等雨住后他还会到南院女生宿舍去敛回来，再归还原主的。

跑警报，大都要把一点值钱的东西带在身边。最方便的是金子——金戒指。有一位哲学系的研究生曾经作了这样的逻辑推理：有人带金子，必有人会丢掉金子，有人丢金子，就会有人捡到金子，我是人，故我可以捡到金子。因此，他跑警报时，特别是解除警报以后，他每次都很留心地巡视路面。他当真两次捡到过金戒指！逻辑推理有此妙用，大概是教逻辑学的金岳霖先生所未料到的。

联大师生跑警报时没有什么可带，因为身无长物，一般大都是带两本书或一册论文的草稿。有一位研究印度哲学的金先生每次跑警报总要提了一只很小的手提箱。箱子里不是什么别的东西，是一个女朋友写给他的信——情书。他把这些情书视如性命，有时也会拿出一两封来给别人看。没有什么不能看的，因为没有卿卿我我的肉麻的话，只是一个聪明女人对生活的感受，文字很俏皮，充满了英国式的机智，是一些很漂亮的Essay，字也很秀气。这些信实在是可以拿来出版的。金先生辛辛苦苦地保存了多年，现在大概也不知去向了，可惜。我看过这个女人的照片，人长得就像她写的那些信。

联大同学也有不跑警报的，据我所知，就有两人。一个是女同学，姓罗。一有警报，她就洗头。别人都走了，锅炉房的热水没人用，她可以敞开来洗，要多少水有多少水！另一个是一位广东同学，姓郑。他爱吃莲子。一有警报，他就用一个大漱口缸到锅炉火口上去煮莲子。警报解除了，他的莲子也烂了。有一次日本飞机炸了联大，昆明北院、南院，都落了炸弹，这位郑老兄听着炸弹乒乒乓乓在不远的地方爆炸，依然在新校舍大图书馆旁的锅炉上神色不动地搅和他的冰糖莲子。

抗战期间，昆明有过多少次警报，日本飞机来过多少次，无法统计。自然也死了一些人，毁了一些房屋。就我的记忆，大东门外，有一次日本飞机机枪扫射，田地里死的人较多。大西门外小树林里曾炸死了好几匹驮木柴的马。此外似无较大伤亡。警报、轰炸，并没有使人产生血肉横飞，一片焦土的印象。

日本人派飞机来轰炸昆明，其实没有什么实际的军事意义，用意不过是吓唬吓唬昆明人，施加威胁，使人产生恐惧。他们不知道中国人的心理是有很大的弹性的，不那么容易被吓得魂不附体。我们这个民族，长期以来，生于忧患，已经很“皮实”了，对于任何猝然而来的灾难，都用一种“儒道互补”的精神对待之。这种“儒道互补”的真髓，即“不在乎”。这种“不在乎”精神，是永远征不服的。

为了反映“不在乎”，作《跑警报》。

一九八四年十二月六日

原载《滇池》一九八五年第三期

随遇而安

我当了一回右派，真是三生有幸。要不然我这一生就更加平淡了。

我不是1957年打成右派的，是1958年“补课”补上的，因为本系统指标不够。划右派还要有“指标”，这也有点奇怪。这指标不知是一个什么人所规定的。

1957年我曾经因为一些言论而受到批判，那是作为思想问题来批判的。在小范围内开了几次会，发言都比较温和，有的甚至可以说很亲切。事后我还是照样编刊物，主持编辑部的日常工作，还随单位的领导和几个同志到河南林县调查过一次民歌。那次出差，给我买了一张软席卧铺车票，我才知道我已经享受“高干”待遇了。第一次坐软卧，心里很不安。我们在洛阳吃了黄河鲤鱼，随即到林县的红旗渠看了两三天。凿通了太行山，把漳河水引到河南来，水在山腰的石渠中静静地流着，很叫人感动。收集了不少民歌。有的民歌很有农民式的浪漫主义的想象，如想到将来渠里可以有“水猪”、“水羊”，想到将来少男少女都会长得很漂亮。上了一次中岳嵩山。这里运载石料的交通工具主要是用人力拉的排子车，特别处是在车上装了一面帆，布帆受风，拉起来轻快得多。帆本是船上用的，这里却施之陆行的板车上，给我十分新鲜的印象。我们去的时候正是桐花盛开的季节，漫山遍野摇曳着淡紫色的繁花，如同梦境。从林县出来，有一条小河。河的一面是峭壁，一面是平野，岸边密植杨柳，河水清澈，沁人心脾。我好像曾经见过这条河，以后还会看到这样的河。这次旅行很愉快，我和同志们也相处得很融洽，没有一点隔阂，一点别扭。这次批判没有使我觉得受了伤害，没有留下阴影。

1958年夏天，一天（我这人很糊涂，不记日记，许多事都记不准时间），我照常去上班，一上楼梯，过道里贴满了围攻我的大字报。要拔掉编辑部的“白旗”，措辞很激烈，已经出现“右派”字样。我顿时傻了。运动，都是这样：突然袭击。其实背后已经策划了一些日子，开了几次会，作了充分的准备，只是本人还蒙在鼓里，什么也不知道。这可以说是暗算。但愿这种暗算以后少来，这实在是很伤人的。如果当时量一量血压，一定会猛然增高。我是有实际数据的。“文化大革命”中我 天早上看到 批侮辱性的大字报，到医务所量了量血压，低压110，高压170。平常我的血压是相当平稳正常的，90—130。我觉得卫生部应该发一个文件：为了保障人民的健康，不要再搞突然袭击式的政治运动。

开了不知多少次批判会。所有的同志都发了言。不发言是不行的。我规规矩矩地听着，记录下这些发言。这些发言我已经完全都忘了，便是当时也没有记住，因为我觉得这好像不是说的我，是说的另外一个别的人，或者是一个根本不存在的，假设的，虚空的对象。有两个发言我还留下印象。我为一组义和团故事写过一篇读后感，题目是《仇恨·轻蔑·自豪》。这位同志说："你对谁仇恨？轻蔑谁？自豪什么？"我发表过一组极短的诗，其中有一首《早春》，原文如下：

（新绿是朦胧的，飘浮在树杪，完全不像是叶子……）

远树绿色的呼吸。

批评的同志说：连呼吸都是绿的了，你把我们的社会主义社会污蔑到了什么程度?！听到这样的批判，我只有停笔不记，愣在那里。我想辩解两句，行么？当时我想：鲁迅曾说费厄泼赖应该缓行，现在本来应该到了可行的时候，但还是不行。中国大概永远没有费厄的时候。所谓"大辩论"，其实是"大辩认"，他辩你认。稍微辩解，便是"态度问题"。态度好，问题可以减轻；态度不好，加重。问题是问题，态度是态度，问题大小是客观存在，怎么能因为态度如何而膨大或收缩呢？许多错案都是因为本人为了态度好而屈认，而造成的。假如再有运动（阿弥陀佛，但愿真的不再有了），对实事求是、据理力争的同志应予表扬。

开了多次会，批判的同志实在没有多少可说的了。那两位批判"仇恨·轻蔑·自豪"和"绿色的呼吸"的同志当然也知道这样的批判是不能成立的。批判"绿色的呼吸"的同志本人是诗人，他当然知道诗是不能这样引申解释的。他们也是没话找话说，不得已。我因此觉得开批判会对被批判者是过关，对批判者也是过关。他们也并不好受。因此，我当时就对他们没有怨恨，甚至还有点同情。我们以前是朋友，以后的关系也不错。我记下这两个例子，只是说明批判是一出荒诞戏剧，如莎士比亚说，所有的上场的人都只是角色。

我在一篇写右派的小说里写过："写了无数次检查，听了无数次批判，……她不再觉得痛苦，只是非常的疲倦。她想：定一个什么罪名，给一个什么处分都行，只求快一点，快一点过去，不要再开会，不要再写检查。"这是我的亲身体会。其实，问题只是那一些，只要写一次检查，开一次会，甚至一次会不开，就可以定案。但是不，非得开够了"数"不可。原来运动是一种疲劳战术，非得把人搞得极度疲劳，身心交瘁，丧失一切意志，瘫软在地上不可。我写了多次检查，一次比一次更没有内容，更不深刻，但是我知道，就要收场了，因为大家都累了。

结论下来了：定为一般右派，下放农村劳动。

我当时的心情是很复杂的。我在那篇写右派的小说里写道："……她带着一种奇怪的微笑。"我那天回到家里，见到爱人说，"定成右派了"，脸上就是带着这种奇怪的微笑的。我也不知道我为什么要笑。

我想起金圣叹。金圣叹在临刑前给人写信，说："杀头，至痛也，而圣叹于无意中得之，亦奇。"有人说这不可靠。金圣叹给儿子的信中说："字谕大儿知悉，花生米与豆腐干同嚼，有火腿滋味"，有人说这更不可靠。我以前也不大相信，临刑之前，怎能开这种玩笑？现在，我相信这是真实的。人到极其无可奈何的时候，往往会生出这种比悲号更为沉痛的滑稽感，鲁迅说金圣叹"化屠夫的凶残为一笑"，鲁迅没有被杀过头，也没有当过右派，他没有这种体验。

另一方面，我又是真心实意地认为我是犯了错误，是有罪的，是需要改造的。我下放劳动的地点是张家口沙岭子。离家前我爱人单位正在搞军事化，受军事训练，她不能请假回来送我。我留了一个条子："等我五年。等我改造好了回来。"就背起行李，上了火车。

右派的遭遇各不相同，有幸有不幸。我这个右派算很幸运的，没有受多少罪。我下放的单位是一个地区性的农业科学研究所。所里有不少技师、技术员，所领导对知识分子是了解的，只是在干部和农业工人的组长一级介绍了我们的情况（和我同时下放到这里的还有另外几个人），并没有在全体职工面前宣布我们的问题。不少农业工人（也就是农民）不知道我们是来干什么的，只说是毛主席叫我们下来锻炼锻炼的。因此，我们并未受到歧视。

初干农活，当然很累。像起猪圈、刨冻粪这样的重活，真够呛。我这才知道"劳动是沉重的负担"这句话的意义。但还是咬着牙挺过来了。我当时想：只要我下一步不倒下来，死掉，我就得拼命地干。大部分的农活我都干过，力气也增长了，能够扛170斤重的一麻袋粮食稳稳地走上和地面成45度角那样陡的高跳。后来相对固定在果园上班。果园的活比较轻松，也比"大田"有意思。最常干的活是给果树喷波尔多液。硫酸铜加石灰，对上适量的水，便是波尔多液，颜色浅蓝如晴空，很好看。喷波尔多液是为了防治果树病害，是常年要喷的。喷波尔多液是个细致活。不能喷得太少，太少了不起作用；不能太多，太多了果树叶子挂不住，流了。叶面、叶背都得喷到。许多工人没这个耐心，于是喷波尔多液的工作大部分落在我的头上，我成了喷波尔多液的能手。喷的次数多了，我的几件白衬衫都变成了浅蓝色。

我们和农业工人干活在一起，吃住在一起。晚上被窝挨着被窝睡在一铺大炕上。农业工人在枕头上和我说了一些心里话，没有顾忌。我这才比较切近地观察了农民，比较知道中国的农村，中国的农民是怎么一回事。这对我确立以后的生活态度和写作态度是很有好处的。

我们在下面也有文娱活动。这里兴唱山西梆子（中路梆子），工人里不少都会唱两句。我去给他们化妆。原来唱旦角的都是用粉妆，——鹅蛋粉、胭脂，黑锅烟子描眉。我改成用戏剧油彩，这比粉妆要漂亮得多。我勾的脸谱比张家口专业剧团的“黑”（山西梆子谓花脸为“黑”）还要干净讲究。遇春节，沙岭子堡（镇）闹社火，几个年轻的女工要去跑旱船，我用油底浅妆把她们一个个打扮得如花似玉，轰动一堡，几个女工高兴得不得了。我们和几个职工还合演过戏，我记得演过的有小歌剧《三月三》、崔巍的独幕话剧《十六条枪》。一年除夕，在“堡”里演话剧，海报上特别标出一行字：

台上有布景

这里的老乡还没有见过个布景。这布景是我们指导着一个木工做的。演完戏，我还要赶火车回北京。我连妆都没卸干净，就上了车。

1959年底给我们几个人作鉴定，参加的有工人组长和部分干部。工人组长一致认为：老汪干活不藏奸，和群众关系好，“人性”不错，可以摘掉右派帽子。所领导考虑，才下来一年，太快了，再等一年吧。这样，我就在1960年在交了一个思想总结后，经所领导宣布：摘掉右派帽子，结束劳动。暂时无接受单位，在本所协助工作。

我的“工作”主要是画画。我参加过地区农展会的美术工作（我用多种土农药在展览牌上粘贴出一幅很大的松鹤图，色调古雅，这里的美术中专的一位教员曾特别带着学生来观摩）；我在所里布置过“超声波展览馆”（“超声波”怎样用图像表现？声波是看不见的，没有办法，我就画了农林牧副渔多种产品，上面一律用圆规蘸白粉画了一圈又一圈同心圆）。我的“巨著”，是画了一套《中国马铃薯图谱》。这是所里给我的任务。

这个所有一个下属单位“马铃薯研究站”，设在沽源。为什么设在沽源？沽源在坝上，是高寒地区（有一年下大雪，沽源西门外的积雪跟城墙一般高）。马铃薯本是高寒地带的作物。马铃薯在南方种几年，就会退化，需要到坝上调种。沽源是供应全国薯种的基地，研究站设在这里，理所当然。这里集中了全国各地、各个品种的马铃薯，不下百来种。我在张家口买了纸、颜色、笔，带了在沙岭子新华书店买得的《癸巳类稿》、《十驾斋养新录》和两册《容斋随笔》（沙岭子新华书店进了这几种书也很奇怪，如果不是我买，大概永远也卖不出去），就坐长途汽车，奔向沽源。其时在八月下旬。

我在马铃薯研究站画《图谱》，真是神仙过的日子。没有领导，不用开会，就我一个人，自己管自己。这时正是马铃薯开花，我每天趟着露水，到试验田里摘几丛花，插在玻璃杯里，对着花描画。我曾经给北京的朋友写过一首长诗，叙述我的生活。全诗已忘，只记得两句：

> 坐对一丛花，
> 眸子炯如虎。

下午，画马铃薯的叶子。天渐渐凉了，马铃薯陆续成熟，就开始画薯块。画一个整薯，还要切开来画一个剖面。一块马铃薯画完了，薯块就再无用处，我于是随手埋进牛粪火里，烤烤，吃掉。我敢说，像我一样吃过那么多品种的马铃薯的，全国盖无第二人。

沽源是绝塞孤城。这本来是一个军台。清代制度，大臣犯罪，往往由皇帝批示“发往军台效力”，这处分比充军要轻一些（名曰“效力”，实际上大臣自己并不去，只是闲住在张家口，花钱雇一个人去军台充数）。我于是在《容斋随笔》的扉页上，用朱笔画了一方图章，文曰：

效力军台

白天画画，晚上就看我带去的几本书。

1962年初，我调回北京，在北京京剧团担任编剧，直至离休。

摘掉右派分子帽子，不等于不是右派了。“文革”期间，有人来外调，我写了一个旁证材料。人事科的同志在材料上加了批注：

该人是摘帽右派，所提供情况，仅供参考。

我对“摘帽右派”很反感，对“该人”也很反感。“该人”跟“该犯”差不了多少。我不知道我们的人事干部从什么地方学来的这种带封建意味的称谓。

“文化大革命”，我是本单位第一批被揪出来的，因为有“前科”。

“文革”期间给我贴的大字报，标题是：

老右派，新表演

我搞了一段时期“样板戏”，江青似乎很赏识我，但是忽然有一天宣布：“汪曾祺可以控制使用。”这主要当然是因为我曾是右派。在“控制使用”的压力下搞创作，那滋味可想而知。

一直到1979年给全国绝大多数右派分子平反，我才算跟右派的影子告别。我到原单位去交材料，并向经办我的专案的同志道谢：“为了我的问题的平反，你们做了很多工作，麻烦你们了，谢谢!”那几位同志说：“别说这些了吧！20年了!”

有人问我：“这些年你是怎么过来的?”他们大概觉得我的精神状态不错，有些奇怪，想了解我是凭仗什么力量支持过来的。我回答：

“随遇而安。”

丁玲同志曾说她从被划为右派到北大荒劳动，是“逆来顺受”。我觉得这太苦涩了，“随遇而安”，更轻松一些。“遇”，当然是不顺的境遇，“安”，也是不得已。不“安”，又怎么着呢？既已如此，何不想开些。如北京人所说：“哄自己玩儿。”当然，也不完全是哄自己。生活，是很好玩的。

随遇而安不是一种好的心态，这对民族的亲和力和凝聚力是会产生消极作用的。这种心态的产生，有历史的原因（如受老庄思想的影响），本人气质的原因（我就不是具有抗争性格的人），但是更重要的是客观，是“遇”，是环境的，生活的，尤其是政治环境的原因。中国的知识分子是善良的。曾被打成右派的那一代人，除了已经死掉的，大多数都还在努力地工作。他们的工作的动力，一是要实证自己的价值。人活着，总得做一点事。二是对生我养我的故国未免有情。但是，要恢复对在上者的信任，甚至轻信，恢复年轻时的天真的热情，恐怕是很难了。他们对世事看淡了，看透了，对现实多多少少是疏离的。受过伤的心总是有璺的。人的心，是脆的。

这是没有办法的事。

为政临民者，可不慎乎。

一九九一年一月三十一日

原载《收获》一九九一年第二期

自得其乐

孙犁同志说写作是他的最好的休息。是这样，一个人在写作的时候是最充实的时候，也是最快乐的时候。凝眸既久（我在构思一篇作品时，我的孩子能说我在翻白眼），欣然命笔，人在一种甜美的兴奋和平时没有的敏锐之中，这样的时候，真是虽南面王不与易也。写成之后，觉得不错，提刀却立，四顾踌躇，对自己说："你小子还真有两下子！"此乐非局外人所能想象。但是一个人不能从早写到晚，那样就成了一架写作机器，总是岔乎岔乎，找点事情消遣消遣，通常说，得有点业余爱好。

我年轻时爱唱戏。起初唱青衣、梅派；后来改唱余派老生。大学三四年级唱了一阵昆曲，吹了一阵笛子。后来到剧团工作，就不再唱戏吹笛子了，因为剧团有许多专业名角，在他们面前吹唱，真成了班门弄斧，还是以藏拙为好。笛子本来还可以吹吹，我的笛风甚好，是"满口笛"，但是后来没法再吹，因为我的牙齿陆续掉光了，撒风漏气。

这些年来我的业务爱好，只有：写写字、画画画，做做菜。

我的字照说是有些基本功的。当然从描红模子开始。我记得我描的红模子是："暮春三月，江南草长，杂花生树，群莺乱飞。"这十六个字其实是很难写的，也许是写红模子的先生故意用这些结体复杂的字来折磨小孩子，而且红模子底子是欧字，这就更难落笔了。不过这也有好处，可以让孩子略窥笔意，知道字是不可以乱写的。大概在我十一二岁的时候，那个暑假，我的祖父忽然高了兴，要亲自教我《论语》，并日课大字一张，小字二十行。大字写《圭峰碑》、小字写《闲邪公家传》，这两本帖都是祖父从他的藏帖中选出来的。祖父认为我的字有点才分，奖了我一块猪肝紫端砚，是圆的，并且拿了几本初拓的字帖给我，让我常看看。我记得有小字《麻姑仙坛》、虞世南的《夫子庙堂碑》、褚遂良的《圣教序》。小学毕业的暑假，我在三姑父家从一个姓韦的先生读桐城派古文，并跟他学写字。韦先生是写魏碑的，但他让我临的却是《多宝塔》。初一暑假，我父亲拿了一本影印的《张猛龙碑》，说："你最好写写魏碑，这样字才有骨力。"我于是写了相当长时期《张猛龙碑》。用的是我父亲选购来的特殊的纸。这种纸是用稻草做的，纸质较粗，也厚，写魏碑很合适，用笔须沉着，不能浮滑。这种纸一张有二尺高，尺半宽，我每天写满一张。写《张猛龙》使我终身受益，到现在我的字的间架用笔还能看出痕迹。这以后，我没有认真临过帖，平常只是读帖而已。我于二王书未窥门径。写过一个很短时期的《乐毅论》，放下了，因为我很懒。《行穰》、《丧乱》等帖我很欣赏，但我知道我写不来那样的字。我觉得王大令的字的确比王右军写得好。读颜真卿的《祭侄文》，觉得这才是真正的颜字，并且对颜书从二王来之说很信服。大学时，喜读宋四家。有人说中国书法一坏于颜真卿、二坏于宋四家，这话有道理。但我觉得宋人字是书法的一次解放，宋人字的特点是少拘束，有个性，我比较喜欢蔡京和米芾的字（苏东坡字太俗，黄山谷字做作）。有人说米字不可多看，多看则终身摆脱不开，想要升入晋唐，就不可能了。一点不错。但是有什么办法呢？打一个不太好听的比方，一写米字，犹如寡妇失了身，无法挽回了。我现在写的字有点《张猛龙》的底子、米字的意思，还加上一点乱七八糟的影响，形成我自己的那么一种体，格韵不高。

我也爱看汉碑。临过一遍《张迁碑》，《石门铭》《西狭颂》看看而已。我不喜欢《曹全碑》。盖汉碑好处全在筋骨开张，意态从容，《曹全碑》则过于整饬了。

我平日写字，多是小条幅，四尺宣纸一裁为四。这样把书桌上书籍信函往边上推推，摊开纸就能写了。正儿八经地拉开案子，铺了画毡，着意写字，好像练了一趟气功，是很累人的。我都是写行书。写真书，太吃力了。偶尔也写对联。曾在大理写了一副对子：

苍山负雪

洱海流云

字大径尺。字少，只能体兼隶篆。那天喝了一点酒，字写得飞扬霸悍，亦是快事。对联字稍多，则可写行书。为武夷山一招待所写过一副对子：

四围山色临窗秀

一夜溪声入梦清

字颇清秀，似明朝人书。

我画画，没有真正的师承。我父亲是个画家，画写意花卉，我小时爱看他画画，看他怎样布局（用指甲或笔杆的一头划几道印子），画花头，定枝梗，布叶，勾筋，收拾，题款，盖印。这样，我对用墨，用水，用色，略有领会。我从小学到初中，都“以画名”。初二的时候，画了一幅墨荷，裱出后挂在成绩展览室里。这大概是我的画第一次上裱。我读的高中重数理化，功课很紧，就不再画画。大学四年，也极少画画。工作之后，更是久废画笔了。当了右派，下放到一个农业科学研究所，结束劳动后，倒画了不少画，主要的“作品”是两套植物图谱，一套《中国马铃薯图谱》、一套《口蘑图谱》，一是淡水彩，一是钢笔画。摘了帽子回京，到剧团写剧本，没有人知道我能画两笔。重拈画笔，是运动促成的。运动中没完没了地写交待，实在是烦人，于是买了一刀元书纸，于写交待之空隙，瞎抹一气，少抒郁闷，这样就一发而不可收，重新拾起旧营生。有的朋友看见，要了去，挂在屋里，被人发现了，于是求画的人渐多。我的画其实没有什么看头，只是因为是作家的画，比较别致而已。

我也是画花卉的。我很喜欢徐青藤、陈白阳，喜欢李復堂，但受他们的影响不大。我的画不中不西，不今不古，真正是“写意”，带有很大的随意性。曾画了一幅紫藤，满纸淋漓，水气很足，几乎不辨花形。这幅画现在挂在我的家里。我的一个同乡来，问：“这画画的是什么？”我说是：“骤雨初晴。”他端详了一会，说：“哎，经你一说，是有点那个意思！”他还能看出彩墨之间的一些小块空白，是阳光。我常把后期印象派方法融入国画。我觉得中国画本来都是印象派，只是我这样做，更是有意识的而已。

画中国画还有一种乐趣，是可以在画上题诗，可寄一时意兴，抒感慨，也可以发一点牢骚，曾用干笔焦墨在浙江皮纸上画冬日菊花，题诗代简，寄给一个老朋友，诗是：

新沏清茶饭后烟，
自搔短发负晴暄，
枝头残菊开还好，
留得秋光过小年。

为宗璞画牡丹，只占纸的一角，题曰：

人间存一角，
聊放侧枝花，
欣然亦自得，
不共赤城霞。

宗璞把这首诗念给冯友兰先生听了，冯先生说："诗中有人。"

今年洛阳春寒，牡丹至期不开。张抗抗在洛阳等了几天，败兴而归，写了一篇散文《牡丹的拒绝》。我给她画了一幅画，红叶绿花，并题一诗：

看朱成碧且由他，
大道从来直似斜，
见说洛阳春索寞，

牡丹拒绝著繁花。

我的画，遣兴而已，只能自己玩玩，送人是不够格的。最近请人刻一闲章："只可自怡悦"，用以押角，是实在话。

体力充沛，材料凑手，做几个菜，是很有意思的。做菜，必须自己去买菜。提一菜筐，逛逛菜市，比空着手溜弯儿要"好白相"。到一个新地方，我不爱逛百货商场，却爱逛菜市，菜市更有生活气息一些。买菜的过程，也是构思的过程。想炒一盘雪里蕻冬笋，菜市场冬笋卖完了，却有新到的荷兰豌豆，只好临时"改戏"。做菜，也是一种轻量的运动。洗菜，切菜，炒菜，都得站着（没有人坐着炒菜的），这样对成天伏案的人，可以改换一下身体的姿势，是有好处的。

做菜待客，须看对象。聂华苓和保罗·安格尔夫妇到北京来，中国作协不知是哪一位，忽发奇想，在宴请几次后，让我在家里做几个菜招待他们，说是这样别致一点。我给做了几道菜，其中有一道煮干丝。这是淮扬菜。华苓是湖北人，年轻时是吃过的。但在美国不易吃到。她吃得非常惬意，连最后剩的一点汤都端起碗来喝掉了。不是这道菜如何稀罕，我只是有意逗引她的故国乡情耳。台湾女作家陈怡真（我在美国认识她），到北京来，指名要我给她做一回饭。我给她做了几个菜。一个是干烧小萝卜。我知道台湾没有"杨花萝卜"（只有白萝卜）。那几天正是北京小萝卜长得最足最嫩的时候。这个菜连我自己吃了都很惊诧：味道鲜甜如此！我还给她炒了一盘云南的干巴菌。台湾咋会有干巴菌呢？她吃了，还剩下一点，用一个塑料袋包起，说带到宾馆去吃。如果我给云南人炒一盘干巴菌。给扬州人煮一碗干丝，那就成了鲁迅请曹靖华吃柿霜糖了。

做菜要实践。要多吃，多问，多看（看菜谱），多做。一个菜点得试烧几回，才能掌握咸淡火候。冰糖肘子、乳腐肉，何时烂软入味，只有神而明之。但是更重要的是要富于想象。想得到，才能做得出。我曾用家乡拌荠菜法凉拌菠菜。半大菠菜（太老太嫩都不行），入开水锅焯至断生，捞出，去根切碎，入少盐，挤去汁，与香干（北京无香干，以熏干代）细丁、虾米、蒜末、姜末一起，在盘中抟成宝塔状，上桌后淋以麻酱油醋，推倒拌匀。有余姚作家尝后，说是"很像马兰头"。这道菜成了我家待不速之客的应急的保留节目。有一道菜，敢称是我的发明：塞肉回锅油条。油条切段，寸半许长，肉馅剁至成泥，入细葱花、少量榨菜或酱瓜末拌匀，塞入油条段中，入半开油锅重炸。嚼之酥碎，真可声动十里人。

我很欣赏《杨恽报孙会宗书》："田彼南山，芜秽不治。种一顷豆，落而为萁。人生行乐耳，须富贵何时。""人生行乐耳，须富贵何时"，说得何等潇洒。不知道为什么，汉宣帝竟因此把他腰斩了，我一直想不透。这样的话，也不许说么？

载一九九二年第一期《艺术世界》

旧病杂忆

对口

那年我还小，记不清是几岁了。我母亲故去后，父亲晚上带着我睡。我觉得脖子后面不舒服。父亲拿灯照照，肿了，有一个小红点。半夜又照照，有一个小桃子大了。天亮再照照，有一个莲子盅大了。父亲说：坏了，是对口！

“对口”是长在第三节颈椎处的恶疮，因为正对着嘴，故名“对口”，又叫“砍头疮”。过去刑人，下刀处正在这个地方。——杀头不是乱砍的，用刀在第三颈节处使巧劲一推，脑袋就下来了，“身首异处”。“对口”很厉害，弄不好会把脖子烂通。——那成什么样子！

父亲拉着我去看张冶青。张冶青是我父亲的朋友，是西医外科医生，但是他平常极少为人治病，在家闲居。他叫我趴在茶几上，看了看，哆里哆嗦地找出一包手术刀，挑了一把，在酒精灯上烧了烧。这位张先生，连麻药都没有！我父亲在我嘴里塞了一颗蜜枣，我还没有一点准备，只听得“呼”的一声，张先生已经把我的对口豁开了。他怎么挤脓挤血，我都没看见，因为我趴着。他拿出一卷绷带，搓成条，蘸上药，——好像主要就是凡士林，用一个镊子一截一截塞进我的刀口，好长一段！这是我看见的。我没有觉得疼，因为这个对口已经熟透了，只觉得往里塞绷带时怪痒痒。都塞进去了，发胀。

我的蜜枣已经吃完了，父亲又塞给我一颗，回家！

张先生嘱咐第二天去换药。把绷带条抽出来，再用新的蘸了药的绷带条塞进去。换了三四次。我注意塞进去的绷带条越来越短了。不几天，就收口了。

张先生对我父亲说：“令郎真行，哼都不哼一声！”干吗要哼呢？我没觉得怎么疼。

以后，我这一辈在遇到生理上或心理上的病痛时，我很少哼哼。难免要哼，但不是死去活来，弄得别人手足无措，惶惶不安。

现在我的后颈至今还落下了个疤拉。

衔了一颗蜜枣，就接受手术，这样的人大概也不多。

一九九二年

疟疾

我每年要发一次疟疾，从小学到高中，一年不落，而且有准季节。每年桃子一上市的时候，就快来了，等着吧。

有青年作家问爱伦堡：头疼是什么感觉？他想在小说里写一个人头疼。爱伦堡说：这么说你从来没有头疼过，那你真是幸福！头疼的感觉是没法说的。中国（尤其是北方）很多人是没有得过疟疾的。如果有一位青年作家叫我介绍一下疟疾的感觉，我也没有办法。起先是发冷，来了！大老爷升堂了！——我们那里把疟疾开始发作，叫做“大老爷升堂”，不知是何道理。赶紧钻被窝。冷！盖了两床厚棉被还是冷，冷得牙齿得得地响。冷过了，发热，浑身发烫。而且，剧烈地头疼。有一首散曲咏疟疾：“冷时节似冰凌上坐，热时节似蒸笼里卧，疼时节疼得天灵破，天呀天，似这等寒来暑往人难过!”反正，这滋味不大好受。好了！出汗了！大汗淋漓，内衣湿透，遍体轻松，疟疾过去了，“大老爷退堂”。擦擦额头的汗，饿了！坐起来，粥已经煮好了，就一碟甜酱小黄瓜，喝粥。香啊！

杜牧诗云：“忍过事则喜。”对于疟疾也只有忍之一法。挺挺，就过来了，也吃几剂汤药（加减小柴胡汤之类），不管事。发了三次之后，都还是吃“蓝印金鸡纳霜”（即奎宁片）解决问题。我父亲说我是阴虚，有一年让我吃了好些海参。每天吃海参，真不错！不过还是没有断根。一直到一九三九年，生了一场恶性疟疾，我身体内部的“古老又古老的疟原虫”才跟我彻底告别。

恶性疟疾是在越南得的。我从上海坐船经香港到河内，乘滇越铁路火车到昆明去考大学。到昆明寄住在同济中学的学生宿舍里，通过一个间接的旧日同学的关系。住了没有几天，病倒了。同济中学的那个学生把我弄到他们的校医室，验了血，校医说我血里有好几种病菌，包括伤寒病菌什么的，叫赶快送医院。

到医院，护士给我量了量体温，体温超过四十度。护士二话不说，先给我打了一针强心针。我问："要不要写遗书？"

护士嫣然一笑："怕你烧得太厉害，人受不住！"

抽血，化验。

医生看了化验结果，说有多种病菌潜伏，但是主要问题是恶性疟疾。开了注射药针。过了一会，护士拿了注射针剂来。我问：是什么针？

"606。"

我赶紧声明，我生的不是梅毒，我从来没有……

"这是治疗恶性疟疾的特效药。奎宁、阿脱平，对你已经不起作用。"

606、疟原虫、伤寒菌，还有别的不知什么菌，在我的血管里混战一场。最后是606胜利了。病退了，但是人很"吃亏"，医生规定只能吃藕粉。藕粉这东西怎么能算是"饭"呢？我对医院里的藕粉印象极不佳，并从此在家里也不吃藕粉。后来可以喝蛋花汤。蛋花汤也不能算饭呀！

我要求出院，医生不准。我急了，说，我到昆明是来考大学的，明天就是考期，不让我出院，那怎么行！

医生同意了。

喝了一肚子蛋花汤，晕晕乎乎地进了考场。天可怜见，居然考取了！

自打生了一场恶性疟疾，我的疟疾就除了根，半个多世纪以来，没有复发过。也怪。

载一九九二年五月九日《济南日报》

牙疼

我从大学时期，牙就不好。一来是营养不良，饥一顿，饱一顿；二来是不讲口腔卫生。有时买不起牙膏，常用食盐、烟灰胡乱地刷牙。又抽烟，又喝酒。于是牙齿龋蛀，时常发炎，——牙疼。牙疼不很好受，但不至于像契诃夫小说《马姓》里的老爷一样疼得吱哇乱叫。“牙疼不是病，疼起来要人命”，不见得。我对牙疼泰然置之，而且有点幸灾乐祸地想：我倒看你疼出一朵什么花来！我不会疼得“五心烦躁”，该咋着还咋着。照样活动。腮帮子肿得老高，还能谈笑风生，语惊一座。牙疼于我何有哉！

不过老疼，也不是个事。有一只槽牙，已经活动，每次牙疼，它是祸始。我于是决心拔掉它。昆明有一个修女，又是牙医，据说治牙很好，又收费甚低，我于是攒借了一点钱，想去找这位修女。她在一个小教堂的侧门之内“悬壶”。不想到了那里，侧门紧闭，门上贴了一个字条：修女因事离开昆明，休诊半个月。我当时这个高兴呀！王子猷雪夜访戴，乘兴而去，兴尽而归，何必见戴！我拿了这笔钱，到了小西门马家牛肉馆，要了一盘冷拼，四两酒，美美地吃了一顿。

昆明七年，我没有治过一次牙。

在上海教书的时候，我听从一个老同学母亲的劝告，到她熟识的私人开业的牙医处让他看看我的牙。这位牙科医生，听他的姓就知道是广东人，姓麦。他拔掉我的早已糟朽不堪的槽牙。他的“手艺”

(我一直认为治牙镶牙是一门手艺）如何，我不知道，但是我对他很有好感，因为他的候诊室里有一本 A. 纪德的《地粮》。牙科医生读纪德，此人不俗！

到了北京，参加剧团，我的牙越发地不行，有几颗跟我陆续辞行了。有人劝我去装一副假牙，否则尚可效力的牙齿会向空缺的地方发展。通过一位名琴师的介绍，我去找了一位牙医。此人是京剧票友，唱大花脸。他曾为马连良做过一枚内外纯金的金牙。他拔掉我的两颗一提溜就下来的病牙，给我做了一副假牙。说："你这样就可以吃饭了，可以说话了。"我还是应该感谢这位票友牙医，这副假牙让我能吃爆肚，虽然我觉得他颇有江湖气，不像上海的麦医生那样有书卷气。

"文化大革命"中我正要出剧团的大门，大门"哐"的一声被踢开，正摔在我的脸上。我当时觉得嘴里乱七八糟！吐出来一看，我的上下四颗门牙都被震下来了，假牙也断成了两截。踢门的是一个翻跟头的武戏演员，没有文化。就是他，有一天到剧团来大声嚷嚷："同志们！告诉你们一个好消息，往后吃油饼便宜了！"——"怎么啦?"——"大庆油田出油了！"这人一向是个冒失鬼。剧团的大门是可以里外两面开的玻璃门，玻璃上糊了一层报纸，他看不见里面有人出来。这小子不推门，一脚踹开了。他直道歉："对不起！对不起！"我说："没事儿！没事儿！你走吧！"对这么个人，我能说什么呢？他又不是有心。掉了四颗门牙，竟没有流一滴血，可见这四颗牙已经衰老到什么程度，掉了就掉了吧。假牙左边半截已经没有用处，右边的还能凑合一阵。我就把这半截假牙单摆浮搁地安在牙床上，既没有钩子，也没有套子，嗨，还真能嚼东西。当然也有不方便处：一、不能吃脆萝卜（我最爱吃萝卜）；二、不能吹笛子了（我的笛子原来是吹得不错的）。

这样对付了好几年。直到一九八六年我随中国作家代表团访问香港前，我才下决心另装一副假牙。有人跟我说："瞧你那嘴牙，七零八落，简直有伤国体！"

我找到一个小医院，建筑工人医院。医院的一个牙医师小宋是我的读者，可以不用挂号、排队，进门就看。小宋给我检查了一下，又请主任医师来看看。这位主任用镊子依次掰了一下我的牙，说："都得拔了。全部'二度动摇'。做一副满口。这么凑合，不行。做一副，过两天，又掉了，又得重做，多麻烦！"我说："行！不过再有一个月，我就要到香港去，拔牙、安牙，来得及吗？"——"来得及。"主任去准备麻药，小宋悄悄跟我说："我们主任，是在日本学的。她的劲儿特别大，出名的手狠。"我的硕果仅存的十一颗牙，一个星期，分三次，全部拔光。我于拔牙，可谓曾经沧海，不在乎。不过拔牙后还得修理牙床骨，——因为牙掉的先后不同，早掉的牙床骨已经长了突起的骨质小骨朵，得削平了。这位主任真是大刀阔斧，不多一会，就把我的牙骨铲平了。小宋带我到隔壁找做牙的技师小马，当时就咬了牙印。

一般拔牙后要经一个月，等伤口长好才能装假牙，但有急需，也可以马上就做，这有个专用名词，叫做"即刻"。

"即刻"本是权宜之计，小马让我从香港回来再去做一副。我从香港回来，找了小马，小马把我的假牙看了看，问我："有什么不舒服吗？"——"没有。"——"那就不用再做了，你这副很好。"

我从拔牙到装上假牙，一共才用了两个星期，而且一次成功，少有。这副假牙我一直用到现在。

常见很多人安假牙老不合适，不断修理，一再重做，最后甚至就不再戴。我想，也许是因为假牙做得不好，但是也由于本人不能适应，稍不舒服，即觉得别扭。要能适应。假牙嘛，哪能一下就合适，开头总会格格不入的。慢慢地，等牙床和假牙已经严丝合缝，浑然一体，就好了。

凡事都是这样，要能适应、习惯、凑合。

一九九二年二月二十二日

载一九九二年八月一日《济南日报》

我的家

十年前我回了一次家乡，一天闲走，去看了看老家的旧址，发现我们那个家原来是不算小的。我家的大门开在科甲巷（不知道为什么这条巷子起了这么个名字，其实这巷里除了我的曾祖父中过一名举人，我的祖父中过拔贡外，没有别的人家有过功名），而在西边的竺家巷有一个后门。我的家即在这两条巷子之间。临街是铺面。从科甲巷口到竺家巷口，计有这么几家店铺：一家豆腐店，一家南货店，一家烧饼店，一家棉席店，一家药店，一家烟店，一家糕店，一家剃头店，一家布店。我们家在这些店铺的后面，占地多少平米我不知道，但总是不小的，住起来是相当宽敞的。

这所老宅子分作东西两截，或两区。东边住着祖父母（我们叫“太爷”、“太太”）和大房——大伯父一家。西边是二房（我的二伯母）和三房——我父亲的一家。东西地势相差约有三尺，由东边到西边要上几层台阶。

正屋的东边的套间住着太爷、太太，西边是大伯父和大伯母（我们叫“大爷”、“大妈”）。当中是一个堂屋，因为敬神祭祖都在这间堂屋里，所以叫做“正堂屋”。正堂屋北面靠墙是一个很大的“老爷柜”，即神案，但我们那里都叫做“老爷柜”，这东西也确实是一个很长的大柜，当中和两边都有抽屉，下面还有钉了铜环的柜门。老爷柜上，当中供的是家神菩萨，左边是文昌帝君神位，右边是祖宗龛——一个细木雕琢的像小庙一样的东西，里面放着祖宗的牌位——神主。这正堂屋大概是我的曾祖父手里盖的，因为两边板壁上贴着他中秀才、中举人的报条。有年头了。原来大概是相当恢宏的。庭柱很粗，是“布灰布漆”的——木柱外涂瓦灰，裹以夏布，再施黑漆。到我记事时漆灰有多处已经剥落。这间老堂屋的铺地的箩底砖（方砖）的边角都磨圆了，而且特别容易返潮。天将下雨，砖地上就是潮乎乎的。若遇连阴天，地面简直像涂了一层油，滑的。我很小就知道“础润而雨”。用不着看柱础，从正堂屋砖地，就知道雨一时半会停不了。一想到正堂屋，总会想到下雨，有时接连下几天，真是烦人。雨老不停，我的一个堂姐就会剪一个纸人贴在墙上，这纸人一手拿着簸箕，一手拿笤帚，风一吹，就摇动起来，叫“扫晴娘”。也真奇怪，扫晴娘扫了一天，第二天多少会放晴。

这间正堂屋的用处是：过年时敬神，清明祭祖。祭祖时在正中的方桌上放一大碗饭，这碗特别的大，有一个小号洗脸盆那样大，很厚，是白色的古瓷的，除了祭祖装饭外，不作别的用处。饭压得很实，鼓起如坟头，上面插了好多双红漆的筷子。筷子插多少双，是有定数的，这事总是由我的祖母做。另有四样祭菜。有一盘白切肉，一盘方块粉——绿豆粉，切成名片大小，三分厚。这方块粉在祭祖后分给两房。这粉一点味道都没有。实在不好吃，所以我一直记得。其余两样祭菜已无印象。十月朝（旧历十月初一）“烧包子”，即北方的

“送寒衣”。一个一个纸口袋，内装纸钱，包上写明各代考妣冥中收用，一袋一袋排在祭桌前，上面铺一层稻草。磕头之后，由大爷点火焚化。每年除夕，要在这方桌上吃一顿团圆饭。我们家吃饭的制度是：一口锅里盛饭，大房、三房都吃同一锅饭，以示并未分家；菜则各房自炒，又似分爨。但大年三十晚上．祖父和两房男丁要同桌吃一顿。菜都是太太手制的。照例有一大碗鸭羹汤。鸭丁、山药丁、慈姑丁合烩。这鸭羹汤很好吃，平常不做，据说是徽州做法。我们的老家是徽州（姓汪的很多人的老家都是徽州），我们家有些菜的做法还保持徽州传统。比如肉丸蘸糯米蒸熟，有些地方叫珍珠丸子或蓑衣丸子，我们家则叫“徽团”。

我对大堂屋有一点特殊的记忆，是我曾在这里当过一回孝子。我的二伯父（二爷）死得早，立嗣时经过一番讨论。按说应该由长房次子，我的堂弟曾炜过继，但我的二伯母（二妈）不同意，她要我，因为她和我的生母感情很好，从小喜欢我。我是次房长子，长子过继，不合古理。后来是定了一个折中方案，曾炜和我都过继给二妈，一个是“派继”，一个是“爱继”。二妈死后，娘家提了一些条件，一是指定要用我的祖父的寿材盛殓。太爷五十岁时就打好了寿材，逐年加漆，漆皮已经很厚了。因为二妈是年轻守节，娘家提出，不能不同意。一是要在正堂屋停灵，也只好同意了（本来上有老人，是不该在正屋停灵的）。我和曾炜于是履行孝子的职责。亲视含殓（围着棺材走一圈），戴孝披麻，一切如制。最有意思的是逢七的时候得陪张牌李牌吃饭。逢七鬼魂要回来接受烧纸，由两个鬼役送回来。这两个鬼役即张牌李牌。一个较大的方杌凳，两副筷子，一碟白肉，一碟豆腐，两杯淡酒。我和曾炜各用一个小板凳陪着坐一会。陪鬼役吃饭，我还是头一回。六七开吊，我是孝子一直在场，所以能看到全部过程。家里办丧事，气氛和平常全不一样，所有的人都变得庄严肃穆起来。开吊像是演一场戏，大家都演得很认真。“初献”、“亚献”、“终献”，有条不紊，节奏井然，最后是“点主”。点主要一个功名高的人。给我的二伯母点主的是一个叫李芳的翰林，外号李三麻子。“点主”是在神主上加点。神主（木制小牌位）事前写好“×孺人之神王”，李三麻子就位后，礼生喝道：“凝神，想象，请加墨主。”李三麻子拈起一支新笔在“王”字上加一墨点。礼生再赞：“凝神，想象，请加朱主。”李三麻子用朱笔在黑点上加一点。这样死者的魂灵就进入神主了。我对“凝神，想象”印象很深，因为这很有点诗意。其实李三麻子对我的二伯母无从想象，因为他根本没有见过我的二伯母。

正堂屋对面，隔一个天井，是穿堂。

穿堂对面原来有一排三开间的房子，是我的叔曾祖父的一个老姨太太住的。房子很旧了，屋顶上长了很多瓦松，隔扇上糊的白纸都已成了灰色。这位老姨太太多年衰病，总是躺着。这一排房子里听不到一点声音，非常寂静，只有这位老姨太太的女儿——我们叫他小姑奶奶，带着孩子来住一阵，才有一点活气。

老姨太太死了，她没有儿子，由我一个叔祖父过继给她。这位叔祖父行六，我们叫他六太爷。这是个很有风趣的人，很喜欢孩子。老姨太太逢七，六太爷要来守灵烧纸。烧了纸，他弄一壶酒，慢慢喝着，给孩子讲故事——说书，说“大侠甘凤池”，一直说到深夜。因此，我们总是盼着老姨太太逢七。

祖父过六十岁的头年，把东边的房屋改建了一下。正堂屋没动。穿堂加大了。老姨太太原来住的一排房子拆了，盖了一个“敞厅”。

房屋翻盖的情况我还记得，先由瓦匠头、木匠头挖出整整齐齐的一方土，供在老爷柜上。破土后，请全体瓦木匠在正堂屋吃一次饭。这顿饭的特别处是有一碗泥鳅，泥鳅我们家是不进门的，但是请瓦木匠必得有这道菜，这是规矩。我觉得这规矩对瓦木匠颇有嘲讽意味。接着是上梁竖柱，放鞭炮，撒糕馒，如式。

敞厅的特点是敞，很宽敞。盖得后，祖父的六十大寿在这里布置过寿堂．宴过客，此外就没有怎么用过，平常总是空着。我的堂姐姐有时把两张方桌拼起来，在上面缝被子。

敞厅对面，一道砖墙之外，是花园。花园原来没有园名，祖父命之曰“民圃”，因为他字铭甫，取其谐音。我父亲选了两块方砖，刻了“民圃”，两个小篆，嵌在一个六角小门的额上。但是我们还是叫它花园，不叫民圃。祖父六十大寿时自撰了一副长联，末署“民圃叟六十自寿”，“民圃”字样也只在长联里出现过，别处没有用过。

西边半截的房屋大概是祖父手里盖的，格局较小，主要房屋只是两个堂屋，上堂屋和下堂屋。

上堂屋两边的套间，东侧是三房，西侧是二房。

我的二伯父早逝，我没有见过。他房间里的板壁上挂着他的八寸放大照片，半侧身，穿着一身古典燕尾服，前身无下摆，雪白的圆角硬领衬衫．一只胳臂夹着一根象牙头的短手杖，完全是年轻的英国绅士派头，很英俊。听我父亲说，二伯父是个性格很刚烈的人。他是新党，但崇拜的不是孙文而是黄兴。有一次历史教员（那时叫做“教习”）在课堂上讲了黄兴几句不恭敬的话，他上去就给了这个教员一个嘴巴。二伯父和我父亲那时都在南京读中学（旧制中学）。他的死也跟他的负气任性的脾气有关。放暑假从南京回来，路过镇江，带着行李，镇江车站的搬运工人敲了他们一下，索价很高。二伯父一生气，把几个人的行李绑在一起，一个人就背了起来。没有走几步，一口血吐在地上，从此不起。

二伯母守节有年，她变得有些古怪。我的小说《珠子灯》里所写的孙小姐的原型，就是我的二伯母。

> 她变得有点古怪了，她屋里的东西都不许人动。王常生活着的时候是什么样子，永远是什么样子，不许挪动一点。王常生用过的手表、座钟、文具，还有他养的一盆雨花石，都放在原来的位置。孙小姐原是个爱洁成癖的人，屋里的桌子、椅子、茶壶茶杯，每天都要用清水洗三遍。自从王常生死后，除了过年之前，她亲自监督着一个从娘家陪嫁过来的女佣人大洗一天之外，平常不许擦拭。里屋炕几上有一套茶具：一个白瓷的茶盘，一把茶壶，四个茶杯。茶杯倒扣着，上面落了细细的尘土。茶壶是荸荠形扁圆的，茶壶的鼓肚子下面落不着尘土，茶盘里就清清楚楚留下一个干净的圆印子。
>
> 她病了，说不清是什么病。除了逢年过节起来几天，其余的时间都在床上躺着，整天地躺着，除那个女佣人，没有人上她屋里去。

有一个人是常上她屋里去的——我。我去了，坐在她床前的机凳上，陪她一会儿。她精神好的时候，教我《长恨歌》《西厢记·长亭》。

春风桃李花开日
秋雨梧桐叶落时。

碧云天，
黄花地，
西风紧，
北雁南飞。
晓来谁染霜林醉，
都是离人泪。

也有的时候，她也会讲 点轻松 些的文学故事，念苏东坡嘲笑小妹的诗：

人前走不上三五步，
额头先到画堂前。

这样的时候，她脸上也会有一点笑意。她的记忆很好，教我念诗，都是背出来的。她背诗，抑扬顿挫，节奏很强，富于感情，因此她教过我的诗词，我一直记得很清楚。她的诗词，是邑中一个老名士教的。

她老是叫我坐在她床前吃东西，吃饭，吃点心。吃两口，她就叫我张开嘴让她看看。接着就自言自语：“王二娘个猫，王二娘个猫，王二娘个猫。”不知道这是什么意思。她是王二娘，我是她的猫？有时我不在跟前，她一个人在屋里也叨咕：“王二娘个猫，王二娘个猫。”

每年夏天，她要回娘家住一阵，归宁那天，且出不了房门哩。跨出来，转身又跨进去，跨出来，又跨进去。轿子等在大门口（她回娘家都是坐轿子），轿前两盏灯笼换了几次蜡烛，她还没跨出房门。

这种精神状态，我们那里叫做“魔”。

下堂屋左边是我父亲的画室，右边是“下房”，女佣人住的地方。

下堂屋南，一道花瓦墙外，即是花园，墙上也有一个小六角门。

开开六角门，是一片砖墁的平地。更南，是花厅。花厅是我们这所住宅里最明亮的屋子，南边一溜全是大玻璃窗，听说我父亲年轻时常请一些朋友来，在花厅里喝酒，唱戏，吹弹歌舞，到我记事的时候，就没有看过这种热闹。花厅也总是闲着。放暑假，我们到花厅里来做假期作业。每年做酱的时候，我的祖母在花厅里摊晾煮熟的黄豆和烤过的发面饼，让豆、饼长毛发酵。花厅外的砖地上有一口大缸，装着豆酱，一口浅缸，装着甜面酱。

砖地东面，是一个花台，种着四棵很大的腊梅花，主干都有碗口粗，每年开很多花。这种腊梅的花心是紫檀色的。按说“磬石檀心”是腊梅的名种，但是我们那里重白心的，叫做“冰心腊梅”，而将檀心者起一个不好听的名称，叫“狗心腊梅”。下雪之后，上树摘花，是我的事，腊梅的骨朵很密。相中一大枝，折下来，养在大胆瓶里，过年。

腊梅花的对面，是两棵桂花。一棵金桂，一棵银桂。每年秋天，吐蕊开花。桂花树下，长了一片萱草，也没人管它，自己长得很旺盛。萱花未尽开时摘下，阴干，我们那里叫做金针，北方叫做黄花菜。我小时最讨厌黄花菜，觉得淡而无味。到了北方，学做打卤面，才知道缺这玩意还不行。

桂花树后是南北向的花瓦墙，墙上开一圆门，即北方所说的月亮门。

出圆门，是一畦菜地。我的祖母每年在这里种乌青菜，即上海人所说的塌苦菜。这块菜地土很瘦，乌青菜都不肥大，而茎叶液汁浓厚，旋摘煮食，味道极好，远胜市上买来的，叫做“起水鲜”，经霜后，叶缘皆作紫红色，尤其甜美。

菜畦左侧有一棵紫薇，一房多高，开花时乱红一片，晃人眼睛。游蜂无数——齐白石爱画的那种大个的黑蜂，穿花抢蕊，非常热闹。西侧，有一座六角亭，可以小坐。

菜畦东边有一条砖路。砖路尽处是一棵木瓜，一棵矾杏，一棵柿树，都很少结果。

树之外，是一座船亭。这是祖父六十大寿头年盖的。船头向东，两边墙上各开了海棠形的窗户。祖父盖船亭，是为了“无事此静坐”，但是他只来坐过几次，平常不来，经常锁着。隔着正面的玻璃隔扇，可以看到里面铁梨木琴几上摆着几件彝器，几把檀木椅子，萧萧爽爽。

船亭对面，有一棵很大的柳树。挨着柳树，是一个高高的花坛。花坛上原来想是栽了不少花的，但因为无人料理，只剩下一棵石榴，一丛鱼儿牡丹。鱼儿牡丹开一串一串粉红的花，花作鸡心形，像是童话里的植物。

花坛对面是土山。这座土山不知是哪年堆成的。这些土是从园里挖出的，还是从外面运进来的，均不知道。土山左脚，种了两棵碧桃，一棵白的，一棵浅红的。碧桃花其实是很好看的，花开得很繁茂，花期也长，应该对它珍贵一点，但是大家都不把它当回事，也许因为它花开得太多，也太容易养活了。土山正面，种了四棵香橼，每年都要结很多，香橼就是“橘逾淮南则为枳”的枳，但其实枳和橘是两种植物。香橼秋天成熟。香橼的香气很冲，不大好闻。但香橼花的气味是很好的，苦甜苦甜的。花白色，瓣微厚，五出深裂，如小酒盏，很好看。山顶有两棵龙爪槐，一在东，一在西。西边的一棵是我的读书树。我常常爬上去，在分杈的树干上靠好，带一块带筋的干牛肉或一块榨菜，一边慢慢嚼着，一边看小说。土山外隔一道墙是一个尼庵，靠在树上可以看见小尼姑从井里汲水浇菜。这尼庵的尼姑是带发修行的。因此我看的小尼姑是一头黑发。

从土山东边下山，是一片空地。空地上有一口很大的缸，养着很大的金鱼，这是大伯父养的。因此，在我们的印象里这一边是大爷的地方。但是我们并未分家，小孩子是可以自由来去的。

金鱼缸的西北边有一架紫藤。盛花时，紫云拂地。花谢，垂下一根一根长长的刀豆。

鱼缸正北，一棵白丁香，一棵紫丁香。

丁香之左，一片紫鸢。

往南，墙边一丛金雀花。

紫鸢的东边，荒草而已。这片草地每年下面结不少甘露，我们那里叫做螺蛳菜或宝塔菜，甘露洗净后装白布袋，可入甜面酱缸腌渍。

草地之东有一排很大的冬青树。夏天开密密的小白花，也有香味。秋后结了很多紫色的胡椒粒大的果实。

冬青之外，是“草房”，堆草的屋子。我们那里烧草——芦柴，一次要置很多担草，垛积在一排空屋里。

冬青的北面，是花房，房顶南檐是玻璃盖的，原是大爷养花的地方，但他后来不养花了，花房就空着。一壁挂着一个老鹰风筝。据我父亲说这个老鹰是独脑线的——只有一根脑线。老鹰风筝是大爷年轻时放过的。听我父亲说，放上去之后，曾有真的老鹰和它打过架。空空的花房里只有两盆颇大的夹竹桃。夹竹桃红花殷殷的，我忽然觉得有些紧张，因为天忽然黑下来了，只有我一个人，在空空的花园里。

听大人说，这花园里有一个白胡子老头。这白胡子老头是神仙，还是妖怪？但是，晚上是没有人到花园里去的，东边和西边的小六角门都上了铁锁。

我们这座花园实在很难叫做花园，没有精心安排布置过，草木也都是随意种植的，常有一点半自然的状态。但是这确是我童年的乐园，我在这里掬过很多蟋蟀，捉过知了、天牛、蜻蜓，捅过马蜂窝——这马蜂窝结在冬青树上，有蒲扇大！

一九九一年九月十九日

载一九九一年第十二期《作家》

篇四：四方食事

四方食事

口味

“口之于味，有同嗜焉。”好吃的东西大家都爱吃。宴会上有烹大虾（是得极新鲜的），大都剩不下。但是也不尽然。羊肉是很好吃的。“羊大为美。”中国人吃羊肉的历史大概和这个民族的历史同样久远。中国羊肉的吃法很多，不能列举。我以为最好吃的是手把羊肉。维吾尔、哈萨克都有手把羊肉，但是以内蒙为最好。内蒙很多盟旗都说他们那里的羊肉不膻，因为羊吃了草原上的野葱，生前已经自己把膻味解了。我以为不膻固好，膻亦无妨。我曾在达茂旗吃过“羊贝子”，即白煮全羊。整只羊放在锅里只煮四十五分钟（为了照顾远来的汉人客人，多煮了十五分钟，他们自己吃，只煮半小时），各人用刀割取自己中意的部位，蘸一点作料（原来只备一碗盐水，近年有了较多的作料）吃。羊肉带生，一刀切下去，会汪出一点血，但是鲜嫩无比。内蒙人说，羊肉越煮越老，半熟的，才易消化，也能多吃。我几次到内蒙，吃羊肉吃得非常过瘾。同行有一位女同志，不但不吃，连闻都不能闻。一走进食堂，闻到羊肉气味就想吐。她只好每顿用开水泡饭，吃咸菜，真是苦煞。全国不吃羊肉的人，不在少数。

"鱼羊为鲜"，有一位老同志是获鹿县人，是回民，他倒是吃羊肉的，但是一生不解何所谓鲜。他的爱人是南京人，动辄说："这个菜很鲜"，他说，"什么叫'鲜'？我只知道什么东西吃着'香'。"要解释什么是"鲜"，是困难的。我的家乡以为最能代表鲜味的是虾子。虾子冬笋、虾子豆腐羹，都很鲜。虾子放得太多，就会"鲜得连眉毛都掉了"的。我有个小孙女，很爱吃我配料煮的龙须挂面。有一次我放了虾子，她尝了一口，说"有股什么味！"不吃。

中国不少省份的人都爱吃辣椒。云、贵、川、黔、湘、赣。延边朝鲜族也极能吃辣。人说吃辣椒爱上火。井冈山人说："辣子冇补(没有营养)，两头受苦。"我认识一个演员，他一天不吃辣椒，就会便秘！我认识一个干部，他每天在机关吃午饭，什么菜也不吃，只带了一小饭盒油炸辣椒来，吃辣椒下饭。顿顿如此。此人真是个吃辣椒专家，全国各地的辣椒，都设法弄了来吃。据他的品评，认为土家族的最好。有一次他带了一饭盒来，让我尝尝，真是又辣又香。然而有人是不吃辣的。我曾随剧团到重庆体验生活。四川无菜不辣，有人实在受不了。有一个演员带了几个年轻的女演员去吃汤圆，一个唱老旦的演员进门就嚷嚷，"不要辣椒！"卖汤圆的白了她一眼："汤圆没有放辣椒的！"

北方人爱吃生葱生蒜。山东人特爱吃葱，吃煎饼、锅盔，没有葱是不行的。有一个笑话：婆媳吵嘴，儿媳妇跳了井。儿子回来，婆婆说："可了不得啦，你媳妇跳井啦！"儿子说："不咋！"拿了一根葱在井口逛了一下，媳妇就上来了。山东大葱的确很好吃，葱白长至半尺，是甜的。江浙人不吃生葱蒜，做鱼肉时放葱，谓之"香葱"，实即北方的小葱，几根小葱，挽成一个疙瘩，叫做"葱结"。他们把大葱叫做"胡葱"，即做菜时也不大用。有一个著名女演员，不吃葱，她和大家一同去体验生活，菜都得给她单做。"文化大革命"斗她的时候，这成了一条罪状。北方人吃炸酱面，必须有几瓣蒜。在长影拍片时，有一天我起晚了，早饭已经开过，我到厨房里和几位炊事员一块吃。那天吃的是炸油饼，他们吃油饼就蒜。我说："吃油饼哪有就蒜的！"一个河南籍的炊事员说："嘿！你试试！"果然，"另一个味儿"。我前几年回家乡，接连吃了几天鸡鸭鱼虾，吃腻了，我跟家里人说："给我下一碗阳春面，弄一碟葱，两头蒜来。"家里人看我生吃葱蒜，大为惊骇。

有些东西，本来不吃，吃吃也就习惯了。我曾经夸口，说我什么都吃，为此挨了两次捉弄。一次在家乡，我原来不吃芫荽（香菜），以为有臭虫味。一次，我家所开的中药铺请我去吃面，——那天是药王生日，铺中管事弄了一大碗凉拌芫荽，说："你不是什么都吃吗？"我一咬牙吃了。从此，我就吃芫荽了。后来北地，每吃涮羊肉，调料里总要撒上大量芫荽。一次在昆明。苦瓜，我原来也是不吃的，——没有吃过。我们家乡有苦瓜，叫做癞葡萄，是放在瓷盘里看着玩，不吃的。有一位诗人请我下小馆子，他要了三个菜；凉拌苦瓜、炒苦瓜、苦瓜汤。他说："你不是什么都吃吗？"从此，我就吃苦瓜了。北京人原来是不吃苦瓜的，近年也学会吃了。不过他们用凉水连"拔"

三次，基本上不苦了，那还有什么意思！

有些东西，自己尽可不吃，但不要反对旁人吃。不要以为自己不吃的东西，谁吃，就是岂有此理。比如广东人吃蛇，吃龙虱；傣族人爱吃苦肠，即牛肠里没有完全消化的粪汁，蘸肉吃。这在广东人、傣族人，是没有什么奇怪的。他们爱吃，你管得着吗？不过有些东西，我也以为不吃为宜，比如炒肉芽——腐肉所生之蛆。

总之，一个人的口味要宽一点、杂一点，“南甜北咸东辣西酸”，都去尝尝。对食物如此，对文化也应该这样。

切脍

《论语·乡党》：“食不厌精，脍不厌细”，中国的切脍不知始于何时。孔子以“食”、“脍”对举，可见当时是相当普遍的。北魏贾思勰《齐民要术》提到切脍。唐人特重切脍，杜甫诗累见。宋代切脍之风亦盛。《东京梦华录·三月一日开金鱼池琼林苑》：“多垂钓之士，必于池苑所买牌子，方许捕鱼。游人得鱼，倍其价买之。临水斫脍，以荐芳樽，乃一时佳味也。”元代，关汉卿曾写过“望江楼中秋切脍”。明代切脍，也还是有的，但《金瓶梅》中未提及，很奇怪。《红楼梦》也没有提到。到了近代，很多人对切脍是怎么回事，都茫然了。

脍是什么？杜诗邵注：“鲙，即今之鱼生、肉生。”更多指鱼生，脍的繁体字是“鲙”，可知。

杜甫《阌乡姜七少府设鲙戏赠长歌》对切脍有较详细的描写。脍要切得极细，“脍不厌细”，杜诗亦云：“无声细下飞碎雪。”脍是切片还是切丝呢？段成式《酉阳杂俎·物革》云：“进士段硕常识南孝廉者，善斫脍，谷薄丝缕，轻可吹起。”看起来是片和丝都有的。切脍的鱼不能洗。杜诗云：“落砧何曾白纸湿”，邵注：“凡作鲙，以灰去血水，用纸以隔之”，大概是隔着一层纸用灰吸去鱼的血水。《齐民要术》：“切鲙不得洗，洗则鲙湿。”加什么佐料？一般是加葱的，杜诗：“有骨已剁觜春葱”。《内则》：“鲙，春用葱，夏用芥”。葱是葱花，不会是葱段。至于下不下盐或酱油，乃至酒、酢，则无从臆测，想来总得有点咸味，不会是淡吃。

切脍今无实物可验。杭州楼外楼解放前有名菜醋鱼带把。所谓“带把”，即将活草鱼的脊背上的肉剔下，切成极薄的片，浇好酱油，生吃。我以为这很近乎切脍。我在一九四七年春天曾吃过，极鲜美。这道菜听说现在已经没有了，不知是因为有碍卫生，还是厨师无此手艺了。

日本鱼生我未吃过。北京西四牌楼的朝鲜冷面馆卖过鱼生、肉生。北京乃切成一寸见方、厚约二分的鱼片，蘸极辣的作料吃。这与“谷薄丝缕”的切脍似不是一回事。

与切脍有关联的，是“生吃螃蟹活吃虾”。生螃蟹我未吃过，想来一定非常好吃。活虾我可吃得多了。前几年回乡，家乡人知道我爱吃“呛虾”，于是餐餐有呛虾。我们家乡的呛虾是用酒把白虾（青虾不宜生吃）“醉”死了的。解放前杭州楼外楼呛虾，是酒醉而不待其死，活虾盛于大盘中，上覆大碗，上桌揭碗，虾蹦得满桌，客人捉而食之。用广东话说，这才真是“生猛”。听说楼外楼现在也不卖呛虾了，惜哉！

下生蟹活虾一等的，是将虾蟹之属稍加腌制。宁波的梭子蟹是用盐腌过的，醉蟹、醉泥螺、醉蚶子、醉蛏鼻，都是用高粱酒“醉”过的。但这些都还是生的。因此，都很好吃。

我以为醉蟹是天下第一美味。家乡人贻我醉蟹一小坛。有天津客人来，特地为他剁了几只。他吃了一小块，问：“是生的?”就不敢再吃。

“生的”，为什么就不敢吃呢？法国人、俄罗斯人，吃牡蛎，都是生吃。我在纽约南海岸吃过鲜蚌，那绝对是生的，刚打上来的，而且什么作料都不搁，经我要求，服务员才给了一点胡椒粉。好吃么？好吃极了！

为什么“切脍”生鱼活虾好吃？曰：存其本味。

我以为“切脍”之风，可以恢复。如果觉得这不卫生，可以依照纽约南海岸的办法：用“远红外”或什么东西处理一下，这样既不失本味，又无致病之虞。如果这样还觉得“硌应”，吞不下，吞下要反出来，那完全是观念上的问题。当然，我也不主张普遍推广，可以满足少数老饕的欲望，“内部发行”。

河豚

阅报，江阴有人食河豚中毒，经解救，幸得不死，杨花扑面，节近清明，这使我想起，正是吃河豚的时候了。苏东坡诗：

竹外桃花三两枝，
春江水暖鸭先知。
蒌蒿满地芦芽短，
正是河豚欲上时。

梅圣俞诗：

河豚当此时，
贵不数鱼虾。

宋朝人是很爱吃河豚的，没有真河豚，就用了不知什么东西做出河豚的样子和味道，谓之“假河豚”，聊以过瘾，《东京梦华录》等书都有记载。

江阴当长江入海处不远，产河豚最多，也最好。每年春天，鱼市上有很多河豚卖。河豚的脾气很大，用小木棍捅捅它，它就把肚子鼓起来，再捅，再鼓，终至成了一个圆球。江阴河豚品种极多。我所就读的南菁中学的生物实验室里搜集了各种河豚，浸在装了福尔马林的玻璃器内。有的很大，有的小如金钱龟。颜色也各异，有带青绿色的，有白的，还有紫红的。这样齐全的河豚标本，大概只有江阴的中学才能搜集得到。

河豚有剧毒。我在读高中一年级时，江阴乡下出了一件命案，“谋杀亲夫”。“奸夫”“淫妇”在游街示众后，同时枪决。毒死亲丈夫的东西，即是一条煮熟的河豚。因为是“花案”，那天街的两旁有很多人鹄立伫观。但是实在没有什么好看，奸夫淫妇都蠢而且丑，奸夫还是个黑脸的麻子。这样的命案，也只能出在江阴。

但是河豚很好吃，江南谚云：“拼死吃河豚”，豁出命去，也要吃，可见其味美。据说整治得法，是不会中毒的。我的几个同学都曾约定请我上家里吃一次河豚，说是“保证不会出问题”。江阴正街上有一饭馆，是卖河豚的。这家饭馆有一块祖传的木板，刷印保单，内容是如果在他家铺里吃河豚中毒致死，主人可以偿命。

河豚之毒在肝脏、生殖腺和血，这些可以小心地去掉。这种办法有例可援。即“洁本金瓶梅”是。

我在江阴读书两年，竟未吃过河豚，至今引为憾事。

野菜

春天了，是挖野菜的时候了。踏青挑菜，是很好的风俗。人在屋里闷了一冬天，尤其是妇女，到野地里活动活动，呼吸一点新鲜空气，看看新鲜的绿色，身心一快。

南方的野菜，有枸杞、荠菜、马兰头……北方野菜则主要的是苣荬菜。枸杞、荠菜、马兰头用开水焯过，加酱油、醋、香油凉拌。苣荬菜则是洗净，去根，蘸甜面酱生吃。或曰吃野菜可以“清火”，有一定道理。野菜多半带一点苦味，凡苦味菜，皆可清火。但是更重要的是吃个新鲜。有诗人说：“这是吃春天”，这话说得有点做作，但也还说得过去。

敦煌变文、《云谣集杂曲子》、打枣杆、挂枝儿、吴歌，乃至《白雪遗音》等等，是野菜。因为它新鲜。

一九八九年四月十八日

载一九八九年创刊号《中国文化》

故乡的元宵

故乡的元宵是并不热闹的。

没有狮子、龙灯，没有高跷，没有跑旱船，没有“大头和尚戏柳翠”，没有花担子、茶担子。这些都在七月十五“迎会”——赛城隍时才有，元宵是没有的。很多地方兴“闹元宵”，我们那里的元宵却是静静的。

有几年，有送麒麟的。上午，三个乡下的汉子，一个举着麒麟，——一张长板凳，外面糊纸扎的麒麟，一个敲小锣，一个打镲，咚咚当当敲一气，齐声唱一些吉利的歌。每一段开头都是“格炸炸”：

格炸炸，格炸炸，

麒麟送予到你家……

我对这“格炸炸”印象很深。这是什么意思呢？这是状声词？状的什么声呢？送麒麟的没有表演，没有动作，曲调也很简单。送麒麟的来了，一点也不叫人兴奋，只听得一连串的“格炸炸”。“格炸炸”

完了，祖母就给他们一点钱。

街上掷骰子“赶老羊”的赌钱的摊子上没有人。六颗骰子静静地在大碗底卧着。摆赌摊的坐在小板凳上抱着膝盖发呆。年快过完了，准备过年输的钱也输得差不多了，明天还有事，大家都没有赌兴。

草巷口有个吹糖人的。孙猴子舞大刀、老鼠偷油。

北市口有捏面人的。青蛇、白蛇、老渔翁。老渔翁的蓑衣是从药店里买来的夏枯草做的。

到天地坛看人拉“天嗡子”——即抖空竹，拉得很响，天嗡子蛮牛似的叫。

到泰山庙看老妈妈烧香。一个老妈妈鞋底有牛屎，干了。

一天快过去了。

不过元宵要等到晚上，上了灯，才算。元宵元宵嘛。我们那里一般不叫元宵，叫灯节。灯节要过几天，十三上灯，十七落灯。“正日子”是十五。

各屋里的灯都点起来了。大妈（大伯母）屋里是四盏玻璃方灯。二妈屋里是画了红寿字的白明角琉璃灯，还有一张珠子灯。我的继母屋里点的是红琉璃泡子。一屋子灯光，明亮而温柔，显得很吉祥。

上街去看走马灯。连万顺家的走马灯很大。“乡下人不识走马灯——又来了。”走马灯不过是来回转动的车、马、人（兵）的影子，但也能看它转几圈。后来我自己也动手做了一个，点了蜡烛，看着里面的纸轮一样转了起来，外面的纸屏上一样映出了影子，很欣喜。乾隆和的走马灯并不“走”，只是一个长方的纸箱子，正面白纸上有一些彩色的小人，小人连着一根头发丝，烛火烘热了发丝，小人的手脚会上下动。它虽然不“走”，我们还是叫它走马灯。要不，叫它什么灯呢？这外面的小人是唐僧、孙悟空、猪八戒、沙和尚。整个画面表现的是《西游记》唐僧取经。

孩子有自己的灯。兔子灯、绣球灯、马灯……兔子灯大都是自己动手做的。下面安四个轱辘，可以拉着走。兔子灯其实不大像兔子，脸是圆的，眼睛是弯弯的，像人的眼睛，还有两道弯弯的眉毛！绣球灯、马灯都是买的。绣球灯是一个多面的纸扎的球，有一个篾制的架子，架子上有一根竹竿，架子下有两个轱辘，手执竹竿，向前推移，球即不停滚动。马灯是两段，一个马头，一个马屁股，用带子系在身上。西瓜灯、虾蟆灯、鱼灯，这些手提的灯，是小孩玩的。

有一个习俗可能是外地所没有的：看围屏。硬木长方框，约三尺高，尺半宽，镶绢，上画一笔演义小说人物故事，灯节前装好，一堂围屏约三十幅，屏后点蜡烛。这实际上是照得透亮的连环画。看围屏有两处，一处在炼阳观的偏殿，一处在附设在城隍庙里的火神庙。炼阳观画的是《封神榜》，火神庙画的是《三国》。围屏看了多少年，但还是年年看。好像不看围屏就不算过灯节似的。

街上有人放花。

有人放高升（起火），不多的几支，起火升到天上，嗤——灭了。

天上有一盏红灯笼。竹篾为骨，外糊红纸，一个长方的筒，里面点了蜡烛，放到天上，灯笼是很好放的，连脑线都不用，在一个角上系上线，就能飞上去。灯笼在天上微微飘动，不知道为什么，看了使人有一点薄薄的凄凉。

年过完了，明天十六，所有店铺就“大开门”了。我们那里，初一到初五，店铺都不开门。初六打开两扇排门，卖一点市民必需的东西，叫做“小开门”。十六把全部排门卸掉，放一挂鞭，几个炮仗，叫做“大开门”，开始正常营业。年，就这样过去了。

一九九三年二月十二日

故乡的野菜

荠菜。荠菜是野菜，但在我的家乡却是可以上席的。我们那里，一般的酒席，开头都有八个凉碟，在客人入席前即已摆好。通常是火腿、变蛋（松花蛋）、风鸡、酱鸭、油爆虾（或呛虾）、蚶子（是从外面运来的，我们那里不产）、咸鸭蛋之类。若是春天，就会有两样应时凉拌小菜：杨花萝卜（即北京的小水萝卜）切细丝拌海蜇，和拌荠菜。荠菜焯过，碎切，和香干细丁同拌加姜米，浇以麻油酱醋，或用虾米，或不用，均可。这道菜常抟成宝塔形，临吃推倒，拌匀。拌荠菜总是受欢迎的，吃个新鲜。凡野菜，都有一种园种的蔬菜所缺少的清香。

荠菜大都是凉拌，炒荠菜很少人吃。荠菜可包春卷，包圆子（汤团）。江南人用荠菜包馄饨，称为菜肉馄饨，亦称“大馄饨”。我们那里没有用荠菜包馄饨的。我们那里的面店中所卖的馄饨都是纯肉馅的馄饨，即江南所说的“小馄饨”。没有“大馄饨”。我在北京的一家有名的家庭餐馆吃过这一家的一道名菜：翡翠蛋羹。一个汤碗里一边是蛋羹，一边是荠菜，一边嫩黄，一边碧绿，绝不混淆，吃时搅在一起。这种讲究的吃法，我们家乡没有。

枸杞头。春天的早晨，尤其是下了一场小雨之后，就可听到叫卖枸杞头的声音。卖枸杞头的多是附郭近村的女孩子，声音很脆，极能传远："卖枸杞头来!"枸杞头放在一个竹篮子里，一种长圆形的竹篮，叫做元宝篮子。枸杞头带着雨水，女孩子的声音也带着雨水。枸杞头不值什么钱，也从不用秤约，给几个钱，她们就能把整篮子倒给你。女孩子也不把这当做正经买卖，卖一点钱，够打一瓶梳头油就行了。

自己去摘，也不费事。一会儿工夫，就能摘一堆。枸杞到处都是。我的小学的操场原是祭天地的空地，叫做"天地坛"。天地坛的四边围墙的墙根。长的都是这东西。枸杞夏天开小白花，秋天结很多小果子，即枸杞子，我们小时候叫它"狗奶子"，因为很像狗的奶子。

枸杞头也都是凉拌，清香似尤甚于荠菜。

蒌蒿。小说《大淖记事》："春初水暖，沙洲上冒出很多紫红色的芦芽和灰绿色的蒌蒿，很快就是一片翠绿了。"我在书页下面加了一条注："蒌蒿是生于水边的野草，粗如笔管，有节，生狭长的小叶，初生二寸来高，叫做'蒌蒿薹子'，加肉炒食极清香。……"蒌蒿，字典上都注"蒌"音楼，蒿之一种，即白蒿。我以为蒌蒿不是蒿之一种，蒌蒿掐断，没有那种蒿子气，倒是有一种水草气。苏东坡诗："蒌蒿满地芦芽短"，以蒌蒿与芦芽并举，证明是水边的植物，就是我的家乡所说"蒌蒿薹子"。"蒌"字我的家乡不读楼，读吕。蒌蒿好像都是和瘦猪肉同炒，素炒好像没有。我小时候非常爱吃炒蒌蒿薹子。桌上有一盘炒蒌蒿薹子，我就非常兴奋，胃口大开。蒌蒿薹子除了清香，还有就是很脆，嚼之有声。

荠菜、枸杞我在外地偶尔吃过，蒌蒿薹子自十九岁离乡后从未吃过，非常想念。去年我的家乡有人开了汽车到北京来办事，我的弟妹托他们带了一塑料袋蒌蒿薹子来，因为路上耽搁，到北京时已经焐坏了。我挑了一些还来不及烂的，炒了一盘，还有那么一点意思。

马齿苋。中国古代吃马齿苋是很普遍的，马齿苋与人苋（即红白苋菜）并提。后来不知怎么吃的人少了。我的祖母每年夏天都要摘一些马齿苋，晾干了，过年包包子。我的家乡普通人家平常是不包包子的，只有过年才包，自己家里人吃，有客人来蒸一盘待客。不是家里人包的。一般的家庭妇女不会包，都是备了面、馅，请包子店里的师傅到家里做，做一上午，就够正月里吃了。我的祖母吃长斋，她的马齿苋包子只有她自己吃。我尝过一个，马齿苋有点酸酸的味道，不难吃，也不好吃。

马齿苋南北皆有。我在北京的甘家口住过，离玉渊潭很近，玉渊潭马齿苋极多。北京人叫做马苋儿菜，吃的人很少。养鸟的拔了喂画眉。据说画眉吃了能清火。画眉还会有“火”么？

莼菜。第一次喝莼菜汤是在杭州西湖的楼外楼，一九四八年四月。这以前我没有吃过莼菜，也没有见过。我的家乡人大都不知莼菜为何物。但是秦少游有《以莼姜法鱼糟蟹寄子瞻》诗，则高邮原来是有莼菜的。诗最后一句是“泽居备礼无麇鹿”，秦少游当时盖在高邮居住，送给苏东坡的是高邮的土产。高邮现在还有没有莼菜，什么时候回高邮，我得调查调查。

明朝的时候，我的家乡出过一个散曲作家王磐。王磐字鸿渐，号西楼，散曲作品有《西楼乐府》。王磐当时名声很大，与散曲大家陈大声并称为“南曲之冠”。王西楼还是画家。高邮现在还有一句歇后语：“王西楼嫁女儿——画（话）多银子少”。王西楼有一本有点特别的著作：《野菜谱》。《野菜谱》收野菜五十二种。五十二种中有些我是认识的，如白鼓钉（蒲公英）、蒲儿根、马栏头、青蒿儿（即茵陈蒿）、枸杞头、野绿豆、蒌蒿、荠菜儿、马齿苋、灰条。江南人重马栏头。小时读周作人的《故乡的野菜》，提到儿歌："荠菜马栏头，姐姐嫁在后门头"，很是向往，但是我的家乡是不大有人吃的。灰条的"条"字，正字应是"藋"，通称灰菜。这东西我的家乡不吃。我第一次吃灰菜是在一个山东同学的家里，蘸了稀面，蒸熟，就烂蒜，别具滋味。后来在昆明黄土坡一中学教书，学校发不出薪水，我们时常断炊，就掳了灰菜来炒了吃。在北京我也摘过灰菜炒食。有一次发现钓鱼台国宾馆的墙外长了很多灰菜，极肥嫩，就弯下腰来摘了好些，装在书包里。门卫发现，走过来问："你干什么？"他大概以为我在埋定时炸弹。我把书包里的灰菜抓出来给他看，他没有再说什么，走开了。灰菜有点碱味，我很喜欢这种味道。王西楼《野菜谱》中有一些，我不但没有吃过，见过，连听都没听说过，如："燕子不来香""油灼灼"……

《野菜谱》上图下文。图画的是这种野菜的样子，文则简单地说这种野菜的生长季节，吃法。文后皆系以一诗，一首近似谣曲的小乐府，都是借题发挥，以野菜名起兴，写人民疾苦。如：

眼子菜

眼子菜，如张目，年年盼春怀布谷，犹向秋来望时熟。何事频年倦不开，愁看四野波漂屋。

猫耳朵

猫耳朵，听我歌，今年水患伤田禾，仓廪空虚鼠弃窝，猫兮猫兮将奈何！

江荠

江荠青青江水绿，江边挑菜女儿哭。爷娘新死兄趁熟，止存我与妹看屋。

抱娘蒿

抱娘蒿，结根牢，解不散，如漆胶。君不见昨朝儿卖客船上，儿抱娘哭不肯放。

这些诗的感情都很真挚，读之令人酸鼻。我的家乡本是个穷地方。灾荒很多，主要是水灾，家破人亡，卖儿卖女的事是常有的。我小时就见过。现在水利大有改进，去年那样的特大洪水，也没死一个人，王西楼所写的悲惨景象不复存在了。想到这一点，我为我的家乡感到欣慰。过去，我的家乡人吃野菜主要是为了度荒，现在吃野菜则是为了尝新了。喔，我的家乡的野菜！

宋朝人的吃喝

唐宋人似乎不怎么讲究大吃大喝。杜甫的《丽人行》里列叙了一些珍馐，但多系夸张想象之辞。五代顾闳中所绘《韩熙载夜宴图》主人客人面前案上所列的食物不过八品，四个高足的浅碗，四个小碟子。有一碗是白色的圆球形的东西，有点像外面滚了米粒的蓑衣丸子。有一碗颜色是鲜红的，很惹眼，用放大镜细看，不过是几个带蒂的柿子！其余的看不清是什么。苏东坡是个有名的馋人，但他爱吃的好像只是猪肉。他称赞“黄州好猪肉”，但还是“富者不解吃，贫者不解煮”。他爱吃猪头，也不过是煮得稀烂，最后浇一勺杏酪。——杏酪想必是酸里咕叽的，可以解腻。有人“忽出新意”以山羊肉为玉糁羹，他觉得好吃得不得了。这是一种什么东西？大概只是山羊肉加碎米煮成的糊糊罢了。当然，想象起来也不难吃。

宋朝人的吃喝好像比较简单而清淡。连有皇帝参加的御宴也并不丰盛。御宴有定制，每一盏酒都要有歌舞杂技，似乎这是主要的，吃喝在其次。幽兰居士《东京梦华录》载《宰执亲王宗室百官入内上寿》，使臣诸卿只是“每分列环饼、油饼、枣塔为看盘，次列果子。

惟大辽加之猪羊鸡鹅兔连骨熟肉为看盘，皆以小绳束之。又生葱韭蒜醋各一碟。三五人共列浆水一桶，立杓数枚”。“看盘”只是摆样子的，不能吃的。“凡御宴至第三盏，方有下酒肉、咸豉、爆肉、双下驼峰角子。”第四盏下酒是肏子骨头、索粉、白肉胡饼；第五盏是群仙、天花饼、太平毕罗、干饭、缕肉羹、莲花肉饼；第六盏假圆鱼、密浮酥捺花；第七盏排炊羊、胡饼、炙金肠；第八盏假沙鱼、独下馒头、肚羹；第九盏水饭、簇饤下饭。如此而已。

宋朝市面上的吃食似乎很便宜。《东京梦华录》云：“吾辈入店，则用一等玻璃浅棱碗，谓之‘碧碗’，亦谓之‘造羹’，菜蔬精细，谓之‘造齑’，每碗十文。”《会仙楼》条载：“止两人对坐饮酒……即银近百两矣。”初看吓人一跳。细看，这是指餐具的价值——宋人餐具多用银。

几乎所有记两宋风俗的书无不记“市食”。钱塘吴自牧《梦粱录》《分茶酒店》最为详备。宋朝的肴馔好像多是“快餐”，是现成的。中国古代人流行吃羹。“三日入厨下，洗手作羹汤”，不说是洗手炒肉丝。《水浒传》林冲的徒弟说自己“安排得好菜蔬，端整得好汁水”，“汁水”也就是羹。《东京梦华录》云“旧只用匙今皆用筋矣”，可见本都是可喝的汤水。其次是各种爊菜，爊鸡、爊鸭、爊鹅。再次是半干的肉脯和全干的肉犯。几本书里都提到“影戏犯”，我觉得这就是四川的灯影牛肉一类的东西。炒菜也有，如炒蟹，但极少。

宋朝人饮酒和后来有些不同的，是总要有些鲜果干果，如柑、梨、蔗、柿，炒栗子、新银杏，以及莴苣、“姜油多”之类的菜蔬和玛瑙饧、泽州饧之类的糖稀。《水浒传》所谓“铺下果子按酒”，即指此类东西。

宋朝的面食品类甚多。我们现在叫做主食，宋人却叫“从食”。面食主要是饼。《水浒》动辄说“回些面来打饼”。饼有门油、菊花、宽焦、侧厚、油锅、新样满麻……《东京梦华录》载武成王庙海州张家、皇建院前郑家最盛，每家有五十余炉。五十几个炉子一起烙饼，真是好家伙！

遍检《东京梦华录》《都城纪胜》《西湖老人繁胜录》《梦粱录》《武林旧事》，都没有发现宋朝人吃海参、鱼翅、燕窝的记载。吃这种滋补性的高蛋白的海味，大概从明朝才开始。这大概和明朝人的纵欲有关系，记得鲁迅好像曾经说过。

宋朝人好像实行的是“分食制”。《东京梦华录》云“用一等玻璃浅棱碗……每碗十文”，可证。《韩熙载夜宴图》上画的也是各人一份，不像后来大家合坐一桌，大盘大碗，筷子勺子一起来。这一点是颇合卫生的，因不易传染肝炎。

一九六七年一月十八日

肉食者不鄙

狮子头

狮子头是淮安菜。猪肉肥瘦各半，爱吃肥的亦可肥七瘦三，要“细切粗斩”，如石榴米大小（绞肉机绞的肉末不行），荸荠切碎，与肉末同拌，用手抟成招柑大的球，入油锅略炸，至外结薄壳，捞出，放进水锅中，加酱油、糖，慢火煮，煮至透味，收汤放入深腹大盘。

狮子头松而不散，入口即化，北方的“四喜丸子”不能与之相比。

周总理在淮安住过，会做狮子头，曾在重庆红岩八路军办事处做过一次，说：“多年不做了，来来来，尝尝！”想必做得很成功，因为语气中流露出得意。

我在淮安中学读过一个学期，食堂里有一次做狮子头，一大锅油，狮子头像炸麻团似的在油里翻滚，捞出，放在碗里上笼蒸，下衬白菜。一般狮子头多是红烧，食堂所做却是白汤，我觉最能存其本味。

镇江肴蹄

镇江肴蹄，盐渍，加硝，放大盆中，以巨大石块压之，至肥瘦肉都已板实，取出，煮熟，晾去水汽，切厚片，装盘。瘦肉颜色殷红，肥肉白如羊脂玉，入口不腻。

吃肴肉，要蘸镇江醋，加嫩姜丝。

乳腐肉

乳腐肉是苏州松鹤楼的名菜，制法未详。我所做乳腐肉乃以意为之。猪肋肉一块，煮至六七成熟，捞出，俟冷，切大片，每片须带肉皮，肥瘦肉，用煮肉原汤入锅，红乳腐碾烂，加冰糖、黄酒，小火焖。乳腐肉嫩如豆腐，颜色红亮，下饭最宜。汤汁可蘸银丝卷。

腌笃鲜

上海菜。鲜肉和咸肉同炖，加扁尖笋。

东坡肉

浙江杭州、四川眉山，全国到处都有东坡肉。苏东坡爱吃猪肉，见于诗文。东坡肉其实就是红烧肉，功夫全在火候。先用猛火攻，大滚几开，即加作料，用微火慢炖，汤汁略起小泡即可。东坡论煮肉法，云须忌水，不得已时可以浓茶烈酒代之。完全不加水是不行的，会焦煳粘锅，但水不能多。要加大量黄酒。扬州炖肉，还要加一点高粱酒。加浓茶，我试过，也吃不出有什么特殊的味道。

传东坡有一首诗："无竹令人俗，无肉令人瘦，若要不俗与不瘦，除非天天笋烧肉。"未必可靠，但苏东坡有时是会写这种打油体的诗的。冬笋烧肉，是很好吃。我的大姑妈善做这道菜，我每次到姑妈家，她都做。

霉干菜烧肉

这是绍兴菜，全国各处皆有，但不似绍兴人三天两头就要吃一次，鲁迅一辈子大概都离不开霉干菜。《风波》里所写的蒸得乌黑的霉干菜很诱人，那大概是不放肉的。

黄鱼鲞烧肉

宁波人爱吃黄鱼鲞（黄鱼干）烧肉，广东人爱吃咸鱼烧肉，这都是外地人所不能理解的口味，其实这种搭配是很有道理的。近几年因为违法乱捕，黄鱼产量锐减，连新鲜黄鱼都很难吃到，更不用说黄鱼鲞了。

火腿

浙江金华火腿和云南宣威火腿风格不同。金华火腿味清，宣威火腿味重。

昆明过去火腿很多，哪一家饭铺里都能吃到火腿。昆明人爱吃肘棒的部位，横切成圆片，外裹一层薄皮，里面一圈肥肉，当中是瘦肉，叫做“金钱片腿”。正义路有一家火腿庄，专卖火腿，除了整只的、零切的火腿，还可以买到火腿脚爪，火腿油。火腿油炖豆腐很好吃。护国路原来有一家本地馆子，叫“东月楼”，有一道名菜“锅贴乌鱼”，乃以乌鱼片两片，中夹火腿一片，在平底铛上烙熟，味道之鲜美，难以形容。前年我到昆明去，向本地人问起东月楼，说是早就没有了，“锅贴乌鱼”遂成《广陵散》。

华山南路吉庆祥的火腿月饼，全国第一。一个重旧秤四两，名曰“四两砣”。吉庆祥还在，而且有了分号，所制四两砣不减当年。

腊肉

湖南人爱吃腊肉。农村人家杀了猪，大部分都腌了，挂在厨灶房梁上，烟熏成腊肉。我不怎样爱吃腊肉，有一次在长沙一家大饭店吃了一回蒸腊肉，这盘腊肉真叫好。通常的腊肉是条状，切片不成形，这盘腊肉却是切成颇大的整齐的方片，而且蒸得极烂，我没有想到腊肉能蒸得这样烂！入口香糯，真是难得。

夹沙肉·芋泥肉

夹沙肉和芋泥肉都是甜的，夹沙肉是川菜，芋泥肉是广西菜。厚膘豚肩肉，煮半熟，捞出，沥去汤，过油灼肉皮起泡，候冷，切大片，两片之间不切通，夹入豆沙，装碗笼蒸，蒸至四川人所说“粑而不烂”倒扣在盘里，上桌，是为夹沙肉。芋泥肉做法与夹沙肉相似，芋泥较豆沙尤为细腻，且有芋香，味较夹沙肉更胜一筹。

白肉火锅

白肉火锅是东北菜。其特点是肉片极薄，是把大块肉冻实了，用刨子刨出来的，故入锅一涮就熟，很嫩。白肉火锅用海蛎子（蚝）作锅底，加酸菜。

烤乳猪

烤乳猪原来各地都有，清代满汉餐席上必有这道菜，后来别处渐渐没有，只有广东一直盛行，大饭店或烧腊摊上的烤乳猪都很好。烤乳猪如果抹一点甜面酱卷薄饼吃，一定不亚于北京烤鸭。可惜广东人不大懂得吃饼，一般烤乳猪只作为冷盘。

一九九二年九月九日

载一九九三年第三期《家庭》

吃食和文学

咸菜和文化

偶然和高晓声谈起“文化小说”，晓声说：“什么叫文化？——吃东西也是文化。”我同意他的看法。这两天自己在家里腌韭菜花，想起咸菜和文化。

咸菜可以算是一种中国文化。西方似乎没有咸菜。我吃过“洋泡菜”，那不能算咸菜。日本有咸菜，但不知道有没有中国这样盛行。“文革”前《福建日报》登过一则猴子腌咸菜的新闻，一个新华社归侨记者用此材料写了一篇对外的特稿：“猴子会腌咸菜吗？”被批评为“资产阶级新闻观点”。——为什么这就是资产阶级新闻观点呢？猴子腌咸菜，大概是跟人学的。于此可以证明咸菜在中国是极为常见的东西。中国不出咸菜的地方大概不多。各地的咸菜各有特点，互不雷同。北京的水疙瘩、天津的津冬菜、保定的春不老。"保定有三宝，铁球、面酱、春不老"，我吃过苏州的春不老，是用带缨子的很小的萝卜腌制的，腌成后寸把长的小缨子还是碧绿的，极嫩，微甜，好吃，名字也起得好。保定的春不老想也是这样的。周作人曾说他的家乡经常吃的是咸极了的咸鱼和咸极了的咸菜。鲁迅《风波》里写的蒸得乌黑的干菜很诱人。腌雪里蕻南北皆有。上海人爱吃咸菜肉丝面和雪笋汤。云南曲靖的韭菜花风味绝佳。曲靖韭菜花的主料其实是细切晾干的萝卜丝，与北京作为吃涮羊肉的调料的韭菜花不同。贵州有冰糖酸，乃以芥菜加醪糟、辣子腌成。四川咸菜种类极多，据说必以自流井的粗盐腌制乃佳。行销（真是"行销"）全国，远至海外（有华侨的地方），堪称咸菜之王的，应数榨菜。朝鲜辣菜也可以算是咸菜。延边的腌蕨菜北京偶有卖的，人多不识。福建的黄萝卜很有名，可惜未曾吃过。我的家乡每到秋末冬初，多数人家都腌萝卜干。到店铺里学徒，要"吃三年萝卜干饭"，言其缺油水也。中国咸菜多矣，此不能备载。如果有人写一本《咸菜谱》，将是一本非常有意思的书。

咸菜起于何时，我一直没有弄清楚。古书里有一个"菹"字，我少时曾以为是咸菜。后来看《说文解字》，菹字下注云："酢菜也"，不对了。汉字凡从酉者，都和酒有点关系。酢菜现在还有。昆明的"茄子酢"、湖南乾城的"酢辣子"，都是密封在坛子里使酒化了的，吃起来都带酒香。这不能算是咸菜。有一个虀字，则确乎是咸菜了。这是切碎了腌的。这东西的颜色是发黄的故称"黄虀"。腌制得法，"色如金钗股"云。我无端地觉得，这恐怕就是酸雪里蕻。虀似乎不是很古的东西。这个字的大量出现好像是在宋人的笔记和元人的戏曲里。这是穷秀才和和尚常吃的东西。"黄虀"成了嘲笑秀才和和尚，亦为秀才和和尚自嘲的常用的话头。中国咸菜之多，制作之精，我以为跟佛教有一点关系。佛教徒不茹荤，又不一定一年四季都能吃到新鲜蔬菜，于是就在咸菜上打主意。我的家乡腌咸菜腌得最好的是尼姑庵。尼姑到相熟的施主家去拜年，都要备几色咸菜。关于咸菜的起源，我在看杂书时还要随时留心，并希望博学而好古的馋人有以教我。

和咸菜相伯仲的是酱菜。中国的酱菜大别起来，可分为北味的与南味的两类。北味的以北京为代表。六必居、天源、后门的“大葫芦”都很好。——“大葫芦”门悬大葫芦为记，现在好像已经没有了。保定酱菜有名，但与北京酱菜区别实不大。南味的以扬州酱菜为代表，商标为“三和”“四美”。北方酱菜偏咸，南则偏甜。中国好像什么东西都可以拿来酱。萝卜、瓜、莴苣、蒜苗、甘露、藕，乃至花生、核桃、杏仁，无不可酱。北京酱菜里有酱银苗，我到现在还不知道究竟是什么东西。只有荸荠不能酱。我的家乡不兴到酱园里开口说买酱荸荠，那是骂人的话。

酱菜起于何时，我也弄不清楚。不会很早。因为制酱菜有个前提，必得先有酱，——豆制的酱。酱——酱油，是中国一大发明。“柴米油盐酱醋茶”，酱为开门七事之一。中国菜多数要放酱油。西方没有。有一个京剧演员出国，回来总结了一条经验，告诫同行，以后若有出国机会，必须带一盒固体酱油！没有郫县豆瓣，就做不出“正宗川味”。但是中国古代的酱和现在的酱不是一回事。《说文》酱字注云从肉、从酉、爿声。这是加盐、加酒，经过发酵的肉酱。《周礼·天官·膳夫》：“凡王之馈，酱用百有二十瓮”，郑玄注：“酱，谓醯醢也。”醯、醢，都是肉酱。大概较早出现的是豉，其后才有现在的酱。汉代著作中提到的酱，好像已是豆制的。东汉王充《论衡》：“作豆酱恶闻雷。"明确提到豆酱。《齐民要术》提到酱油，但其时已至北魏，距现在一千五百多年——当然，这也相当古了。酱菜的起源，我现在没有查出来，俟诸异日吧。

考查咸菜和酱菜的起源，我不反对，而且颇有兴趣。但是，也不一定非得寻出它的来由不可。

"文化小说"的概念颇含糊。小说重视民族文化，并从生活的深层追寻某种民族文化的"根"，我以为是未可厚非的。小说要有浓郁的民族色彩，不在民族文化里腌一腌、酱一酱，是不成的，但是不一定非得追寻得那么远，非得追寻到一种苍苍莽莽的古文化不可。古文化荒邈难稽（连咸菜和酱菜的来源我们还不清楚）。寻找古文化，是考古学家的事，不是作家的事。从食品角度来说，与其考察太子丹请荆轲吃的是什么，不如追寻一下"春不老"；与其查究楚辞里的"蕙肴蒸"，不如品味品味湖南豆豉；与其追溯断发文身的越人怎样吃蛤蜊，不如蒸一碗霉干菜，喝两杯黄酒。我们在小说里要表现的文化，首先是现在的，活着的；其次是昨天的，消逝不久的。理由很简单，因为我们可以看得见，摸得着，尝得出，想得透。

一九八六年九月十一日

口味·耳音·兴趣

我有一次买牛肉。排在我前面的是一个中年妇女，看样子是个知识分子，南方人。轮到她了，她问卖牛肉的："牛肉怎么做？"我很奇怪，问：“你没有做过牛肉?”——“没有。我们家不吃牛羊肉。”——“那您买牛肉——?”——“我的孩子大了，他们会到外地去。我让他们习惯习惯，出去了好适应。”这位做母亲的用心良苦。我于是尽了一趟义务，把她请到一边，讲了一通牛肉做法，从清炖、红烧、咖喱牛肉，直到广东的蚝油炒牛肉、四川的水煮牛肉、干煸牛肉丝……

有人不吃羊肉。我们到内蒙去体验生活。有一位女同志不吃羊肉，——闻到羊肉气味都恶心，这可苦了。她只好顿顿吃开水泡饭，吃咸菜。看见我吃手抓羊肉、羊贝子（全羊）吃得那样香，直生气!

有人不吃辣椒。我们到重庆去体验生活。有几个女演员去吃汤圆，进门就嚷嚷“不要辣椒!”卖汤圆的冷冷地说：“汤圆没有放辣椒的!”

许多东西不吃，“下去”，很不方便。到一个地方，听不懂那里的话，也很麻烦。

我们到湘鄂赣去体验生活。在长沙，有一个同志的鞋坏了，去修鞋，鞋铺里不收，“为什么?”——“修鞋的不好过。”——“什么?”——“修鞋的不好过!”我只得给他翻译一下，告诉他修鞋的今天病了，他不舒服。上了井冈山，更麻烦了：井冈山说的是客家话。我们听一位队长介绍情况，他说这里没有人肯当干部，他挺身而出，他老婆反对，说是“辣子毛补，两头秀腐”——“什么什么?”我又得给他翻译：“辣椒没有营养，吃下去两头受苦。”这样一翻译可就什么味道也没有了。

我去看昆曲，“打虎游街”“借茶活捉”……好戏。小丑的苏白尤其传神，我听得津津有味，不时发出笑声。邻座是一个唱花旦的京剧女演员，她听不懂，直着急，老问："他说什么？说什么？"我又不能逐句翻译，她很遗憾。

我有一次到民族饭店去找人，身后有几个少女在叽叽呱呱地说很地道的苏州话。一边的电梯来了，一个少女大声招呼她的同伴："乖面乖面（这边这边）！"我回头一看：说苏州话的是几个美国人！

我们那位唱花旦的女演员在语言能力上比这几个美国少女可差多了。

一个文艺工作者、一个作家、一个演员的口味最好杂一点，从北京的豆汁到广东的龙虱都尝尝（有些吃的我也招架不了，比如贵州的鱼腥草）；耳音要好一些，能多听懂几种方言，四川话、苏州话、扬州话（有些活我也一句不懂，比如温州活）。否则，是个损失。

口味单调一点、耳音差一点，也还不要紧，最要紧的是对生活的兴趣要广一点。

一九八六年八月十二日

苦瓜是瓜吗？

昨天晚上，家里吃白兰瓜。我的一个小孙女，还不到三岁，一边吃，一边说："白兰瓜、哈密瓜、黄金瓜、华莱士瓜、西瓜，这些都是瓜。"我很惊奇了：她已经能自己经过归纳，形成"瓜"的概念了（没有人教过她）。这表示她的智力已经发展到了一个重要的阶段。凭借概念，进行思维，是一切科学的基础。她奶奶问她："黄瓜呢？"她点点头。“苦瓜呢?”她摇摇头。我想：她大概认为“瓜”是可吃的，并且是好吃的（这些瓜她都吃过）。今天早起，又问她：“苦瓜是不是瓜?”她还是坚决地摇了摇头，并且说明她的理由：“苦瓜不像瓜。”我于是进一步想：我对她的概念的分析是不完全的。原来在她的“瓜”概念里除了好吃不好吃，还有一个像不像的问题（苦瓜的表皮疙里疙瘩的，也确实不大像瓜）。我翻了翻《辞海》，看到苦瓜属葫芦科。那么，我的孙女认为苦瓜不是瓜，是有道理的。我又翻了翻《辞海》的“黄瓜”条：黄瓜也是属葫芦科。苦瓜、黄瓜习惯上都叫做瓜；而另一种很“像”是瓜的东西，在北方却称之为：“西葫芦”。瓜乎？葫芦乎？苦瓜是不是瓜呢？我倒糊涂起来了。

前天有两个同乡因事到北京，来看我。吃饭的时候，有一盘炒苦瓜。同乡之一问：“这是什么?”我告诉他是苦瓜。他说：“我倒要尝尝。”夹了一小片入口：“乖乖！真苦啊！——这个东西能吃？为什么要吃这种东西?”我说：“酸甜苦辣咸，苦也是五味之一。”他说：“不错!”我告诉他们这就是癞葡萄。另一同乡说：“‘癞葡萄’，那我知道的。癞葡萄能这个吃法?”

“苦瓜”之名，我最初是从石涛的画上知道的。我家里有不少有正书局珂罗版印的画集，其中石涛的画不少。我从小喜欢石涛的画。石涛的别号甚多，除石涛外有释济、清湘道人、大涤子、瞎尊者和苦瓜和尚。但我不知道苦瓜为何物。到了昆明，一看：哦，原来就是癞葡萄！我的大伯父每年都要在后园里种几棵癞葡萄，不是为了吃，是为了成熟之后摘下来装在盘子里看着玩的。有时也剖开一两个，挖出籽儿来尝尝。有一点甜味，并不好吃。而且颜色鲜红，如同一个一个饼子，看起来很刺激，也使人不敢吃它。当做菜，我没有吃过。有一个西南联大的同学，是个诗人，他整了我一下子。我曾经吹牛，说没有我不吃的东西。他请我到一个小饭馆吃饭，要了三个菜：凉拌苦瓜、炒苦瓜、苦瓜汤！我咬咬牙，全吃了。从此，我就吃苦瓜了。

苦瓜原产于印度尼西亚，中国最初种植是广东、广西。现在云南、贵州都有。据我所知，最爱吃苦瓜的似是湖南人。有一盘炒苦瓜，——加青辣椒、豆豉，少放点猪肉，湖南人可以吃三碗饭。石涛是广西全州人，他从小就是吃苦瓜的，而且一定很爱吃。“苦瓜和尚”这别号可能有一点禅机，有一点独往独来，不随流俗的傲气，正如他叫“瞎尊者”，其实并不瞎；但也可能是一句实在话。石涛中年流寓南京，晚年久住扬州。南京人、扬州人看见这个和尚拿癞葡萄米炒了吃，一定会觉得非常奇怪的。

北京人过去是不吃苦瓜的。菜市场偶尔有苦瓜卖，是从南方运来的。买的也都是南方人。近两年北京人也有吃苦瓜的了，有人还很爱吃。农贸市场卖的苦瓜都是本地的菜农种的，所以格外鲜嫩。看来人的口味是可以改变的。

由苦瓜我想到几个有关文学创作的问题：

一、应该承认苦瓜也是一道菜。谁也不能把苦从五味里开除出去。我希望评论家、作家——特别是老作家，口味要杂一点，不要偏食。不要对自己没有看惯的作品轻易地否定、排斥。不要像我的那位同乡一样，问道：“这个东西能吃？为什么要吃这种东西？”提出“这样的作品能写？为什么要写这样的作品？”我希望我们能习惯类似苦瓜一样的作品，能吃出一点味道来，如现在的某些北京人。

二、《辞海》说苦瓜“未熟嫩果作蔬菜，成熟果瓤可生食”。对于苦瓜，可以各取所需，愿吃皮的吃皮，愿吃瓤的吃瓤。对于一个作品，也可以见仁见智。可以探索其哲学意蕴，也可以踪迹其美学追求。北京人吃凉拌芹菜，只取嫩茎，西餐馆做罗宋汤则专要芹菜叶。人弃人取，各随尊便。

三、一个作品算是现实主义的也可以，算是现代主义的也可以，只要它真是一个作品。作品就是作品。正如苦瓜，说它是瓜也行，说它是葫芦也行，只要它是可吃的。苦瓜就是苦瓜。——如果不是苦瓜，而是狗尾巴草，那就另当别论。截至现在为止，还没有人认为狗尾巴草很好吃。

一九八六年九月六日

原载《作品》一九八七年第一期

韭菜花

五代杨凝式是由唐代的颜柳欧褚到宋四家苏黄米蔡之间的一个过渡人物。我很喜欢他的字。尤其是《韭花帖》。不但字写得好，文章也极有风致。文不长，录如下：

昼寝乍兴，朝饥正甚，忽蒙简翰，猥赐盘飧。　　当一叶报秋之初，乃韭花逞味之始。助其肥羜（zhù 音柱）实谓珍羞。充腹之余，铭肌载切，谨修状陈谢，伏维鉴察，谨状。

七月十一日凝式状

使我兴奋的是：

一、韭花见于法帖，此为第一次，也许是唯一的一次。此帖即以“韭花”名，且文字完整，全篇可读，读之如今人语，至为亲切。我读书少，觉韭花见之于“文学作品”，这也是头一回。韭菜花这样的虽说极平常，但极有味的东西，是应该出现在文学作品里的。

二、杨凝式是梁、唐、晋、汉、周五朝元老，官至太子太保，是个“高干”，但是收到朋友赠送的一点韭菜花，却是那样的感激，正儿八经地写了一封信（杨凝式多作草书，黄山谷说：“谁知洛阳杨风子，下笔便到乌丝阑”，《韭花帖》却是行楷），这使我们想到这位太保在口味上和老百姓的离脱不大。彼时亲友之间的馈赠，也不过是韭菜花这样的东西。今天，恐怕是不行的了。

三、这韭菜花不知道是怎样做成的，是清炒的，还是腌制的？但是看起来是配着羊肉一起吃的。“助其肥羜”，“羜”是出生五个月的小羊，杨凝式所吃的未必真是五个月的羊羔子，只是因为《诗·小雅·伐木》有“既有肥羜”的成句，就借用了吧。但是以韭花与羊肉同食，却是可以肯定的。北京现在吃涮羊肉，缺不了韭菜花，或以为这办法来自蒙古或西域回族，原来中国五代时已经有了。杨凝式是陕西人，以韭菜花蘸羊肉吃，盖始于中国西北诸省。

北京的韭菜花是腌了后磨碎了的，带汁。除了是吃涮羊肉必不可少的调料外，就这样单独地当咸菜吃也是可以的。熬一锅虾米皮大白菜，佐以一碟韭菜花，或臭豆腐，或卤虾酱，就着窝头、贴饼子，在北京的小家户，就是一顿不错的饭食。从前在科班里学戏，给饭吃，但没有菜，韭菜花、青椒糊、酱油，拿开水在大木桶里一沏，这就是菜。韭菜花很便宜，拿一只空碗，到油盐店去，三分钱、五分钱，售货员就能拿铁勺子舀给你多半勺。现在都改成用玻璃瓶装，不卖零，一瓶要一块多钱，很贵了。

过去有钱的人家自己腌韭菜花，以韭花和沙果、京白梨一同治为碎齑，那就很讲究了。

云南的韭菜花和北方的不一样。昆明韭菜花和曲靖韭菜花不同。昆明韭菜花是用酱腌的，加了很多辣子。曲靖韭菜花是白色的，乃以韭花和切得极细的、风干了的萝卜丝同腌成，很香，味道不很咸而有一股说不出来淡淡的甜味。曲靖韭菜花装在一个浅白色的茶叶筒似的陶罐里。凡到曲靖的，都要带几罐送人。我常以为曲靖韭菜花是中国咸菜里的“神品”。

我的家乡是不懂得把韭菜花腌了来吃的，只是在韭花还是骨朵儿，尚未开放时，连同掐得动的嫩薹，切为寸段，加瘦猪肉，炒了吃，这是“时菜”，过了那几天，菜薹老了，就没法吃了，做虾饼，以爆炒的韭菜骨朵儿衬底，美不可言。

载一九八九年第一期《三月风》

篇五：几篇小说

大淖记事

一

这地方的地名很奇怪，叫做大淖。全县没有几个人认得这个淖字。县境之内，也再没有别的叫做什么淖的地方。据说这是蒙古话。那么这地名大概是元朝留下的。元朝以前这地方有没有，叫做什么，就无从查考了。

淖，是一片大水。说是湖泊，似还不够，比一个池塘可要大得多，春夏水盛时，是颇为浩淼的。这是两条水道的河源。淖中央有一条狭长的沙洲。沙洲上长满茅草和芦荻。春初水暖，沙洲上冒出很多紫红色的芦芽和灰绿色的蒌蒿①，很快就是一片翠绿了。夏天，茅草、芦荻都吐出雪白的丝穗，在微风中不住地点头。秋天，全都枯黄了，就被人割去，加到自己的屋顶上去了。冬天，下雪，这里总比别处先白。化雪的时候，也比别处化得慢。河水解冻了，发绿了，沙洲上的残雪还亮晶晶地堆积着。这条沙洲是两条河水的分界处。从淖里坐船沿沙洲西面北行，可以看到高阜上的几家炕房。绿柳丛中，露出雪白的粉墙，黑漆大书四个字："鸡鸭炕房"，非常显眼。炕房门外，照例都有一块小小土坪，有几个人坐在树桩上负曝闲谈。不时有人从门里挑出一副很大的扁圆的竹笼，笼口络着绳网，里面是松花黄色的，毛茸茸，挨挨挤挤，啾啾乱叫的小鸡小鸭。由沙洲往东，要经过一座浆坊。浆是浆衣服用的。这里的人，衣服被里洗过后，都要浆一浆。浆过的衣服，穿在身上沙沙作响。浆是芡实水磨，加一点明矾，澄去水分，晒干而成。这东西是不值什么钱的。一大盆衣被，只要到杂货店花两三个铜板，买一小块，用热水冲开，就足够用了。但是全县浆粉都由这家供应（这东西是家家用得着的），所以规模也不算小了。浆坊有四五个师傅忙碌着。喂着两头毛驴，轮流上磨。浆坊门外，有一片平场，太阳好的时候，每天晒着浆块，白得叫人眼睛都睁不开。炕房、浆坊附近还有几家买卖荸荠、慈姑、菱角、鲜藕的鲜货行，集散鱼蟹的鱼行和收购青草的草行。过了炕房和浆坊，就都是田畴麦垄，牛棚水车，人家的墙上贴着黑黄色的牛屎粑粑，——牛粪和水，拍成饼状，直径半尺，整齐地贴在墙上晾干，作燃料，已经完全

① 蒌蒿是生于水边的野草，粗如笔管，有节，生狭长的小叶，初生二寸来高，叫做"蒌蒿薹子"，加肉炒食极清香。苏东坡诗："竹外桃花三两枝，春江水暖鸭先知。蒌蒿满地芦芽短，正是河豚欲上时。"蒌蒿见之于诗，这大概是第一次。他很能写出节令风物之美。

是农村的景色了。由大淖北去，可至北乡各村。东去可至一沟、二沟、三垛，直达邻县兴化。

大淖的南岸，有一座漆成绿色的木板房，房顶、地面，都是木板的。这原是一个轮船公司。靠外手是候船的休息室。往里去，临水，就是码头。原来曾有一只小轮船，往来本城和兴化，隔日一班，单日开走，双日返回。小轮船漆得花花绿绿的，飘着万国旗，机器突突地响，烟筒冒着黑烟，装货、卸货、上客、下客，也有卖牛肉、高粱酒、花生瓜子、芝麻灌香糖的小贩，吆吆喝喝，是热闹过一阵的。后来因为公司赔了本，股东无意继续经营，就卖船停业了。这间木板房子倒没有拆去。现在里面空荡荡、冷清清，只有附近的野孩子到候船室来唱戏玩，棍棍棒棒，乱打一气；或到码头上比赛撒尿。七八个小家伙，齐齐地站成一排，把一泡泡骚尿哗哗地撒到水里，看谁尿得最远。

大淖指的是这片水，也指水边的陆地。这里是城区和乡下的交界处。从轮船公司往南，穿过一条深巷，就是北门外东大街了。坐在大淖的水边，可以听到远远地一阵一阵朦朦胧胧的市声，但是这里的一切和街里不一样。这里没有一家店铺。这里的颜色、声音、气味和街里不一样。这里的人也不一样。他们的生活，他们的风俗，他们的是非标准、伦理道德观念和街里的穿长衣念过“子曰”的人完全不同。

二

由轮船公司往东往西，各距一箭之遥，有两丛住户人家。这两丛人家，也是互不相同的，各是各的乡风。

西边是几排错错落落的低矮的瓦屋。这里住的是做小生意的。他们大都不是本地人，是从下河一带，兴化、泰州、东台等处来的客户。卖紫萝卜的（紫萝卜是比荸荠略大的扁圆形的萝卜，外皮染成深蓝紫色，极甜脆），卖风菱的（风菱是很大的两角的菱角，壳极硬），卖山里红的，卖熟藕（藕孔里塞了糯米煮熟）的。还有一个从宝应来的卖眼镜的，一个从杭州来的卖天竺筷的。他们像一些候鸟，来去都有定时。来时，向相熟的人家租一间半间屋子，住上一阵，有的住得长一些，有的短一些，到生意做完，就走了。他们都是日出而作，日入而息。吃罢早饭，各自背着、扛着、挎着、举着自己的货色，用不同的乡音，不同的腔调，吟唱吆唤着上街了。到太阳落山，又都像鸟似的回到自己的窝里。于是从这些低矮的屋檐下就都飘出带点甜味而又呛人的炊烟（所烧的柴草都是半干不湿的）。他们做的都是小本生意，赚钱不大。因为是在客边，对人很和气，凡事忍让，所以这一带平常总是安安静静的，很少有吵嘴打架的事情发生。

这里还住着二十来个锡匠，都是兴化帮。这地方兴用锡器，家家都有几件锡制的家伙。香炉、蜡台、痰盂、茶叶罐、水壶、茶壶、酒壶，甚至尿壶，都是锡的。嫁闺女时都要陪送一套锡器。最少也要有两个能容四五升米的大锡罐，摆在柜顶上，否则就不成其为嫁妆。出阁的闺女生了孩子，娘家要送两大罐糯米粥（另外还要有两只老母鸡，一百鸡蛋），装粥用的就是娘柜顶上的这两个锡罐。因此，二十来个锡匠并不显多。

锡匠的手艺不算费事，所用的家什也较简单。一副锡匠担子，一头是风箱，绳系里夹着几块锡板；一头是炭炉和两块二尺见方、一面裱着好几层表芯纸的方砖。锡器是打出来的，不是铸出来的。人家叫锡匠来打锡器，一般都是自己备料，——把几件残旧的锡器回炉重打。锡匠在人家门道里或是街边空地上，支起担子，拉动风箱，在锅里把旧锡化成锡水，——锡的熔点很低，不大一会就化了；然后把两块方砖对合着（裱纸的一面朝里），在两砖之间压一条绳子，绳子按照要打的锡器圈成近似的形状，绳头留在砖外，把锡水由绳口倾倒过去，两砖一压，就成了锡片；然后，用一个大剪子剪剪，焊好接口，用一个木棰在铁砧上敲敲打打，大约一两顿饭工夫就成型了。锡是软的，打锡器不像打铜器那样费劲，也不那样吵人。粗使的锡器，就这样就能交活。若是细巧的，就还要用刮刀刮一遍，用砂纸打一打，用竹节草（这种草中药店有卖的）磨得锃亮。

这一帮锡匠很讲义气。他们扶持疾病，互通有无，从不抢生意。若是合伙做活，工钱也分得很公道。这帮锡匠有一个头领，是个老锡匠，他说话没有人不听。老锡匠人很耿直，对其余的锡匠（不是他的晚辈就是他的徒弟）管教得很紧。他不许他们赌钱喝酒；嘱咐他们出外做活，要童叟无欺，手脚要干净；不许和妇道嬉皮笑脸。他教他们不要怕事，也绝不要惹事。除了上市应活，平常不让到处闲游乱窜。

老锡匠会打拳，别的锡匠也跟着练武。他屋里有好些白蜡杆，三节棍，没事便搬到外面场地上打对儿。老锡匠说：这是消遣，也可以防身，出门在外，会几手拳脚不吃亏。除此之外，锡匠们的娱乐便是唱唱戏。他们唱的这种戏叫做“小开口”，是一种地方小戏，唱腔本是萨满教的香火（巫师）请神唱的调子，所以又叫“香火戏”。这些锡匠并不信萨满教，但大都会唱香火戏。戏的曲调虽简单，内容却是成本大套，李三娘挑水推磨，生下咬脐郎；白娘子水漫金山；刘金定招亲；方卿唱道情……可以坐唱，也可以化了装彩唱。遇到阴天下雨，不能出街，他们能吹打弹唱一整天。附近的姑娘媳妇都挤过来看，——听。

老锡匠有个徒弟，也是他的侄儿，在家大排行第十一，小名就叫个十一子，外人都只叫他小锡匠。这十一子是老锡匠的一件心事。因为他太聪明，长得又太好看了。他长得挺拔四称，肩宽腰细，唇红齿白，浓眉大眼，头戴遮阳草帽，青鞋净袜，全身衣服整齐合体。天热的时候，敞开衣扣，露出扇面也似的胸脯，五寸宽的雪白的板带煞得很紧。走起路来，高抬脚，轻着地，麻溜利索。锡匠里出了这样一个一表人才，真是鸡窝里飞出了金凤凰。老锡匠心里明白：唱“小开口”的时候，那些挤过来的姑娘媳妇，其实都是来看这位十一郎的。

老锡匠经常告诫十一子，不要和此地的姑娘媳妇拉拉扯扯，尤其不要和东头的姑娘媳妇有什么勾搭：“她们和我们不是一样的人！”

三

轮船公司东头都是草房，茅草盖顶，黄土打墙，房顶两头多盖着半片破缸破瓮，防止大风时把茅草刮走。这里的人，世代相传，都是挑夫。男人、女人、大人、孩子，都靠肩膀吃饭。

挑得最多的是稻子。东乡、北乡的稻船，都在大淖靠岸。满船的稻子，都由这些挑夫挑走。或送到米店，或送进哪家大户的廒仓，或挑到南门外琵琶闸的大船上，沿运河外运。有时还会一直挑到车逻、马棚湾这样很远的码头上。单程一趟，或五六里，或七八里、十多里不等。一二十人走成一串，步子走得很匀，很快。一担稻子一百五十斤，中途不歇肩。一路不停地打着号子。换肩时一齐换肩。打头的一个，手往扁担上一搭，一二十副担子就同时由右肩转到左肩上来了。每挑一担，领一根“筹子”，——尺半长，一寸宽的竹牌，上涂白漆，一头是红的。到傍晚凭筹领钱。

稻谷之外，什么都挑。砖瓦、石灰、竹子（挑竹子一头拖在地上，在砖铺的街面上擦得刷刷地响），桐油（桐油很重，使扁担不行，得用木杠，两人抬一桶）……因此，一年三百六十天，天天有活干，饿不着。

十三四岁的孩子就开始挑了。起初挑半担，用两个柳条笆斗。练上一二年，人长高了，力气也够了，就挑整担，像大人一样的挣钱了。

挑夫们的生活很简单：卖力气，吃饭。一天三顿，都是干饭。这些人家都不盘灶，烧的是“锅腔子”——黄泥烧成的矮瓮，一面开口烧火。烧柴是不花钱的。淖边常有草船，乡下人挑芦柴入街去卖，一路总要撒下一些。凡是尚未挑担挣钱的孩子，就一人一把竹筢，到处去搂。因此，这些顽童得到一个稍带侮辱性的称呼，叫做“筢草鬼子”。有时懒得费事，就从乡下人的草担上猛力拽出一把，拔腿就溜。等乡下人撂下担子叫骂时，他们早就没影儿了。锅腔子无处出烟，烟子就横溢出来，飘到大淖水面上，平铺开来，停留不散。这些人家无隔宿之粮，都是当天买，当天吃。吃的都是脱粟的糙米。一到饭时，就看见这些茅草房子的门口蹲着一些男子汉，捧着一个蓝花大海碗，碗里是骨堆堆的一碗紫红紫红的米饭，一边堆着青菜小鱼、臭豆腐、腌辣椒，大口大口地在吞食。他们吃饭不怎么嚼，只在嘴里打一个滚，咕咚一声就咽下去了。看他们吃得那样香，你会觉得世界上再没有比这个饭更好吃的饭了。

他们也有年，也有节。逢年过节，除了换一件干净衣裳，吃得好一些，就是聚在一起赌钱。赌具，也是钱。打钱，滚钱。打钱：各人拿出一二十铜元，叠成很高的一摞。参与者远远地用一个钱向这摞铜钱砸去，砸倒多少取多少。滚钱又叫“滚五七寸”。在一片空场上，各人放一摞钱；一块整砖支起一个斜坡，用一个铜元由砖面落下，向钱注密处滚去，钱停住后，用事前备好的两根草棍量一量，如距钱注五寸，滚钱者即可吃掉这一注；距离七寸，反赔出与此注相同之数。这种古老的博法使挑夫们得到极大的快乐。旁观的闲人也不时大声喝彩，为他们助兴。

这里的姑娘媳妇也都能挑。她们挑得不比男人少，走得不比男人慢。挑鲜货是她们的专业。大概是觉得这种水淋淋的东西对女人更相宜，男人们是不屑于去挑的。这些“女将”都生得颀长俊俏，浓黑的头发上涂了很多梳头油，梳得油光水滑（照当地说法是：苍蝇站上去都会闪了腿）。脑后的发髻都极大。发髻的大红头绳的发根长到二寸，老远就看到通红的一截。她们的发髻的一侧总要插一点什么东西。清明插一个柳球（杨柳的嫩枝，一头拿牙咬着，把柳枝的外皮连同鹅黄的柳叶使劲往下一抹，成一个小小球形），端午插一丛艾叶，有鲜花时插一朵栀子，一朵夹竹桃，无鲜花时插一朵大红剪绒花。因为常年挑担，衣服的肩膀处易破，她们的托肩多半是换过的。旧衣服，新托肩，颜色不一样，这几乎成了大淖妇女的特有的服饰。一二十个姑娘媳妇，挑着一担担紫红的荸荠、碧绿的菱角、雪白的连枝藕，走成一长串，风摆柳似的嚓嚓地走过，好看得很！

她们像男人一样的挣钱，走相、坐相也像男人。走起来一阵风，坐下来两条腿叉得很开。她们像男人一样赤脚穿草鞋（脚指甲却用凤仙花染红）。她们嘴里不忌生冷，男人怎么说话她们怎么说话，她们也用男人骂人的话骂人。打起号子来也是“好大娘个歪歪子咧！”——“歪歪子咧……”

没出门子的姑娘还文雅一点，一做了媳妇就简直是“姜太公在此百无禁忌”，要多野有多野。有一个老光棍黄海龙，年轻时也是挑夫，后来腿脚有了点毛病，就在码头上看看稻船，收收筹子。这老头儿老没正经，一把胡子了，还喜欢在媳妇们的胸前屁股上摸一把，拧一下。按辈分，他应当被这些媳妇称呼一声叔公，可是谁都管他叫“老骚胡子”。有一天，他又动手动脚的，几个媳妇一咬耳朵，一二三，一齐上手，眨眼之间叔公的裤子就挂在大树顶上了。有一回，叔公听见卖饺面①的挑着担子，敲着竹梆走来，他又来劲了：“你们敢不敢到淖里洗个澡？——敢，我一个人输你们两碗饺面！”——“真的？”——“真的！”——“好！”几个媳妇脱了衣服跳到淖里扑通扑通洗了一会。爬上岸就大声喊叫：

“下面！”

这里人家的婚嫁极少明媒正娶，花轿吹鼓手是挣不着他们的钱的。媳妇，多是自己跑来的，姑娘， 般是自己找人。她们在男女关系上是比较随便的。姑娘在家生私孩子；一个媳妇，在丈夫之外，再“靠”一个，不是稀奇事。这里的女人和男人好，还是恼，只有一个

① 一半馄饨一半面下在一起，当地叫做‘饺面”。

标准：情愿。有的姑娘、媳妇相与了一个男人，自然也跟他要钱买花戴，但是有的不但不要他们的钱，反而把钱给他花，叫做“倒贴”。

因此，街里的人说这里“风气不好”。

到底是哪里的风气更好一些呢？难说。

四

大淖东头有一户人家。这一家只有两口人，父亲和女儿。父亲名叫黄海蛟，是黄海龙的堂弟（挑夫里姓黄的多）。原来是挑夫里的一把好手。他专能上高跳。这地方大粮行的“窝积”（长条芦席围成的粮囤），高到三四丈，只支一只单跳，很陡。上高跳要提着气一口气蹿上去，中途不能停留。遇到上了一点岁数的或者“女将”，抬头看看高跳，有点含胡，他就走过去接过一百五十斤的担子，一支箭似的上到跳顶，两手一提，把两箩稻子倒在“窝积”里，随即三五步就下到平地。因为为人忠诚老实，二十五岁了，还没有成亲。那年在车逻挑粮食，遇到一个姑娘向他问路。这姑娘留着长长的刘海，梳了一个“苏州俏”的发髻，还抹了一点胭脂，眼色张皇，神情焦急，她问路，可是连一个准地名都说不清，一看就知道是大户人家逃出来的使女。黄海蛟和她攀谈了一会，这姑娘就表示愿意跟着他过。她叫莲子。——这地方丫头、使女多叫莲子。

莲子和黄海蛟过了一年，给他生了个女儿。七月生的，生下的时候满天都是五色云彩，就取名叫做巧云。

莲子的手很巧，也勤快，只是爱穿件华丝葛的裤子，爱吃点瓜子零食，还爱唱“打牙牌”之类的小调：“凉月子一出照楼梢，打个呵欠伸懒腰，瞌睡子又上来了。哎哟，哎哟，瞌睡子又上来了……”这和大淖的乡风不大一样。

巧云三岁那年，她的妈莲子，终于和一个过路戏班子的一个唱小生的跑了。那天，黄海蛟正在马棚湾。莲子把黄海蛟的衣裳都浆洗了一遍，巧云的小衣裳也收拾在一起，焖了一锅饭，还给老黄打了半斤酒，把孩子托给邻居，说是她出门有点事，锁了门，从此就不知去向了。

巧云的妈跑了，黄海蛟倒没有怎么伤心难过。这种事情在大淖这个地方也值不得大惊小怪。养熟的鸟还有飞走的时候呢，何况是一个人！只是她留下的这块肉，黄海蛟实在是疼得不行。他不愿巧云在后娘的眼皮底下委委屈屈地生活，因此发心不再续娶。他就又当爹又当妈，和女儿巧云在一起过了十几年。他不愿巧云去挑扁担，巧云从十四岁就学会结鱼网和打芦席。

巧云十五岁，长成了一朵花。身材、脸盘都像妈。瓜子脸，一边有个很深的酒窝。眉毛黑如鸦翅。长入鬓角。眼角有点吊，是一双凤眼。睫毛很长，因此显得眼睛经常是眯缝着；忽然回头，睁得大大的，带点吃惊而专注的神情，好像听到远处有人叫她似的。她在门外的两棵树杈之间结网，在淖边平地上织席，就有一些少年人装着有事的样子来来去去。她上街买东西，甭管是买肉、买菜，打油、打酒，撕布、量头绳，买梳头油、雪花膏，买石碱、浆块，同样的钱，她买回来，分量都比别人多，东西都比别人的好。这个奥秘早被大娘、大婶们发现，她们都托她买东西。只要巧云一上街，都挎了好几个竹篮，回来时压得两个胳臂酸疼酸疼。泰山庙唱戏，人家都自己扛了板凳去。巧云散着手就去了。一去了，总有人给她找一个得看的好座。台上的戏唱得正热闹，但是没有多少人叫好。因为好些人不是在看戏，是看她。

巧云十六了，该张罗着自己的事了。谁家会把这朵花迎走呢？炕房的老大？浆坊的老二？鲜货行的老三？他们都有这意思。这点意思黄海蛟知道了，巧云也知道。不然他们老到淖东头来回晃荡是干什么呢？但是巧云没怎么往心里去。

巧云十七岁，命运发生了一个急转直下的变化。她的父亲黄海蛟在一次挑重担上高跳时，一脚踏空，从三丈高的跳板上摔下来，摔断了腰。起初以为不要紧，养养就好了。不想喝了好多药酒，贴了好多膏药，还不见效。她爹半瘫了，他的腰再也直不起来了。他有时下床，扶着一个剃头担子上用的高板凳，格登格登地走一截，平常就只好半躺下靠在一摞被窝上。他不能用自己的肩膀为女儿挣几件新衣裳，买两枝花，却只能由女儿用一双手养活自己了。还不到五十岁的男子汉，只能做一点老太婆做的事：绩了一捆又一捆的供女儿结网用的麻线。事情很清楚：巧云不会撇下她这个老实可怜的残废爹。谁要愿意，只能上这家来当一个倒插门的养老女婿。谁愿意呢？这家的全部家产只有三间草屋（巧云和爹各住一间，当中是一个小小的堂屋）。老大、老二、老三时不时走来走去，拿眼睛瞟着隔着一层鱼网或者坐在雪白的芦席上的一个苗条的身子。他们的眼睛依然不缺乏爱慕，但是减少了几分急切。

老锡匠告诫十一子不要老往淖东头跑，但是小锡匠还短不了要来。大娘、大婶、姑娘、媳妇有旧壶翻新，总喜欢叫小锡匠来；从大淖过深巷上大街也要经过这里，巧云家门前的柳荫是一个等待雇主的好地方。巧云织席，十一子化锡，正好做伴。有时巧云停下活计，帮小锡匠拉风箱。有时巧云要回家看看她的残废爹，问他想不想吃烟喝水，小锡匠就压住炉里的火，帮她织一气席。巧云的手指划破了（织席很容易划破手，压扁的芦苇薄片，刀一样地锋快），十一子就帮她吮吸指头肚子上的血。巧云从十一子口里知道他家里的事：他是个独子，没有兄弟姐妹。他有一个老娘，守寡多年了。他娘在家给人家做针线，眼睛越来越不好，他很担心她有一天会瞎……

好心的大人路过时会想：这倒真是两只鸳鸯，可是配不成对。一家要招一个养老女婿，一家要接一个当家媳妇，弄不到一起。他们俩呢，只是很愿意在一处谈谈坐坐。都到岁数了，心里不是没有。只是像一片薄薄的云，飘过来，飘过去，下不成雨。

有一天晚上，好月亮，巧云到淖边一只空船上去洗衣裳（这里的船泊定后，把桨拖到岸上，寄放在熟人家，船就拴在那里，无人看管，谁都可以上去）。她正在船头把身子往前倾着，用力涮着一件大衣裳，一个不知轻重的顽皮野孩子轻轻走到她身后，伸出两手咯吱她的腰。她冷不防，一头栽进了水里。她本会一点水，但是一下子懵了。这几天水又大，流很急。她挣扎了两下，喊救人，接连喝了几口水。她被水冲走了！正赶上十一子在炕房门外土坪上打拳，看见一个人冲了过来，头发在水上漂着。他褪下鞋子，一猛子扎到水底，从水里把她托了起来。

十一子把她肚子里的水控了出来，巧云还是昏迷不醒。十一子只好把她横抱着，像抱一个婴儿似的，把她送回去。她浑身是湿的，软绵绵、热乎乎的。十一子觉得巧云紧紧挨着他，越挨越紧。十一子的心怦怦地跳。

到了家，巧云醒来了。（她早就醒来了！）十一子把她放在床上。巧云换了湿衣裳（月光照出她的美丽的少女的身体）。十一子抓一把草，给她熬了半吊子姜糖水，让她喝下去，就走了。

巧云起来关了门，躺下。她好像看见自己躺在床上的样子。月亮真好。

巧云在心里说："你是个呆子！"

她说出声来了。

不大一会，她也就睡死了。

就在这一天夜里，另外一个人，拨开了巧云家的门。

五

由轮船公司对面的巷子转东大街，往西不远，有一个道士观，叫做炼阳观。现在没有道士了，里面住了不到一营水上保安队。这水上保安队是地方武装。他们名义上归县政府管辖，饷银却由县商会开销，水上保安队的任务是下乡剿土匪。这一带土匪很多，他们抢了人，绑了票，大都藏匿在芦荡湖泊中的船上（这地方到处是水），如遇追捕，便于脱逃。因此，地方绅商觉得很需要成立一个特殊的武装力量来对付这些成帮结伙的土匪。水上保安队装备是很好的。他们乘的船是"铁板划子"——船的三面都有半人高、三四分厚的铁板，子弹是打不透的。铁板划子就停在大淖岸边，样子很高傲。一有任务，就看见大兵们扛着两挺水机关，用箩筐抬着多半筐子弹（子弹不用箱装，却使箩抬，颇奇怪），上了船，开走了。

或七八天，或十天半月，他们得胜回来了（他们有铁板划子，又有水机关，对土匪有压倒优势，很少有伤亡）。铁板划子靠了岸，上岸列队，由深巷，上大街，直奔县政府。这队伍是四列纵队。前面是号队。这不到一营的人，却有十二支号。一上大街，就“打打打滴打大打滴大打”齐齐整整地吹起来。后面是全队弟兄，一律荷枪实弹。号队之后，大队之前的正中，是捉来的土匪。有时三个五个，有时只有一个，都是五花大绑。这队伍是很神气的。最妙的是被绑着的土匪也一律都合着号音，步伐整齐，雄赳赳气昂昂地走着。甚至值日官喊“一、二、三、四”，他们也随着大声地喊。大队上街之前，要由地保事先通知沿街店铺，凡有鸟笼的（有的店铺是养八哥、画眉的），都要收起来，因为土匪大哥看见不高兴，这是他们忌讳的（他们到了县政府，都下在大狱里，看见笼中鸟，就无出狱希望了）。看看这样的铜号放光，刺刀雪亮，还夹着几个带有传奇色彩的土匪英雄的威武雄壮的队伍，是这条街上的民众的一件快乐事情。其快乐程度不下于看狮子、龙灯、高跷、抬阁和僧道齐全、六十四杠的大出丧。

除了下乡办差，保安队的弟兄们没有什么事。他们除了把两挺水机关扛到大淖边突突地打两梭（把淖岸上的泥土打得簌簌地往下掉），平常是难得出操、打野外的。使人们感觉到这营把人的存在的，是这十二个号兵早晚练号。早晨八九点钟，下午四五点钟，他们就到大淖边来了。先是拔长音，然后各自吹几段，最后是合吹进行曲、三环号（他们吹三环号只是吹着玩，因为从来没有接受检阅的时候）。吹完号，就解散，想干什么干什么。有的，就轻手轻脚，走进一家的门外，咳嗽一声，随着，走了进去，门就关起来了。

这些号兵大都衣着整齐，干净爱俏。他们除了吹吹号，整天无事干，有的是闲空。他们的钱来得容易，——饷钱倒不多，但每次下乡，总有犒赏；有时与土匪遭遇，双方谈条件，也常从对方手中得到一笔钱，手面很大方，花钱不在乎。他们是保护地方绅商的军人，身后有靠山，即或出一点什么事，谁也无奈他何。因此，这些大爷就觉得不风流风流，实在对不起自己，也辜负了别人。

十二个号兵，有一个号长，姓刘，大家都叫他刘号长。这刘号长前后跟大淖几家的媳妇都很熟。

拨开巧云家的门的，就是这个号长！

号长走的时候留下十块钱。

这种事在大淖不是第一次发生。巧云的残废爹当时就知道了。他拿着这十块钱，只是长长地叹了一口气。邻居们知道了，姑娘、媳妇并未多议论，只骂了一句："这个该死的！"

巧云破了身子，她没有淌眼泪，更没有想到跳到淖里淹死。人生在世，总有这么一遭！只是为什么是这个人？真不该是这个人！怎么办？拿把菜刀杀了他？放火烧了炼阳观？不行！她还有个残废爹。她怔怔地坐在床上，心里乱糟糟的。她想起该起来烧早饭了。她还得结网，织席，还得上街。她想起小时候上人家看新娘子，新娘子穿了一双粉红的缎子花鞋。她想起她的远在天边的妈。她记不得妈的样子，只记得妈用一个筷子头蘸了胭脂给她点了一点眉心红。她拿起镜子照照，她好像第一次看清楚自己的模样。她想起十一子给她吮手指上的血，这血一定是咸的。她觉得对不起十一子，好像自己做错了什么事。她非常失悔：没有把自己给了十一子！

她的这个念头越来越强烈。这个号长来一次，她的念头就更强烈一分。

水上保安队又下乡了。

一天，巧云找到十一子，说："晚上你到大淖东边来，我有话跟你说。"

十一子到了淖边。巧云踏在一只"鸭撇子"上（放鸭子用的小船，极小，仅容一人。这是一只公船，平常就拴在淖边。大淖人谁都可以撑着它到沙洲上挑蒌蒿，割茅草，拣野鸭蛋），把篙子一点，撑向淖中央的沙洲，对十一子说："你来！"

过了一会，十一子泅水到了沙洲上。

他们在沙洲的茅草丛里一直呆到月到中天。

月亮真好啊！

六

十一子和巧云的事，师兄们都知道，只瞒着老锡匠一个人。他们偷偷地给他留着门，在门窝子里倒了水（这样推门进来没有声音）。十一子常常到天快亮的时候才回来。有一天，又是这时候才推开门。刚刚要钻被窝，听见老锡匠说：

"你不要命啦！"

这种事情怎么瞒得住人呢？终于，传到刘号长的耳朵里。其实没有人跟他嚼舌头，刘号长自己还不知道？巧云看见他都讨厌，她的全身都是冷淡的。刘号长咽不下这口气。本来，他跟巧云又没有拜过堂，完过花烛，闲花野草，断了就断了。可是一个小锡匠，夺走了他的人，这丢了当兵的脸。太岁头上动土，这还行！这种事从来没有发生过。连保安队的弟兄也都觉得面上无光，在人前矮了一截。他是只许自己在别人头上拉屎撒尿，不许别人在他脸上溅一星唾沫的。若是闭着眼过去，往后，保安队的人还混不混了？

有一天，天还没亮，刘号长带了几个弟兄，踢开巧云家的门，从被窝里拉起了小锡匠，把他捆了起来。把黄海蛟、巧云的手脚也都捆了，怕他们去叫人。

他们把小锡匠弄到泰山庙后面的坟地里，一人一根棍子，搂头盖脸地打他。

他们要小锡匠卷铺盖走人，回他的兴化，不许再留在大淖。

小锡匠不说话。

他们要小锡匠答应不再走进黄家的门，不挨巧云的身子。

小锡匠还是不说话。

他们要小锡匠告一声饶，认一个错.

小锡匠的牙咬得紧紧的。

小锡匠的硬铮把这些向来是横着膀子走路的家伙惹怒了，“你这样硬！打不死你!”——“打,”七八根棍子风一样、雨一样打在小锡匠的身子。

小锡匠被他们打死了。

锡匠们听说十一子被保安队的人绑走了，他们四处找，找到了泰山庙。

老锡匠用手一探，十一子还有一丝悠悠气。老锡匠叫人赶紧去找陈年的尿桶。他经验过这种事，打死的人，只有喝了从桶里刮出来的尿碱，才有救。

十一子的牙关咬得很紧，灌不进去。

巧云捧了一碗尿碱汤，在十一子的耳边说：“十一子，十一子，你喝了！”

十一子微微听见一点声音，他睁了睁眼。巧云把一碗尿碱汤灌进了十一子的喉咙。

不知道为什么，她自己也尝了一口。

锡匠们摘了一块门板，把十一子放在门板上，往家里抬。

他们抬着十一子，到了大淖东头，还要往西走。巧云拦住了：

“不要。抬到我家里。”

老锡匠点点头。

巧云把屋里存着的鱼网和芦席都拿到街上卖了，买了七厘散，医治十一子身子里的瘀血。

东头的几家大娘、大婶杀了下蛋的老母鸡，给巧云送来了。

锡匠们凑了钱，买了人参，熬了参汤。

挑夫，锡匠，姑娘，媳妇，川流不息地来看望十一子。他们把平时在辛苦而单调的生活中不常表现的热情和好心都拿出来了。他们觉得十一子和巧云做的事都很应该，很对。大淖出了这样一对年轻人，使他们觉得骄傲。大家的心喜洋洋，热乎乎的，好像在过年。

刘号长打了人，不敢再露面。他那几个弟兄也都躲在保安队的队部里不出来。保安队的门口加了双岗。这些好汉原来都是一窝“草鸡”!

锡匠们开了会。他们向县政府递了呈子，要求保安队把姓刘的交出来。

县政府没有答复。

锡匠们上街游行。这个游行队伍是很多人从未见过的。没有旗子，没有标语，就是二十来个锡匠挑着二十来副锡匠担子，在全城的大街上慢慢地走。这是个沉默的队伍，但是非常严肃。他们表现出不可侵犯的威严和不可动摇的决心。这个带有中世纪行帮色彩的游行队伍十分动人。

游行继续了三天。

第三天，他们举行了“顶香请愿”。二十来个锡匠，在县政府照壁前坐着，每人头上用木盘顶着一炉炽旺的香。这是一个古老的风俗：民有沉冤，官不受理，被逼急了的百姓可以用香火把县大堂烧了，据说这不算犯法。

这条规矩记载于《六法全书》，现在不是大清国，县政府可以不理会这种“陋习”。但是这些锡匠是横了心的，他们当真干起来，后果是严重的。县长邀请县里的绅商商议，一致认为这件事不能再不管。于是由商会会长出面，约请了有关的人：一个承审——作为县长代表，保安队的副官，老锡匠和另外两个年长的锡匠，还有代表挑夫的黄海龙，四邻见证，——卖眼镜的宝应人，卖天竺筷的杭州人，在一家大茶馆里举行会谈，来“了”这件事。

会谈的结果是：小锡匠养伤的药钱由保安队负担（实际是商会拿钱)，刘号长驱逐出境。由刘号长画押具结。老锡匠觉得这样就给锡匠和挑夫都挣了面子，可以见好就收了。只是要求在刘某人的具结上写上一条：如果他再踏进县城一步，任凭老锡匠一个人把他收拾了！

过了两天，刘号长就由两个弟兄持枪护送，悄悄地走了。他被调到三垛去当了税警。

十一子能进一点饮食，能说话了。巧云问他：

“他们打你，你只要说不再进我家的门，就不打你了，你就不会吃这样大的苦了。你为什么不说?”

“你要我说么?”

“不要。”

“我知道你不要。”

“你值么?”

“我值。”

“十一子，你真好！我喜欢你！你快点好。”

“你亲我一下，我就好得快。”

“好，亲你!”

巧云一家有了三张嘴。两个男的不能挣钱，但要吃饭。大淖东头的人家就没有积蓄，也没有什么东西可以变卖典押。结鱼网，打芦席，都不能当时见钱。十一子的伤一时半会不会好，日子长了，怎么过呢？巧云没有经过太多考虑，把爹用过的箩筐找出来，磕磕尘土，就去挑担挣“活钱”去了。姑娘媳妇都很佩服她。起初她们怕她挑不惯，后来看她脚下很快，很匀，也就放心了。从此，巧云就和邻居的姑娘媳妇在一起，挑着紫红的荸荠、碧绿的菱角、雪白的连枝藕，风摆柳似地穿街过市，发髻的一侧插着大红花。她的眼睛还是那么亮，长睫毛忽扇忽扇的。但是眼神显得更深沉，更坚定了。她从一个姑娘变成了一个很能干的小媳妇。

十一子的伤会好么?

会

当然会!

一九八一年二月四日，旧历大年三十

羊舍一夕

——又名：四个孩子和一个夜晚

一、夜晚

火车过来了。

“216！往北京的上行车，”老九说。

于是他们放下手里的工作，一起听火车。老九和小吕都好像看见：先是一个雪亮的大灯，亮得叫人眼睛发胀。大灯好像在拼命地往外冒光，而且冒着气，嗤嗤地响。乌黑的铁，锃黄的铜。然后是绿色的车身，排山倒海地冲过来。车窗蜜黄色的灯光连续地映在果园东边的树墙子上，一方块，一方块，川流不息地追赶着……每回看到灯光那样猛烈地从树墙子上刮过去，你总觉得会刮下满地枝叶来似的。可是火车一过，还是那样：树墙子显得格外的安详，格外的绿。真怪。

这些，老九和小吕都太熟悉了。夏天，他们睡得晚，老是到路口去看火车。可现在是冬天了。那么，现在是什么样子呢？小吕想象，灯光一定会从树墙子的枝叶空隙处漏进来，落到果园的地面上来吧。可能！他想象着那灯光映在大梨树地间作的葱畦里，照着一地的大葱蓬松的，干的，发白的叶子……

车轮的声音逐渐模糊成为一片，像刮过一阵大风一样，过去了。

"十点四十七，"老九说。老九在附近山头上放了好几年羊了，他知道每一趟火车的时刻。

留孩说："贵甲哥怎么还不回来？"

老九说："他又排戏去了，一定回来得晚。"

小吕说："这是什么奶哥！奶弟来了也不陪着，昨天是找羊，今天又去排戏！"

留孩说："没关系，以后我们就常在一起了。"

老九说："咱们烧山药吃，一边说话，一边等他。小吕，不是还有一包高山顶①吗？坐上！外屋缸里还有没有水？"

"有！"

于是三个人一起动手：小吕拿沙锅舀了多半锅水，抓起一把高山顶来撮在里面。这是老九放羊时摘来的。老九从麻袋里掏山药——他们在山坡上自己种的。留孩把炉子通了通，又加了点煤。

屋里一顺排了五张木床，联成一个大炕。一张是张士林的，他到狼山给场里去买果树苗子去了。隔壁还有一间小屋，锅灶俱全，是老羊倌住的。老羊倌请了假，看他的孙子去了。今天这里只剩下四个孩子：他们三个，和那个正在排戏的。

---

① 一种野生植物，可以当茶叶。

屋里有一盏自造的煤油灯——老九用墨水瓶子改造的，一个炉子。外边还有一间空屋，是个农具仓库，放着硫铵、石灰、DDT、铁桶、木叉、喷雾器……外屋门插着。门外，右边是羊圈，里边卧着四百只羊；前边是果园，什么都没有了，只剩下一点葱，还有一堆没有窖好的蔓菁。现在什么也看不见，外边是无边的昏黑。方圆左近，就只有这个半山坡上有一点点亮光。夜，正在深浓起来。

二、小吕

小吕是果园的小工。这孩子长得清清秀秀的。原在本堡念小学。念到六年级了，忽然跟他爹说不想念了，要到农场做活去。他爹想：农场里能学技术，也能学文化，就同意了。后来才知道，他还有个心思。他有个哥哥，在念高中，还有个妹妹，也在上学。他爹在一个医院里当炊事员。他见他爹张罗着给他们交费，买书，有时要去跟工会借钱，他就决定了：我去做活，这样就是两个人养活五个人，我哥能够念多高就让他念多高。

这样，他就到农场里来做活了。他用一个牙刷把子，截断了，一头磨平，刻了一个小手章：吕志国。每回领了工资，除了伙食、零用(买个学习本，配两节电池……)，全部交给他爹。有一次，不知怎么弄的（其实是因为他从场里给家里买了不少东西：菜，果子），拿回去的只有一块五毛钱。他爹接过来，笑笑说：

“这就是两个人养活五个人吗?”

吕志国的脸红了。他知道他偶然跟同志们说过的话传到他爹那里去了。他爹并不是责怪他，这句嘲笑的话里含着疼爱。他爹想：困难是有一点的，哪里就过不去呢？这孩子！究竟走怎样一条路好：继续上学？还是让他在这个农场里长大起来？

小吕已经在农场里长大起来了。在菜园干了半年，后来调到果园，也都半年了。

在菜园里，他干得不坏，组长说他学得很快，就是有点贪玩。调他来果园时，征求过他本人的意见，他像一个成年的大工一样，很爽快地说："行！在哪里干活还不是一样。"乍一到果园时，他什么都不摸头，不大插得上手，有点别扭。但没过多久，他就发现，原来果园对他说来是个更合适的地方。果园里有许多活，大工来做有点窝工，一般女工又做不了，正需要一个伶俐的小工。登上高凳，爬上树顶，绑老架的葡萄条，果树摘心，套纸袋，捉金龟子，用一个小铁丝钩疏虫果，接了长长的竿子喷射天蓝色的波尔多液……在明丽的阳光和葱茏的绿叶当中做这些事，既是严肃的工作，又是轻松的游戏，既"起了作用"，又很好玩，实在叫人快乐。这样的活，对于一个十四岁的孩子，不论在身体上、情绪上，都非常相投。

小吕很快就对果园的角角落落都熟悉了。他知道所有果木品种的名字：金冠、黄奎、元帅、国光、红玉、祝；烟台梨、明月、二十世纪；密肠、日面红、秋梨、鸭梨、木头梨；白香蕉、柔丁香、老虎眼、大粒白、秋紫、金铃、玫瑰香、沙巴尔、黑汗、巴勒斯坦、白拿破仑……而且准确地知道每一棵果树的位置。有时组长给一个调来不久的工人布置一件工作，一下子不容易说清那地方，小吕在旁边，就说："去！小吕，你带他去，告诉他！"小吕有一件大红的球衣，干活时他喜欢把外面的衣裳脱去，于是，在果园里就经常看见通红的一团，轻快地、兴冲冲地弹跳出没于高高低低、深深浅浅的丛绿之中，惹得过路的人看了，眼睛里也不由得漾出笑意，觉得天色也明朗，风吹得也舒服。

小吕这就真算是果园的人了。他一回家就是说他的果园。他娘、他妹妹都知道，果园有了多少年了，有多少棵树，单葡萄就有八十多种，好多都是外国来的。葡萄还给毛主席送去过。有个大干部要路过这里，毛主席跟他说："你要过沙岭子，那里葡萄很好啊！"毛主席都知道的。果园里有些什么人，她们也都清清楚楚的了，大老张、二老张、大老刘、陈素花、恽美兰……还有个张士林！连这些人的家里的情形，他们有什么能耐，她们也都明明白白。连他爹对果园熟悉得也不下于他所在的医院了。他爹还特意上农场来看过他儿子常常叨念的那个年轻人张士林。他哥放暑假回来，第二天，他就拉他哥爬到孤山顶上去，指给他哥看：

"你看，你看！我们的果园多好看！一行一行的果树，一架一架的葡萄，整整齐齐，那么大一片，就跟画报上的一样，电影上的一样！"

小吕原来在家里住。七月，果子大起来了，需要有人下夜护秋。组长照例开个会，征求大家的意见。小吕说，他愿意搬来住。一来夏天到秋天是果园最好的时候。满树满挂的果子，都着了色，发出香气，弄得果园的空气都是甜甜的，闻着都醉人。这时节小吕总是那么兴奋，话也多，说话的声音也大，好像家里在办喜事似的。二来是，下夜，睡在窝棚里，铺着稻草，星星，又大又蓝的天，野兔子窜来窜去，鸹鸹悠①叫，还可能有狼！这非常有趣。张士林曾经笑他：“这小子，浪漫主义！”还有，搬过来，他可以和张士林在一起，日夜都在一起。

他很佩服张士林。曾经特为去照了一张相，送给张士林，在背面写道：“给敬爱的士林同志！”他用的字眼是充满真实的意思的。他佩服张士林那么年轻，才十九岁，就对果树懂得那么多。不论是修剪，是嫁接，都拿得起来，而且能讲一套。有一次林业学校的学生来参观，由他领着给他们讲，讲得那些学生一愣一愣的，不停地拿笔记本子记。领队的教员后来问张士林：“同志，你在什么学校学习过？”张士林说：“我上过高小。我们家世代都是果农，我是在果树林里长大的。”他佩服张士林说玩就玩，说看书就看书，看那么厚的，比一块城砖还厚的《果树栽培学各论》。佩服张士林能文能武，正跟场里的技术员合作搞试验，培养葡萄抗寒品种，每天拿个讲义夹子记载。佩服张士林能“代表”场里出去办事。采花粉呀，交换苗木呀……每逢张士林从场长办公室拿了介绍信，背上他的挎包，由宿舍走到火车站去，他就在心里非常羡慕。他说张士林是去当“大使”去了。小张一回来，他看见了，总是连蹦带跳地跑到路口去，一面接过小张的挎包，一面说：“嗬！大使回来了！”

他愿意自己也像一个真正的果园技工。可是自己觉得不像。缺少两样东西：一样是树剪子。这里凡是固定在果园做活的，每人都有一把树剪子，装在皮套子里，挎在裤腰带后面，远看像支勃朗宁手枪。他多希望也有一把呀，走出走进——赫！可是他没有。他也有使树剪

① 鸹鸹悠即猫头鹰。

子的时候。大的手术他不敢动，比如矫正树形，把一个茶杯口粗细的枝丫截掉，他没有那么大的胆子。像是丁个头什么的，这他可不含糊，拿起剪子叭叭地剪。只是他并不老使树剪子，因此没有他专用的，要用就到小仓库架子上去拿“官中”剪子。这不带劲！“官中”的玩意儿总是那么没味道，而且，当然总是，不那么好使。净“塞牙”，不快，费那么大劲，还剪不断。看起来倒像是你不会使剪子似的！气人。

组长大老张见小吕剪两下看看他那剪子，剪两下看看他那剪子，心里发笑。有一天，从他的锁着的柜子里拿出一把全新的苏式树剪，叫：“小吕！过来！这把剪子交给你，由你自己使：钝了自己磨，坏了自己修，绷簧掉了——跟公家领，可别老把绷簧搞丢了。小人小马小刀枪，正合适！”周围的人都笑了：因为这把剪子特别轻巧，特别小。小吕这可高兴了，十分得意地说：“做啥像啥，卖啥吆喝啥嘛！”这算了了一桩心事。

自从有了这把剪子，他真是一日三摩挲。除了晚上脱衣服上床才解下来，一天不离身。没有事就把剪子拆开来，用砂纸打磨得锃亮，拿在手里都是精滑的。

今天晚上没事，他又打磨他的剪子了，在216次火车过去以前，一直在细细地磨。磨完了，涂上一层凡士林，用一块布包起来——明年再用。葡萄条已经铰完，今年不再有使剪子的活了。

另外一样，是嫁接刀。他想明年自己就先练习削树码子，练得熟熟的，像大老刘一样！也不用公家的刀，自己买。用惯了，顺手。他合计好了：把那把双箭牌塑料把的小刀卖去，已经说好了，猪倌小白要。打一个八折。原价一块六，六八四十八，八得八，一块二毛八。

再贴一块钱，就可以买一把上等的角柄嫁接刀！他准备明天就去托黄技师，黄技师两三天就要上北京。

三、老九

老九用四根油浸过的细皮条编一条一根葱的鞭子。这是一种很难的编法，四股皮条，这么绕来绕去的，一走神，就错了花，就拧成麻花要子了。老九就这么聚精会神地绕着，一面舔着他的舌头。绕一下，把舌头用力向嘴唇外边舔一下，绕一下，舔一下。有时忽然“唔”的一声，那就是绕错了花了，于是拆掉重来。他的确是用的劲儿不小，一根鞭子，道道花一般紧，地道活计！编完了，从墙上把那根旧鞭子取下来，拆掉皮鞘，把新鞭鞘结在那个楸子木刨出来的又重又硬又光滑的鞭杆子上，还挂在原来的地方。

可是这根鞭子他自己是用不成了。

老九算是这个场子里的世袭工人。他爹在场里赶大车，又是个扶耧的好手。他穿着开裆裤的时候，就在场里到处乱钻。使砖头砸杏儿、摘果子、偷萝卜、刨甜菜，都有他。稍大一点，能做点事了，就什么也做，放鸭子，喂小牛，搓玉米，锄豆埂……最近三年正式固定在羊舍，当“羊伴子”——小羊倌。老九是土生土长（小吕家是从外地搬来的），这一带地方，不论是哪个山豁豁，渠坳坳，他都去过，用他自己的说法是“尿尿都尿遍了”。这一带的人，不问老少男女，也无不知道有个秦老九。每天早起，日头上来，露水稍干的时候，只要听见：

> 蓝蓝的天上白云飘，
>
> 白云下边马儿跑……

就知是老九来了。——这孩子，生了一副上低音的宽嗓子！他每天把羊从圈里放出来，上了路，走在羊群前面，一定是唱这一支歌。一挥鞭子：

> 挥动鞭儿响四方——
>
> 百鸟齐飞翔……

矮粗矮粗的个子，方头大脸，黑眉毛大眼睛，大嘴，大脚。老九这双鞋也是奇怪，实纳帮，厚布底，满底钉了扁头铁钉，还特别大，走起来忒楞忒楞地响。一摇一晃的，来了！后面是四百只白花花的，挨挨挤挤，颤颤游游的羊，无数的小蹄子踏在地上，走过去像下了一阵暴雨。

老九发育得快，看样子比小吕魁伟壮实得多，像个小大人了。可是，有一次，他拿了家里的碗去食堂买饭，那碗恰恰跟食堂的碗一样，正好食堂里这两天丢了几个碗，管理员看见了，就说是食堂的，并且大声宣告“秦老九偷了食堂的碗”！老九把脸涨得通红，一句话说不出，忽然嚎叫起来：

“我×你妈！”

一面毫不克制地咧开大嘴哇哇地哭起来，使得一食堂的人都喝吼起来：

“嗐嘻，不兴骂人!”

“有话慢慢说，别哭!”

老九要是到了一个新地方，在一个新单位，做了真正的“工人”，若是又受了点委屈，觉得自尊心受了损伤，还会这样哭，这样破口骂人么?

老九真的要走了，要去当炼钢工人去了。他有个舅舅，在二炼钢厂当工人，早就设法让老九进厂去学徒，他爹也愿意。有人问老九：

“老九，你咋啦，你不放羊了么?”

这叫老九很难回答。谁都知道炼钢好，光荣，工人阶级是老大哥。但是放羊呢? 他就说：

“我爹不愿意我放羊，他说放羊不好。”

他也竭力想同意他爹的看法，说：

“放羊不好，把人都放懒了，啥也不会!”

其实他心里一点也不同意！如果这话要是别人说的，他会第一个起来大声反驳：“你瞎说！你凭什么?”

放羊? 嘿——

每天早起，打开羊圈门，把羊放出来。挥着鞭子，打着唿哨，嘴里“嘎！嘎!”地喝唤着，赶着羊上了路。按照老羊倌的嘱咐，上哪一座山。到了坡上，把羊打开，一放一个满天星——都匀匀地撒开；或者凤凰单展翅——顺着山坡，斜斜地上去，走成一溜。羊安安驯驯地吃开草，就不用操什么心了。羊群缓缓地往前推移，远看，像一片云彩在坡上流动。天也蓝，山也绿，洋河的水在树林子后面白亮白亮的。农场的房屋、果树，都看得清清楚楚。一列一列的火车过来过去，看起来又精巧又灵活，简直不像是那么大的玩意。真好呀，你觉得心都轻飘飘的。

“放羊不是艺，笨工子下不地！① 不会放羊的，打都打不开。羊老是恋成一疙瘩，挤成一堆，走不成阵势，吃不好草。老九刚放羊时，也是这样。老九蹦过来，追过去，累得满头大汗，心里急得咚咚地跳，还是弄不好！有一次，老羊倌病了，就他跟丁贵甲两个人上山，丁贵甲也还没什么经验，竟至弄得羊散了群，几乎下不了山。现在，老羊倌根本不怎么上山了，他俩也满对付得了这四百只羊了。问老九：“放羊是咋放法？”他也说不出，但是他会告诉你老羊倌说过的：看羊群一走，就知道这羊倌放了几年羊了。

放羊的能吃到好东西。山上有野兔子，一个有六七斤重。有石鸡子，有半鸪子。石鸡子跟小野鸡似的，一个准有十两肉。半鸪子一个准是半斤。你听：“呱格丹，呱格丹！呱格丹！”那是母石鸡子唤她汉子了。你不要忙，等着，不大一会，就听见对面山上“呱呱呱呱呱呱……”，你轻手轻脚地去，一捉就是一对。山上还有鸬鸬，就是野鸽子。“天鹅、地鹊、鸽子肉、黄鼠”，这是上讲究的。鸬鸬肉比鸽子还好吃。黄鼠也有，不过滩里更多。放羊的吃肉，只有一种办法：和点泥，把打住的野物糊起来，拾一把柴架起火来，烧熟。真香！山上有酸枣，有榛子，有橹林，有红姑蔫，有酸留溜，有梭瓜瓜，有各色各样的野果。大北滩有一片大桑树林子，夏天结了满树的大桑椹，也没有人去采，落在地下，把地皮都染紫了。每回放羊回来经过，一定是“饱餐一顿”，吃得嘴唇、牙齿、舌头，都是紫的，真过瘾！……

① “笨工子”是外行。“下不地”是说应付不了。

放羊苦么?

咋不苦!最苦是夏天。羊一年上不上膘,全看夏天吃草吃得好不好。夏天放羊,又全靠晌午。“打柴一日,放羊一晌”。早起的露水草,羊吃了不好。要上膘,要不得病,就得吃太阳晒过的蔫筋草。可是这时正是最热的时候。不好找个荫凉地方躲着么?不行啊!你怕热,羊也怕热哩。它不给你好好地吃!它也躲荫凉。你看:都把头埋下来,挤成一疙瘩,净想躲在别的羊的影子里,往别个的肚子底下钻。这你就得不停地打。打散了,它就吃草了。可是打散了,一会会,它又挤到一块去!打散了,一会会,它又挤到一块去了。你想休息?歪想。一夏天这么大太阳晒着,烧得你嘴唇、上腭都是烂的!

真渴呀。这会,农场里给预备了行军壶,自然是好了。若是在旧社会,给地主家放羊,他不给你带水。给你一袋炒面,你就上山吧!你一个人,又不敢走远了去弄水,狼把羊吃了怎办?渴急了,就只好自己喝自己的尿。这在放羊的不是稀罕事。老羊倌就喝过,丁贵甲小时当小羊伴子,也喝过,老九没喝过。不过他知道这些事。就是有行军壶,你也不敢多喝。若是敞开来,由着性儿喝,好家伙,那得多少水?只好抿一点儿,抿一点儿,叫嗓子眼潮润一下就行。

好天还好说,就怕刮风下雨。刮风下雨也好说,就怕下雹子。老九就遇上过。有一回,在马脊梁山,遇了一场大雹子!下了足有二十分钟,足有鸡蛋大。砸得一群羊惊惶失措,满山乱跑,咩咩地叫成一片。砸坏了二三十只,跛了腿,起不来了。后来是老羊倌、丁贵甲和老九一趟一趟地抱回来的。吓得老九那天沉不住了,脸上一阵白,一阵紫,他觉得透不出气来。不是老羊倌把他那个竹皮大斗笠给他盖住,又给他喝了几口他带在身上的白酒,说不定就回不来啦。

但是这些，从来也没有使老九告过孬，发过怵。他现在回想起来倒都觉得很痛快，很甜蜜，很幸福。他甚至觉得遇上那场雹子是运气。这使他觉得生活丰富、充实，使他觉得自己能够算得上是一个有资格，有经验的羊倌了，是个见识过的，干过一点事情的人了，不再是只知道要窝窝吃的毛孩子了。这些，苦热、苦渴、风雨、冷雹，将和那些蓝天、白云、绿山、白羊、石鸡、野兔、酸枣、桑椹互相融和调合起来，变成一幅浓郁鲜明的图画，永远记述着秦老九的十五岁的少年的光阴，日后使他在不同的环境中还会常常回想。他从这里得到多少有用的生活的技能和知识，受了好多的陶冶和锻炼啊。这些，在他将来炼钢的时候，或者履行着别样的职务时，都还会在他的血液里涌洞，给予他持续的力量。

但是他的情绪日渐向往于炼钢了。他在电影里，在招贴画上，看过不少炼钢的工人，他的关于炼钢的知识和印象也就限于这些。他不止一次设想自己下一个阶段的样子——一个炼钢工人：戴一顶大八角鸭舌帽，帽舌下有一副蓝颜色的像两扇小窗户一样的眼镜，穿着水龙布的工作服——他不知那是什么布，只觉得很厚，很粗，场子里有水泵，水泵上用的管子也是用布做的，也很厚，很粗，他以为工作服就是那种布——戴了很大很大的手套，拿着一个很长的后面有个大圈的铁家伙……没人的时候，他站在床上，拿着小吕护秋用的标枪，比划着，比划着。他觉得前面，偏左一点，是炼钢的炉子，轰隆轰隆的熊熊的大火。他觉得火光灼着他的眼睛，甚至感觉得到他左边的额头和脸颊上明明有火的热度。他的眼睛眯细起来，眯细起来……他出神地体验着，半天，半天，一动也不动。果园的大老张一头闯进来，看见老九脸上的古怪表情（姿势赶快就改了，标枪也撂了，可是脸上没有来得及变样——他这么眯细着太久了，肌肉一下子也变不过来），忍不住问："老九，你在干啥呢？你是怎么啦？"

今天晚上，老九可是专心致志地打了一晚上鞭子。你已经要去炼钢了，还编什么鞭子呢？

一来是习惯。他不还没有走吗？他明天把行李搬回去，叫他娘拆洗拆洗，三天后才动身呢。那么，既在这里，总要找点事做。这根鞭子早就想到要编了。编起来，他不用，总有人用。何况，他本来已经想好，在编着的时候又更确实地重复了一遍他的决定：这根鞭子送给留孩，明天走的时候送给他。

四、留孩和丁贵甲

留孩和丁贵甲是奶兄弟。这一带风俗，对奶亲看得很重。结婚时先给奶爹奶母磕头；奶爹奶母死了，像给自己的爹妈一样的戴孝。奶兄弟，奶姊妹，比姨姑兄弟姊妹都亲。丁贵甲的亲娘还没有出月子就死了，丁贵甲从小在留孩娘跟前寄奶。后来丁贵甲的爹得了腰疼病，终于也死了。他在给人家当小羊伴子以前，一直就在留孩家长大。丁贵甲有时请假说回家看看，就指的是留孩的家。除此之外，他的家便是这个场了。

留孩一年也短不了来看他奶哥。过去大都是他爹带他来，这回是他自己来的——他爹在生产队里事忙，三五天内分不开身；而且他这回来和往回不同：他是来谈工作的。他要来顶老九的手。留孩早就想到这个场里来工作。他奶哥也早跟场领导提了。这回谈妥了，老九一走，留孩就搬过来住。

留孩，你为什么想到场子里来呢？这儿有你奶哥；还有？——“这里好。”这里怎么好？——“说不上来。”

……

这里有火车。

这里有电影，两个星期就放映一回，常演打仗片子，捉特务。

这里有很多小人书。图书馆里有一大柜子。

这里有很多机器。插种机、收割机、脱粒机……张牙舞爪，排成一大片。

这里庄稼都长得整齐。先用个大三齿耙似的家伙在地里划出线，长出来，笔直。

这里有花生、芝麻、红白薯……这一带都没有种过，也长得挺好。

有果园，有菜园。

有玻璃房子，好几排，亮堂堂的，冬天也结西红柿，结黄瓜。黄瓜那么绿，西红柿那么红，跟上了颜色一样。

有很多鸡，都一色是白的；有很多鸭，也一色是白的。风一吹，白毛儿忒勒勒飘翻起来，真好看。有很多很多猪，都是短嘴头子，大腮帮子，巴克夏，约克夏。这里还有养鱼池，看得见一条一条的鱼在水里游……

这里还有羊。这里的羊也不一样。留孩第一次来，一眼就看到：这里的羊都长了个狗尾巴。不是像那样扁不塌塌的沉甸甸颤巍巍的坠着，遮住屁股蛋子，而是很细很长的一条，当郎着。他先初以为这不像样子，怪寒碜的。后来当然知道，这不是本地羊，是本地羊和高加索绵羊的杂交种。这种羊，一把都抓不透的毛子，做一件皮袄，三九天你尽管躺到洋河冰上去睡觉吧！既是这样，那么尾巴长得不大体面，也就可以原谅了。

那两头“高加索”，好家伙，比毛驴还大。那么大个脑袋（老羊倌说一个脑袋有十三斤肉），两盘大角，不知绕了多少圈，最后还旋扭着向两边支出来。脖子下的皮皱成数不清的褶子，鼓鼓囊囊的，像围了一个大花领子。老是慢吞吞地，稳稳重重地在草地上踱着步。时不时地，停下来，斜着眼，这边看看，那边看看，样子很威严，很尊贵。留孩觉得他很像张士林的一本游记书上画的盛装的非洲老酋长。老九叫他骑一骑。留孩说：“羊嘛，咋骑得！”老九说：“行!”留孩当真骑上去，不想它立刻围着羊舍的场子开起小跑来，步子又匀，身子又稳！原来这两只羊已经叫老九训练得很善于做本来是驴应做的事了。

留孩，你过两天就是这个场子里的一个农业工人了。就要每天和这两个老酋长，还有那四百只狗尾巴的羊做伴了，你觉得怎么样，好呢还是不好？——“好。”

场子里老一点的工人都还记得丁贵甲刚来的时候的样子。又干又瘦，披了件丁令当郎的老羊皮，一卷行李还没个枕头粗。问他多大了，说是十二，谁也不相信。待问过他属什么，算一算，却又不错，不论什么时候，都是那么寒簌簌的；见了人，总是那么怯生生的。有的工人家属见他走过，私下担心：这孩子怕活不出来。场子里支部书记有一天远远地看了他半天，说，这孩子怎么的呢，别是有病吧，送医院里检查检查吧。一检查：是肺结核。在医院整整住了一年，好了，人也好像变了一个。接着，这小子，好像遭了掐脖旱的小苗子，一朝得着足量的肥水，嗖嗖地飞长起来，三四年工夫，长成了一个肩阔胸高腰细腿长的，非常匀称挺拔的小伙子。一身肌肉，晒得紫黑紫黑的。照一个当饲养员的王全老汉的说法：像个小马驹子。

这马驹子如今是个无事忙，什么事都有他一份。只要是球，他都愿意摸一摸。放了一天羊，爬了一天山，走了那么远的路，回来扒拉两大碗饭，放下碗就到球场上去。逢到节日，有球赛，连打两场，完了还不休息。别人都已经走净了，他一个人在月亮地里还绷楞绷楞地投篮。摸鱼，捉蛇，掏雀，撵兔子，只要一声吆唤，马上就跟你走。哪里有夜战，临时突击一件什么工作，挑渠啦，挖沙啦，不用招呼，他扛着铁锨就来了。也不问青红皂白，吭吭就干起来。冬天刨冻粪，这是个最费劲的活，常言说："刨过个冻粪哪，做过个怕梦哪！"他最愿意揽这个活。使尖镐对准一个口子，憋足了劲："许一个猪头——开！许一个羊头——开！开——开！狗头也不许了①！"这小伙子好像有太多过剩的精力，不找点什么重实点的活消耗消耗，就觉得不舒服似的。

小伙子一天无忧无虑，不大有心眼。什么也不盘算。开会很少发言，学习也不大好，在场里陆续认下的两个字还没有留孩认得的多。整天就知道干活、玩。也喜欢看电影。他把所有的电影分成两大类：一类是打仗的，一类是找媳妇的。凡是打仗的，就都"好"！凡是找媳妇的，就"啵嘻，不看不看"！找媳妇的电影尚且不看，真的找媳妇那更是想都不想了。他奶母早就想张罗着给他寻一个对象了。每次他

① 这本来是开山的石匠的习语。在石头未破开前许愿：如果开了，则用一个羊头、猪头作贡献；但当真开了，即什么也不许了。

回家，他奶母都问他场子里有没有好看的姑娘，他总是回答得不得要领。他说林凤梅长得好，五四也长得好。问了问，原来林凤梅是场里生产队长的爱人，已经生过三个孩子；五四是个幼儿园的孩子，一九五四年生的！好像恰恰是和他这个年龄相当的，他都没有留心过。奶母没法，只好摇头。其实场子里这个年龄的，很有几个，也有几个长得不难看的。她们有时谈悄悄话的时候，也常提到他。有一个念过一年初中的菜园组长的女儿，给他做了个鉴定，说："他长得像周炳，有一个名字正好送给他：《三家巷》第一章的题目！"其余几个没有看过《三家巷》的，就找了这本小说来看。一看，原来是："长得很俊的傻孩子"，她们格格格地笑了一晚上。于是每次在丁贵甲走过时，她们就更加留神看他，一面看，一面想想这个名字，便格格格地笑。这很快就固定下来，成为她们私下对于他的专用的称呼，后来又简化、缩短，由"长得很俊的傻孩子"变成"很俊的——"。正在做活，有人轻轻一嘀咕："嗨！很俊的来了！"于是都偷眼看他，于是又格格格地笑。

这些，丁贵甲全不理会。他一点也不知道他有这么一个名字。起先两回，有人在他身后格格地笑，笑得他也疑惑，怕是老九和小吕在他歇晌时给他在脸上画了眼镜或者胡子。后来听陨了，也不以为意，只是在心里说：丫头们，事多！

其实，丁贵甲因为从小失去爹娘，多受苦难，在情绪上智慧上所受的启发诱导不多；后来在这样一个集体的环境中成长，接触的人事单纯，又缺少一点文化，以致形成他思想单纯，有时甚至显得有点愣，不那么精灵。这是一块璞，如果在一个更坚利精微的砂轮上磨铣一回，就会放出更晶莹的光润。理想的砂轮，是部队。丁贵甲正是日夜念念不忘地想去参军。他之所以一点也不理会“丫头们”的事，也和他的立志做解放军战士有关。他现在正是服役适龄。上个月底，刚满十八足岁。

丁贵甲这会儿正在演戏。他演戏，本来不合适，嗓子不好，唱起来不搭调。而且他也未必是对演戏本身真有兴趣。真要派他一个重要一点的角色，他会以记词为苦事，背锣经为麻烦。他的角色也不好派，导演每次都考虑很久，结果总是派他演家院。就是演家院，他也不像个家院。照一个天才鼓师（这鼓师即猪倌小白，比丁贵甲还小两岁，可是打得一手好鼓）说：“你根本就一点都不像一个古人!”可不是，他直直地站在台上，太健康，太英俊，实在不像那么一回事，虽则是穿了老斗衣，还挂了一副白满。但是他还是非常热心地去。他大概不过是觉得排戏人多，好玩。红火，热闹，大锣大鼓地一敲，哇哇地吼几嗓子，这对他的蓬勃炽旺的生命，是能起鼓扬疏导作用的。他觉得这么闹一阵，舒服。不然，这么长的黑夜，你叫他干什么去呢，难道像王全似的摊开盖窝睡觉?

现在秋收工作已经彻底结束，地了场光，粮食入库，冬季学习却还没有开始，所以场里决定让业余剧团演两晚上戏，劳逸结合。新排和重排的三个戏里都有他，两个是家院，一个是中军。以前已经拉了几场了，最近连排三个晚上，可是他不能去，这把他着急坏了。

因为丢了一只半大羊羔子。大前天，老九舅舅来了，早起老九和丁贵甲一起把羊放上山，晌午他先回一步，丁贵甲一个人把羊赶回家的。入圈的时候，一数，少了一只。丁贵甲连饭也没吃，告诉小吕，叫他请大老张去跟生产队说一声，转身就返回去找了。找了一晚上，十二点了，也没找到。前天，叫老九把羊赶回来，给他留点饭，他又一个人找了一晚上，还是没找到。回来，老九给他把饭热好了，他吃了多半碗就睡了。这两天老羊倌又没在，也没个人讨主意！昨天，生产队长说：找不到就算了，算是个事故，以后不要麻痹。看样子是找不到了，两夜了，不是叫人拉走，也要叫野物吃了。但是他不死心，还要找。他上山时就带了一点干粮，对老九说："我准备找一通夜！找不到不回来。若是人拉走了，就不说了；若是野物吃了，骨头我也要找它回来，它总不能连皮带骨头全都咽下去。不过就是这么几座山，几片滩，它不能土遁了，我一个脚印一个脚印地把你盖遍了，我看你跑到哪里去！"老九说他把羊赶回去也来，还可以叫小吕一起来帮助找，丁贵甲说："不。家里没有人怎么行？晚上谁起来看羊圈？还要闷料——玉黍在老羊倌屋里，先用那个小麻袋里的。小吕子不行，他路不熟，胆子也小，黑夜没有在山野里呆过。"正说着，他奶弟来了。他知道他这天来的，就跟奶弟说："我今天要找羊。事情都说好了，你请小吕陪你到办公室，填一个表，我跟他说了。晚上你先睡吧，甭等我。我叫小吕给你借了几本小人书，你看。要是有什么问题，你先找一下大老张，让他告诉你。"

晚上，老九和留孩都已经睡实了，小吕也都正在迷糊着了——他们等着等着都困了，忽然听见他连笑带嚷地来了：

"哎！找到啦！找到啦！还活着哩！哎！快都起来！都起来！找到啦！我说它能跑到哪里去呢？哎——"

这三个人赶紧一骨碌都起来，小吕还穿衣裳，老九是光着屁股就跳下床来了。留孩根本没脱——他原想等他奶哥的，不想就这么睡着了，身上的被子也不知是谁给搭上的。

"找到啦？"

“找到啦!”

“在哪儿哪?”

“在这儿哪。”

原来他把自己的皮袄脱下来给羊包上了，所以看不见。大家于是七手八脚地给羊舀一点水，又倒了点精料让它吃。这羔子，饿得够呛，乏得不行啦。一面又问：

“在哪里找到的?”

“怎么找到的?”

“黑咕隆咚的，你咋看见啦?”

丁贵甲嚼着干粮（他干粮还没吃哩），一面喝水，一面说：

“我哪儿哪儿都找了。沿着我们那天放羊走过的地方，来回走了三个过儿——前两天我都来回地找过了：没有！我心想：哪儿去了呢？我一边找，一边捉摸它的个头、长相，想着它的叫声，忽然，我想起：叫叫看，怎么样？试试！我就叫！满山遍野地叫。不见答音。四处静悄悄的，只有宁远铁厂的吹风机远远地呼呼地响，也听不大真切，就我一个人的声音。我还叫。忽然，——‘咩……’我说，别是我耳朵听差了音，想的？我又叫——‘咩……咩……’这回我听真了，没错！这还能错？我天天听惯了的，娇声娇气的！我赶紧奔过去——看我膝盖上摔的这大块青，——破了！路上有棵新伐树桩子，我一喜欢，忘了，叭叉摔出去丈把远，喔唷，真他妈的！肿了没有？老九，给我拿点碘酒——不要二百二，要碘酒，妈的，辣辣的，有劲！——把我帽子都摔丢了！我找了羊，又找帽子。找帽子又找了半天！真他妈缺德！他早不伐树晚不伐树，赶爷要找羊，他伐树！

“你说在哪儿找到的？太史弯不有个荒沙梁子吗？拐弯那儿不是

叫山洪冲了个豁子吗？笔陡的，那底下不是坟滩吗？前天，老九，我们不是看见人家迁坟吗，刨了一半，露了棺材，不知为什么又不刨了！这东西，爷要打你！它不是老爱走外手边①吗，大概是豁口那儿沙软了，往下塌，别的羊一挤，它就滚下去了！有那么巧，可正掉在坟窟窿里！掉在烂棺材里！出不来了！棺材在土里埋了有日子了，糟朽了，它一砸，就折了，它站在一堆死人骨头里，——那里头倒不冷！不然饿不杀你也冻杀你！外边挺黑。可我在黑里头久了，有点把星星的光就能瞅见。我又叫一声——‘咩……’不错！就在这里。它是白的，我模模糊糊看见有一点白晃晃的，下面一摸，正是它！小东西！可把爷担心得够呛！累得够呛！明天就叫伙房宰了你！我看你还爱走外手边！还爱走外手边？唔？”

等羊缓过一点来，有了精神，把它抱回羊圈里去，收拾睡下，已经是后半夜了。

今天，白天他带着留孩上山放了一天羊，告诉他什么地方的草好，什么地方有毒草。几月里放阳坡，上什么山；几月里放阴坡，上什么山；什么山是半椅子臂②，该什么时候放。哪里蛇多，哪里有个暖泉，哪里地里有碱。看见大栅栏落下来了，千万不能过——火车要来了。片石山每天十一点五十要放炮崩山，不能去那里……其实日子长着呢，非得赶今天都告诉你奶弟干什么？

晚上，烧了一个小吕在果园里拾来的刺猬，四个人吃了，玩了一会，他就急急忙忙去侍候他的家爷和元帅去了，他知道奶弟不会怪他

---

① 外手边是右边。这本来是赶车人的说法。赶车人都习惯于跨坐在左辕，所以称左边为里手边或里边，右边为外手边或外边。

② 南北方向的小岭，两边坡上都常见阳光，形状略似椅臂。

的。到这会还不回来。

五、夜，正深浓起来

小吕从来没放过羊，他觉得很奇怪，就问老九和留孩：

“你们每天放羊，都数么?”

留孩和老九同声回答：

“当然数，不数还行哩?早起出圈，晚上回来进圈，都数。不数，丢了你怎么知道?”

“那咋数法?”

咋数法?留孩和老九不懂他的意思，两个人互相看看。老九想了想，哦!

“也有两个一数的，也有三个一数的，数得过来五个一数也行，数不过来一个一个地数!”

“不是这意思!羊是活的嘛!它要跑，这么窜着蹦着挨着挤着，又不是数一筐箩梨，一把树码子，摆着。这你怎么数?”

老九和留孩想一想，笑起来。是倒也是，可是他们小时候放羊用不着他们数，到用到自己数的时候，自然就会了。从来没发生这样的问题。老九又想了想，说：

“看熟了。羊你都认得了，不会看花了眼的。过过眼就行。猪舍那么多猪，我看都是一样。小白就全都认得，小猪娃子跑出来了，他一把抱住，就知往哪个圈里送。也是熟了，一样的。”

小吕想象，若叫自己数，一定不行，非数乱了不可！数着数着，乱了——重来；数着数着，乱了——重来！那，一天早上也出不了圈，晚上也进不了家，净来回数了！他想着那情景，不由得嘿嘿地笑起来，下结论说：

“真是隔行如隔山。”

老九说：

“我看你给葡萄花去雄授粉，也怪麻烦的！那么小的花须，要用镊子夹掉，还不许蹭着柱头！我那天夹了几个，把眼都看酸了！”

小吕又想起昨天晚上丁贵甲一个人满山叫小羊的情形，想起那么黑，那么静，就只听见自己的声音，想起坟窟窿，棺材，对留孩说：

“你奶哥胆真大！”

留孩说：“他现在胆大，人大了。”

小吕问留孩和老九：

“要叫你们去，一个人，敢么？”

老九和留孩都没有肯定地回答。老九说：

“丁贵甲叫羊急的，就是怕，也顾不上了。事到临头，就得去。这一带他也走熟了。他晚上排戏还不老是十一二点回来。也就是解放后，我爹说，十多年头里，过了扬旗，晚上就没人敢走了。那里不清静，劫过人，还把人杀了。”

“在哪里？”

“过了扬旗。准地方我也不知道。”

“……”

“——这里有狼么？”小吕想到狼了。

“有。”

“河南①狼多，”留孩说，“这两年也少了。”

“他们说是一九五八年大炼铁钢炼的，到处都是火，烘烘烘，狼都吓得进了大山了。有还是有的。老郑黑夜浇地还碰上过。”

“那我怎么下了好几个月夜，也没碰上过？”

“有！你没有碰上就是了。要是谁都碰上，那不成了口外的狼窝沟了！这附近就有，还来果园。你问大老刘，他还打死过一只——一肚子都是葡萄。”

小吕很有兴趣了，留孩也奇怪，怎么都是葡萄，就都一起问：

“咋回事？咋回事？”

“那年，还是李场长在的时候哩！葡萄老是丢，而且总是丢白香蕉。大老刘就夜夜守着，原来不是人偷的，是一只狼。李场长说：‘老刘，你敢打么？’老刘说，‘敢！’老刘就对着它每天来回走的那条车路，挖了一道壕子，趴在里面，拿上枪，上好子弹，等着——”

“什么枪，是这支火枪么？”

“不是，”老九把羊舍的火枪往身边靠了靠，说，“是老陈守夜的快枪——等了它三夜，来了！一枪就给撂倒了。打开膛：一肚子都是葡萄，还都是白香蕉！这老家伙可会挑嘴哩，它也知道白香蕉葡萄好吃！”

留孩说：“狼吃葡萄么？狼吃肉，不是说‘狼行千里吃肉’么？”

老九说：“吃。狼也吃葡萄。”

小吕说：“这狼大概是个吃素的，是个把斋的老道！”

说得留孩和老九都笑起来。

---

① 洋河以南。

“都说狼会赶羊，是真的么？狼要吃哪只羊，就拿尾巴拍拍它，像哄孩子一样，羊就乖乖地在前头走，是真的么？”

“哪有这回事！”

“没有！”

“那人怎么都这么说？”

“是这样——狼一口咬住羊的脖子，拖着羊，羊疼哩，就走，狼又用尾巴抽它，——哪是拍它！唿擞——唿擞——唿擞，看起来轻轻的，你看不清楚，就像狼赶羊，其实还是狼拖羊。它要不咬住它，它跟你走才怪哩！”

“你们看见过么？留孩，你见过么？”

“我没见过，我是在家听贵甲哥说过的。贵甲哥在家给人当羊伴子时候，可没少见过狼。他还叫狼吓出过毛病，这会不知好了没有，我也没问他。”

这连老九也不知道，问：

“咋回事？”

“那年，他跟上羊倌上山了。我们那里的山高，又陡，差不多的人连羊路都找不到。羊倌到沟里找水去了，叫贵甲哥一个人看一会。贵甲哥一看，一群羊都惊起来了，一个一个哆里哆嗦的，又低低地叫唤。贵甲哥心里嗯通一下——狼！一看，灰黄灰黄的，毛茸茸的，挺大，就在前面山杏丛里。旁边有棵树，吓得贵甲哥一蹿就上了树。狼叼了一只大羔子，使尾巴赶着，噝拉一下子就从树下过去了，吓得贵甲哥尿了一裤子。后来，只要有点着急事，下面就会津津地漏出尿来。这会他胆大了，小时候，——也怕。”

“前两天丢了羊，也着急了，咱们问问他尿了没有？”

“对！问他！不说就扒他的裤子检查！”

茶开了。小吕把沙锅端下来，把火边的山药翻了翻。老九在挎包里摸了摸，昨天吃剩的朝阳瓜子还有一把，就兜底倒出来，一边喝着高山顶，一边嗑瓜子。

“你们说，有鬼没有？”这回是老九提出问题。

留孩说：“有。”

小吕说：“没有。”

“有来，”老九自己说，“就在咱们西南边，不很远，从前是个鬼市，还有鬼饭馆。人们常去听，半夜里，乒乒乓乓地炒菜，勺子铲子响，可热闹啦！”

“在哪里？”这小吕倒很想去听听，这又不可怕。

“现在没有了。现在那边是兽医学校的牛棚。”

“哎噫——”小吕失望了，“我不相信，这不知是谁造出来的！鬼还炒菜？!”

留孩说：“怎么没有鬼？我听我大爷说过：

“有一帮河南人，到口外去割莜麦。走到半路上，前不巴村，后不巴店，天也黑夜了，有一个旧马棚，空着，也还有个门，能插上，他们就住进去了。在一个大草滩子里，没有一点人烟。都睡下了。有一个汉子烟瘾大，点了个蜡头在抽烟。听到外面有人说：

“‘你老们，起来解手时多走两步噢，别尿湿了我这疙瘩毡子，我就这么一块毡子啊！’。

这汉子也没理会，就答了一声：

“‘知道啦。’

“一会儿，又是：

“‘你老们，起来解手时多走两步噢，别尿湿了我这疙瘩毡子，我就这么一块毡子啊！’

“‘知道啦。’

“一会儿，又来啦：

“‘你老们，起来解手时多走两步噢，我就这么一块疙瘩毡子！’

“‘知道啦！你怎么这么噜苏啊！’

“‘我怎么噜苏啦？’

“‘你就是噜苏！’

“‘我怎么噜苏？’

“‘你噜苏！’

“两个就隔着门吵起来，越吵越凶。外面说：

“‘你敢给爷出来！’

“‘出来就出来！’

“那汉子伸手就要拉门，回身一看：所有的人都拿眼睛看住他，一起轻轻地摇头。这汉子这才想起来，吓得脸煞白——”

“怎么啦？”

“外边怎么可能有人啊，这么个大草滩子里？撒尿怎么会尿湿了他的毡子啊？他们都想，来的时候仿佛离墙不远有一疙瘩土，像是一个坟。这是鬼，也是像他们一样背了一块毡子来割莜麦的，死在这里了。这大概还是一个同乡。

“第二天，他们起来看，果然有一座新坟。他们给他加加土，就走了。”

这故事倒不怎么可怕，只是说得老九和小吕心里都为个客死在野地里的只有一块毡子的河南人很不好受。夜已经很深了，他们也不想喝茶了，瓜子还剩一小撮，也不想吃了。

过了一会，忽然，老九的脸色一沉：

“什么声音?”

是的！轻轻的，但是听得很清楚，有点像羊叫，又不太像。老九一把抓起火枪：

“走!”

留孩立刻理解：羊半夜里从来不叫，这是有人偷羊了！他跟着老九就出来。两个人直奔羊圈。小吕抓起他的标枪，也三步抢出门来，说：“你们去羊圈看看，我在这里，家里还有东西。”

老九、留孩用手电照了照几个羊圈，都好好的，羊都安安静静地卧着，门、窗户，都没有动。正察看着，听见小吕喊：

“在这里了!”

他们飞跑回来，小吕正闪在门边，握着标枪，瞄着屋门：

“在屋里!”

他们略一停顿，就一齐踢开门进去。外屋一照，没有。上里屋。里屋灯还亮着，没有。床底下！老九的手电光刚向下一扫，听见床下面“扑嗤”的一声——

“他妈的，是你!”

“好！你可吓了我们一跳!”

丁贵甲从床底下爬出来，一边爬，一边笑得捂着肚子。

“好！耍我们！打他!”

于是小吕、老九一齐扑上去，把丁贵甲按倒，一个压住脖子，一个骑住腰，使劲打起来。连留孩也上了手，拽住他企图往上翻拗的腿。一边打，一边说，骂；丁贵甲在下面一边招架，一边笑，说：

“我看见灯……还亮着……我说，试试这几个小鬼！……我早就进屋了！拨开门划，躲在外屋……我嘻嘻嘻……叫了一声，听见老九，嘻嘻嘻嘻——”

“妈的！我听见‘哞——咩’的一声，像是只老公羊！是你！这小子！这小子！”

“老九……拿了手电嘻嘻就……走！还拿着你娘的……火枪嘻嘻，呜噫，别打头！小吕嘻嘻嘻拿他妈一根破标……枪嘻嘻，你们只好……去吓鸟！”

这么一边说着，打着，笑着，滚着，闹了半天，直到丁贵甲在下面说：

“好香！煨了……山药……煨了！哎哟……我可饿了！”

他们才放他起来。留孩又去捅了捅炉子，把高山顶又坐热了，大家一边吃山药，一边喝茶，一边又重复地演述着刚才的经过。

他们吃着，喝着，说了又说，笑了又笑。当中又夹着按倒，拳击，捧腹，搂抱，表演，比划。他们高兴极了，快乐极了，简直把这间小屋要闹翻了，涨破了，这几个小鬼！他们完全忘记了现在是很深的黑夜。

六、明天

明天，他们还会要回味这回事，还会说、学、表演、大笑，而且等张士林回来一定会告诉张士林，会告诉陈素花、恽美兰，并且也会说给大老张听的。将来有一天，他们聚在一起，还会谈起这一晚上的事，还会觉得非常愉快。今夜，他们笑够了，闹够了，现在都安静了，睡下了。起先，隔不一会还有人含含糊糊地说一句什么，不知是醒着还是在梦里，后来就听不到一点声息了。这间在昏黑中哗闹过、明亮过的半坡上的羊舍屋子，沉静下来，在拥抱着四山的广阔、丰美、充盈的暗夜中消融。一天就这样的过去了。夜在进行着，夜和昼在渗入、交递，开往北京的216次列车也正在轨道上奔驰。

明天，就又是一天了。小吕将会去找黄技师，置办他的心爱的嫁接刀。老九在大家的帮助下，会把行李结束起来，走上他当一个钢铁工人的路。当然，他会把他新编的羊鞭交给留孩。留孩将要来这个很好的农场里当一名新一代的牧羊工。征兵的消息已经传开，说不定场子里明天就接到通知，叫丁贵甲到曾经医好他肺结核的医院去参加体格检查，准备入伍、受训，在他所没有接触过的山水风物之间，在蓝天或绿海上，戴起一顶缀着红徽的军帽。这些，都在夜间趋变为事实。

这也只是一个平常的夜。但是人就是这样一天一天，一黑夜一黑夜地长起来的。正如同庄稼，每天观察，差异也都不太明显，然而它发芽了，出叶了，拔节了，孕穗了，抽穗了，灌浆了，终于成熟了。这四个现在在一排并睡着的孩子（四个枕头各托着一个蓬蓬松松的脑袋），他们也将这样发育起来。在党无远弗及的阳光照煦下，经历一些必要的风风雨雨，都将迅速、结实、精壮地成长起来。

现在，他们都睡了。灯已经灭了。炉火也封住了。但是从煤块的缝隙里，有隐隐的火光在泄漏，而映得这间小屋充溢着薄薄的，十分柔和的，蔼然的红晖。

睡吧，亲爱的孩子。

一九六一年十一月二十五日写成

受戒

明海出家已经四年了。

他是十三岁来的。

这个地方的地名有点怪，叫庵赵庄。赵，是因为庄上大都姓赵。叫做庄，可是人家住得很分散，这里两三家，那里两三家。一出门，远远可以看到，走起来得走一会，因为没有大路，都是弯弯曲曲的田埂。庵，是因为有一个庵。庵叫菩提庵，可是大家叫讹了，叫成荸荠庵。连庵里的和尚也这样叫。“宝刹何处?”——“荸荠庵。”庵本来是住尼姑的。“和尚庙”“尼姑庵”嘛。可是荸荠庵住的是和尚。也许因为荸荠庵不大，大者为庙，小者为庵。

明海在家叫小明子。他是从小就确定要出家的。他的家乡不叫“出家”，叫“当和尚”。他的家乡出和尚。就像有的地方出劁猪的，有的地方出织席子的，有的地方出箍桶的，有的地方出弹棉花的，有的地方出画匠，有的地方出婊子，他的家乡出和尚。人家弟兄多，就派一个出去当和尚。当和尚也要通过关系，也有帮。这地方的和尚有的走得很远。有到杭州灵隐寺的、上海静安寺的、镇江金山寺的、扬州天宁寺的。一般的就在本县的寺庙。明海家田少，老大、老二、老三，就足够种的了。他是老四。他七岁那年，他当和尚的舅舅回家，他爹、他娘就和舅舅商议，决定叫他当和尚。他当时在旁边，觉得这实在是在情在理，没有理由反对。当和尚有很多好处。一是可以吃现成饭。哪个庙里都是管饭的。二是可以攒钱。只要学会了放瑜伽焰口，拜梁皇忏，可以按例分到辛苦钱。积攒起来，将来还俗娶亲也可以；不想还俗，买几亩田也可以。当和尚也不容易，一要面如朗月，二要声如钟磬，三要聪明记性好。他舅舅给他相了相面，叫他前走几步，后走几步，又叫他喊了一声赶牛打场的号子："格当得——"，说是"明子准能当个好和尚，我包了！"要当和尚，得下点本，——念几年书。哪有不认字的和尚呢！于是明子就开蒙入学，读了《三字经》《百家姓》《四言杂字》《幼学琼林》《上论、下论》《上孟、下孟》，每天还写一张仿。村里都夸他字写得好，很黑。

舅舅按照约定的日期又回了家，带了一件他自己穿的和尚领的短衫，叫明子娘改小一点，给明子穿上。明子穿了这件和尚短衫，下身还是在家穿的紫花裤子，赤脚穿了一双新布鞋，跟他爹、他娘磕了一个头，就随舅舅走了。

他上学时起了个学名，叫明海。舅舅说，不用改了。于是"明海"就从学名变成了法名。

过了一个湖。好大一个湖！穿过一个县城。县城真热闹：官盐店，税务局，肉铺里挂着成边的猪，一个驴子在磨芝麻，满街都是小磨香油的香味，布店，卖茉莉粉、梳头油的什么斋，卖绒花的，卖丝线的，打把式卖膏药的，吹糖人的，耍蛇的，……他什么都想看看。舅舅一劲地催他："快走！快走！"

到了一个河边，有一只船在等着他们。船上有一个五十来岁的瘦长瘦长的大伯，船头蹲着一个跟明子差不多大的女孩子，在剥一个莲蓬吃。明子和舅舅坐到舱里，船就开了。

明子听见有人跟他说话，是那个女孩子。

“是你要到荸荠庵当和尚吗?”

明子点点头。

“当和尚要烧戒疤呕！你不怕?”

明子不知道怎么回答，就含含糊糊地摇了摇头。

“你叫什么?”

“明海。”

“在家的时候?”

“叫明子。”

“明子！我叫小英子！我们是邻居。我家挨着荸荠庵。——给你!”

小英子把吃剩的半个莲蓬扔给明海，小明子就剥开莲蓬壳，一颗一颗吃起来。

大伯一桨一桨地划着，只听见船桨拨水的声音：

“哗——许！哗——许!”

……

荸荠庵的地势很好，在一片高地上。这一带就数这片地势高，当初建庵的人很会选地方。门前是一条河。门外是一片很大的打谷场。三面都是高大的柳树。山门里是一个穿堂。迎门供着弥勒佛。不知是哪一位名士撰写了一副对联：

大肚能容容天下难容之事

开颜一笑笑世间可笑之人

弥勒佛背后，是韦驮。过穿堂，是一个不小的天井，种着两棵白果树。天井两边各有三间厢房。走过天井，便是大殿，供着三世佛。佛像连龛才四尺来高。大殿东边是方丈，西边是库房。大殿东侧，有一个小小的六角门，白门绿字，刻着一副对联：

一花一世界

三藐三菩提

进门有一个狭长的天井，几块假山石，几盆花，有三间小房。

小和尚的日子清闲得很。一早起来，开山门，扫地。庵里的地铺都是箩底方砖，好扫得很，给弥勒佛、韦驮烧一炷香，正殿的三世佛面前也烧一炷香、磕三个头、念三声“南无阿弥陀佛”，敲三声磬。这庵里的和尚不兴做什么早课、晚课，明子这三声磬就全都代替了。然后，挑水，喂猪。然后，等当家和尚，即明子的舅舅起来，教他念经。

教念经也跟教书一样，师父面前一本经，徒弟面前一本经，师父唱一句，徒弟跟着唱一句。是唱哎。舅舅一边唱，一边还用手在桌上拍板。一板一眼，拍得很响，就跟教唱戏一样。是跟教唱戏一样，完全一样哎。连用的名词都一样。舅舅说，念经：一要板眼准，二要合工尺。说：当一个好和尚，得有条好嗓子。说：民国二十年闹大水，运河倒了堤，最后在清水潭合龙，因为大水淹死的人很多，放了一台大焰口，十三大师——十三个正座和尚，各大庙的方丈都来了，下面的和尚上百。谁当这个首座？推来推去，还是石桥——善因寺的方丈！他往上一坐，就跟地藏王菩萨一样，这就不用说了；那一声“开香赞”，围看的上千人立时鸦雀无声。说：嗓子要练，夏练三伏，冬练三九，要练丹田气！说：要吃得苦中苦，方为人上人！说：和尚里也有状元、榜眼、探花！要用心，不要贪玩！舅舅这一番大法要说得明海和尚实在是五体投地，于是就一板一眼地跟着舅舅唱起来：

“炉香乍爇——”

“炉香乍爇——”

“法界蒙薰——”

“法界蒙薰——”

“诸佛现金身……”

“诸佛现金身……”

……

等明海学完了早经（他晚上临睡前还要学一段，叫做晚经），——荸荠庵的师父们就都陆续起床了。

这庵里人口简单，一共六个人。连明海在内，五个和尚。

有一个老和尚，六十几了，是舅舅的师叔，法名普照，但是知道的人很少，因为很少人叫他法名，都称之为老和尚或老师父，明海叫他师爷爷。这是个很枯寂的人，一天关在房里，就是那“一花一世界”里。也看不见他念佛，只是那么一声不响地坐着。他是吃斋的，过年时除外。

下面就是师兄弟三个，仁字排行：仁山、仁海、仁渡。庵里庵外，有的称他们为大师父、二师父；有的称之为山师父、海师父。只有仁渡，没有叫他“渡师父”的，因为听起来不像话，大都直呼之为仁渡。他也只配如此，因为他还年轻，才二十多岁。

仁山，即明子的舅舅，是当家的。不叫“方丈”，也不叫“住持”，却叫“当家的”，是很有道理的，因为他确确实实干的是当家的职务。他屋里摆的是一张账桌，桌子上放的是账簿和算盘。账簿共有三本。一本是经账，一本是租账，一本是债账。和尚要做法事，做法事要收钱，——要不，当和尚干什么？常做的法事是放焰口。正规的焰口是十个人。一个正座，一个敲鼓的，两边一边四个。人少了，八个，一边三个，也凑合了。荸荠庵只有四个和尚，要放整焰口就得和别的庙里合伙。这样的时候也有过，通常只是放半台焰口。一个正座，一个敲鼓，另外一边一个。一来找别的庙里合伙费事；二来这一带放得起整焰口的人家也不多。有的时候，谁家死了人，就只请两个，甚至一个和尚咕噜咕噜念一通经，敲打几声法器就算完事。很多人家的经钱不是当时就给，往往要等秋后才还。这就得记账。另外，和尚放焰口的辛苦钱不是一样的。就像唱戏一样，有份子。正座第一份。因为他要领唱，而且还要独唱。当中有一大段“叹骷髅”，别的和尚都放下法器休息，只有首座一个人有板有眼地慢声吟唱。第二份是敲鼓的。你以为这容易呀？哼，单是一开头的“发擂”，手上没功夫就敲不出迟疾顿挫！其余的，就一样了。这也得记上：某月某日、谁家焰口半台，谁正座，谁敲鼓……省得到年底结账时赌咒骂娘。……这庵里有几十亩庙产，租给人种，到时候要收租。庵里还放债。租、债一向倒很少亏欠，因为租佃借钱的人怕菩萨不高兴。这三本账就够仁山忙的了。另外香烛、灯火、油盐“福食”，这也得随时记记账呀。除了账簿之外，山师父的方丈的墙上还挂着一块水牌，上漆四个红字："勤笔免思"。

仁山所说当一个好和尚的三个条件，他自己其实一条也不具备。他的相貌只要用两个字就说清楚了：黄，胖。声音也不像钟磬，倒像母猪。聪明么？难说，打牌老输。他在庵里从不穿袈裟，连海青直裰也免了。经常是披着件短僧衣，袒露着一个黄色的肚子。下面是光脚趿拉着一双僧鞋，——新鞋他也是趿拉着。他一天就是这样不衫不履地这里走走，那里走走，发出母猪一样的声音："呣——呣——。"

二师父仁海。他是有老婆的。他老婆每年夏秋之间来住几个月，因为庵里凉快。庵里有六个人，其中之一，就是这位和尚的家眷。仁山、仁渡叫她嫂子，明海叫她师娘。这两口子都很爱干净，整天的洗涮。傍晚的时候，坐在天井里乘凉。白天，闷在屋里不出来。

三师父是个很聪明精干的人。有时一笔账大师兄扒了半天算盘也算不清，他眼珠子转两转，早算得一清二楚。他打牌赢的时候多，二三十张牌落地，上下家手里有些什么牌，他就差不多都知道了。他打牌时，总有人爱在他后面看歪头胡。谁家约他打牌，就说"想送两个钱给你"。他不但经忏俱通（小庙的和尚能够拜忏的不多），而且身怀绝技，会"飞铙"。七月间有些地方做盂兰会，在旷地上放大焰口，几十个和尚，穿绣花袈裟，飞铙。飞铙就是把十多斤重的大铙钹飞起来。到了一定的时候，全部法器皆停，只几十副大铙紧张急促地敲起来。忽然起手，大铙向半空中飞去，一面飞，一面旋转。然后，又落下来，接住。接住不是平平常常地接住，有各种架势，"犀牛望月""苏秦背剑"……这哪是念经，这是耍杂技。也许是地藏王菩萨爱看这个，但真正因此快乐起来的是人，尤其是妇女和孩子。这是年轻漂亮的和尚出风头的机会。一场大焰口过后，也像一个好戏班子过后一样，会有一个两个大姑娘、小媳妇失踪，——跟和尚跑了。他还会放“花焰口”。有的人家，亲戚中多风流子弟，在不是很哀伤的佛事——如做冥寿时，就会提出放花焰口。所谓“花焰口”就是在正焰口之后，叫和尚唱小调，拉丝弦，吹管笛，敲鼓板，而且可以点唱。仁渡一个人可以唱一夜不重头。仁渡前几年一直在外面，近二年才常住在庵里。据说他有相好的，而且不止一个。他平常可是很规矩，看到姑娘媳妇总是老老实实的，连一句玩笑话都不说，一句小调山歌都不唱。有一回，在打谷场上乘凉的时候，一伙人把他围起来，非叫他唱两个不可。他却情不过，说：“好，唱一个。不唱家乡的。家乡的你们都熟，唱个安徽的。”

姐和小郎打大麦，
一转子讲得听不得。
听不得就听不得，
打完了大麦打小麦。

唱完了，大家还嫌不够，他就又唱了一个：

姐儿生得漂漂的，
两个奶子翘翘的。
有心上去摸一把，
心里有点跳跳的。
……

这个庵里无所谓清规，连这两个字也没人提起。

仁山吃水烟，连出门做法事也带着他的水烟袋。

他们经常打牌。这是个打牌的好地方。把大殿上吃饭的方桌往门口一搭，斜放着，就是牌桌。桌子一放好，仁山就从他的方丈里把筹码拿出来，哗啦一声倒在桌上。斗纸牌的时候多，搓麻将的时候少。牌客除了师兄弟三人，常来的是一个收鸭毛的，一个打兔子兼偷鸡的，都是正经人。收鸭毛的担一副竹筐，串乡串镇，拉长了沙哑的声音喊叫：

"鸭毛卖钱——！"

偷鸡的有一件家什——铜蜻蜓。看准了一只老母鸡，把铜蜻蜓一丢，鸡婆子上去就是一口。这一啄，铜蜻蜓的硬簧绷开，鸡嘴撑住了，叫不出来了。正在这鸡十分纳闷的时候，上去一把薅住。

明子曾经跟这位正经人要过铜蜻蜓看看。他拿到小英子家门前试了一试，果然！小英的娘知道了，骂明子：

"要死了！明子！你怎么到我家来玩铜蜻蜓了！"

小英子跑过来：

"给我！给我！"

她也试了试，真灵，一个黑母鸡一下子就把嘴撑住，傻了眼了！

下雨阴天，这二位就光临荸荠庵，消磨一天。

有时没有外客，就把老师叔也拉出来，打牌的结局，大都是当家和尚气得鼓鼓的："×妈妈的！又输了！下回不来了！"

他们吃肉不瞒人。年下也杀猪。杀猪就在大殿上。一切都和在家里一样，开水、木桶、尖刀。捆猪的时候，猪也是没命地叫。跟在家人不同的，是多一道仪式，要给即将升天的猪念一道"往生咒"，并且总是老师叔念，神情很庄重：

“……一切胎生、卵生、息生，来从虚空来，还归虚空去，往生再世，皆当欢喜。南无阿弥陀佛!”

三师父仁渡一刀子下去，鲜红的猪血就带着很多沫子喷出来。

……

明子老往小英子家里跑。

小英子的家像一个小岛，三面都是河，西面有一条小路通到荸荠庵。独门独户，岛上只有这一家。岛上有六棵大桑树，夏天都结大桑椹，三棵结白的，三棵结紫的；一个菜园子，瓜豆蔬菜，四时不缺。院墙下半截是砖砌的，上半截是泥夯的。大门是桐油油过的，贴着一副万年红的春联：

向阳门第春常在

积善人家庆有余

门里是一个很宽的院子。院子里一边是牛屋、碓棚；一边是猪圈、鸡窠，还有个关鸭子的栅栏。露天地放着一具石磨。正北面是住房，也是砖基土筑，上面盖的一半是瓦，一半是草。房子翻修了才三年，木料还露着白茬。正中是堂屋，家神菩萨的画像上贴的金还没有发黑。两边是卧房。隔扇窗上各嵌了一块一尺见方的玻璃，明亮亮的，——这在乡下是不多见的。房檐下一边种着一棵石榴树，一边种着一棵栀子花，都齐房檐高了。夏天开了花，一红一白，好看得很。栀子花香得冲鼻子。顺风的时候，在荸荠庵都闻得见。

这家人口不多。他家当然是姓赵。一共四口人：赵大伯、赵大妈，两个女儿，大英子、小英子。老两口没得儿子。因为这些年人不得病，牛不生灾，也没有大旱大水闹蝗虫，日子过得很兴旺。他们家自己有田，本来够吃的了，又租种了庵上的十亩田。自己的田里，一亩种了荸荠，——这一半是小英子的主意，她爱吃荸荠，一亩种了慈姑。家里喂了一大群鸡鸭，单是鸡蛋鸭毛就够一年的油盐了。赵大伯是个能干人。他是一个“全把式”，不但田里场上样样精通，还会罾鱼、洗磨、凿砻、修水车、修船、砌墙、烧砖、箍桶、劈篾、绞麻绳。他不咳嗽，不腰疼，结结实实，像一棵榆树。人很和气，一天不声不响。赵大伯是一棵摇钱树，赵大娘就是个聚宝盆。大娘精神得出奇。五十岁了，两个眼睛还是清亮亮的。不论什么时候，头都是梳得滑溜溜的，身上衣服都是格挣挣的。像老头子一样，她一天不闲着。煮猪食，喂猪，腌咸菜，——她腌的咸萝卜干非常好吃，舂粉子，磨小豆腐，编蓑衣，织芦席。她还会剪花样子。这里嫁闺女，陪嫁妆，瓷坛子、锡罐子，都要用梅红纸剪出吉祥花样，贴在上面，讨个吉利，也才好看：“丹凤朝阳”呀、“白头到老”呀、“子孙万代”呀、“福寿绵长”呀。二三十里的人家都来请她：“大娘，好日子是十六，你哪天去呀？”——“十五，我一大清早就来！”

“一定呀！”——“一定！一定！”

两个女儿，长得跟她娘像一个模子里托出来的。眼睛长得尤其像，白眼珠鸭蛋青，黑眼珠棋子黑，定神时如清水，闪动时像星星。浑身上下，头是头，脚是脚。头发滑溜溜的，衣服格挣挣的。——这里的风俗，十五六岁的姑娘就都梳上头了。这两个丫头，这一头的好头发！通红的发根，雪白的簪子！娘女三个去赶集，一集的人都朝她们望。

姐妹俩长得很像，性格不同。大姑娘很文静，话很少，像父亲。小英子比她娘还会说，一天咭咭呱呱地不停。大姐说：

“你一天到晚咭咭呱呱——”

“像个喜鹊！”

“你自己说的！——吵得人心乱！”

“心乱？”

“心乱！”

“你心乱怪我呀！”

二姑娘话里有话。大英子已经有了人家。小人她偷偷地看过，人很敦厚，也不难看，家道也殷实，她满意。已经下过小定，日子还没有定下来。她这二年，很少出房门，整天赶她的嫁妆。大裁大剪，她都会。挑花绣花，不如娘。她可又嫌娘出的样子太老了。她到城里看过新娘子，说人家现在绣的都是活花活草。这可把娘难住了。最后是喜鹊忽然一拍屁股：“我给你保举一个人！”

这人是谁？是明子。明子念“上孟下孟”的时候，不知怎么得了半套《芥子园》，他喜欢得很。到了荸荠庵，他还常翻出来看，有时还把旧账簿子翻过来，照着描。小英子说：

“他会画！画得跟活的一样！”

小英子把明海请到家里来，给他磨墨铺纸，小和尚画了几张，大英子喜欢得了不得：

“就是这样！就是这样！这就可以乱孱！”——所谓“乱孱”是绣花的一种针法：绣了第一层，第二层的针脚插进第一层的针缝，这样颜色就可由深到淡，不露痕迹，不像娘那一代绣的花是平针，深浅之间，界限分明，一道一道的。小英子就像个书童，又像个参谋：

“画一朵石榴花!”

“画一朵栀子花!”

她把花掐来，明海就照着画。

到后来，凤仙花、石竹子、水蓼、淡竹叶、天竺果子、腊梅花，他都能画。

大娘看着也喜欢，搂住明海的和尚头：

“你真聪明！你给我当一个干儿子吧!”

小英子捺住他的肩膀，说：

“快叫！快叫!”

小明子跪在地下磕了一个头，从此就叫小英子的娘做干娘。

大英子绣的三双鞋，三十里方圆都传遍了。很多姑娘都走路坐船来看。看完了，就说：“啧啧啧，真好看！这哪是绣的，这是一朵鲜花!”她们就拿了纸来央大娘求了小和尚来画。有求画帐檐的，有求画门帘飘带的，有求画鞋头花的。每回明子来画花，小英子就给他做点好吃的，煮两个鸡蛋，蒸一碗芋头，煎几个藕团子。

因为照顾姐姐赶嫁妆，田里的零碎生活小英子就全包了。她的帮手，是明子。

这地方的忙活是栽秧、车高田水、薅头遍草，再就是割稻子、打场了。这几茬重活，自己一家是忙不过来的。这地方兴换工。排好了日期，几家顾一家，轮流转。不收工钱，但是吃好的。一天吃六顿，两头见肉，顿顿有酒。干活时，敲着锣鼓，唱着歌，热闹得很。其余的时候，各顾各，不显得紧张。

薅三遍草的时候，秧已经很高了，低下头看不见人。一听见非常脆亮的嗓子在一片浓绿里唱：

栀子哎开花哎六瓣头哎……

姐家哎门前哎一道桥哎……

明海就知道小英子在哪里，三步两步就赶到，赶到就低头薅起草来，傍晚牵牛“打汪”，是明子的事。——水牛怕蚊子。这里的习惯，牛卸了轭，饮了水，就牵到一口和好泥水的“汪”里，由它自己打滚扑腾，弄得全身都是泥浆，这样蚊子就咬不透了。低田上水，只要一挂十四轧的水车，两个人车半天就够了。明子和小英子就伏在车杠上，不紧不慢地踩着车轴上的拐子，轻轻地唱着明海向三师父学来的各处山歌。打场的时候，明子能替赵大伯一会，让他回家吃饭。——赵家自己没有场，每年都在荸荠庵外面的场上打谷子。他一扬鞭子，喊起了打场号子：

“格当得——”

这打场号子有音无字，可是九转十三弯，比什么山歌号子都好听。赵大娘在家，听见明子的号子，就侧起耳朵：

“这孩子这条嗓子！”

连大英子也停下针线：

“真好听！”

小英子非常骄傲地说：

“一十三省数第一！”

晚上，他们一起看场。——荸荠庵收来的租稻也晒在场上。他们并肩坐在一个石磙子上，听青蛙打鼓，听寒蛇唱歌，——这个地方以为蝼蛄叫是蚯蚓叫，而且叫蚯蚓叫“寒蛇”，听纺纱婆子不停地纺纱，“吵——”，看萤火虫飞来飞去，看天上的流星。

“呀！我忘了在裤带上打一个结！”小英子说。

这里的人相信，在流星掉下来的时候在裤带上打一个结，心里想什么好事，就能如愿。

……

“捚”荸荠，这是小英最爱干的生活。秋天过去了，地净场光，荸荠的叶子枯了，——荸荠的笔直的小葱一样的圆叶子里是一格一格的，用手一捋，哔哔地响，小英子最爱捋着玩，——荸荠藏在烂泥里。赤了脚，在凉浸浸滑溜溜的泥里踩着，——哎，一个硬疙瘩！伸手下去，一个红紫红紫的荸荠。她自己爱干这生活，还拉了明子一起去。她老是故意用自己的光脚去踩明子的脚。

她挎着一篮子荸荠回去了，在柔软的田埂上留了一串脚印。明海看着她的脚印，傻了。五个小小的趾头，脚掌平平的，脚跟细细的，脚弓部分缺了一块。明海身上有一种从来没有过的感觉，他觉得心里痒痒的。这一串美丽的脚印把小和尚的心搞乱了。

……

明子常搭赵家的船进城，给庵里买香烛，买油盐。闲时是赵大伯划船；忙时是小英子去，划船的是明子。

从庵赵庄到县城，当中要经过一片很大的芦花荡子。芦苇长得密密的，当中一条水路，四边不见人。划到这里，明子总是无端端地觉得心里很紧张，他就使劲地划桨。

小英子喊起来：

“明子！明子！你怎么啦？你发疯啦？为什么划得这么快？”

……

明海到善因寺去受戒。

“你真的要去烧戒疤呀？”

“真的。”

“好好的头皮上烧十二个洞，那不疼死啦？”

“咬咬牙。舅舅说这是当和尚的一大关，总要过的。”

“不受戒不行吗？”

“不受戒的是野和尚。”

“受了戒有啥好处？”

“受了戒就可以到处云游，逢寺挂褡。”

“什么叫‘挂褡’？”

“就是在庙里住。有斋就吃。”

“不把钱？”

“不把钱。有法事，还得先尽外来的师父。”

“怪不得都说‘远来的和尚会念经’。就凭头上这几个戒疤？”

“还要有一份戒牒。”

“闹半天，受戒就是领一张和尚的合格文凭呀！”

“就是！”

“我划船送你去。”

“好。”

小英子早早就把船划到荸荠庵门前。不知是什么道理，她兴奋得很。她充满了好奇心，想去看看善因寺这座大庙，看看受戒是个啥样子。

善因寺是全县第一大庙，在东门外，面临一条水很深的护城河，三面都是大树，寺在树林子里，远处只能隐隐约约看到一点金碧辉煌的屋顶，不知道有多大。树上到处挂着“谨防恶犬”的牌子。这寺里的狗出名的厉害。平常不大有人进去。放戒期间，任人游看，恶狗都锁起来了。

好大一座庙！庙门的门坎比小英子的肐膝都高。迎门矗着两块大牌，一边一块，一块写着斗大两个大字："放戒"，一块是："禁止喧哗"。这庙里果然是气象庄严，到了这里谁也不敢大声咳嗽。明海自去报名办事，小英子就到处看看。好家伙，这哼哈二将、四大天王，有三丈多高，都是簇新的，才装修了不久。天井有二亩地大，铺着青石，种着苍松翠柏。"大雄宝殿"，这才真是个"大殿"！一进去，凉飕飕的。到处都是金光耀眼。释迦牟尼佛坐在一个莲花座上，单是莲座，就比小英子还高。抬起头来也看不全他的脸，只看到一个微微闭着的嘴唇和胖墩墩的下巴。两边的两根大红蜡烛、一搂多粗。佛像前的大供桌上供着鲜花、绒花、绢花，还有珊瑚树、玉如意、整根的大象牙。香炉里烧着檀香。小英子出了庙，闻着自己的衣服都是香的。挂了好些幡。这些幡不知是什么缎子的，那么厚重，绣的花真细。这么大一口磬，里头能装五担水！这么大一个木鱼，有一头牛大，漆得通红的。她又去转了转罗汉堂，爬到千佛楼上看了看。真有一千个小佛！她还跟着一些人去看了看藏经楼。藏经楼没有什么看头，都是经书！妈吔！逛了这么一圈，腿都酸了。小英子想起还要给家里打油，替姐姐配丝线，给娘买鞋面布，给自己买两个坠围裙飘带的银蝴蝶，给爹买旱烟，就出庙了。

等把事情办齐，晌午了。她又到庙里看了看，和尚正在吃粥。好大一个"膳堂"，坐得下八百个和尚。吃粥也有这样多讲究：正面法座上摆着两个锡胆瓶，里面插着红绒花，后面盘膝坐着一个穿了大红满金绣袈裟的和尚，手里拿了戒尺。这戒尺是要打人的。哪个和尚吃粥吃出了声音，他下来就是一戒尺。不过他并不真的打人，只是做个样子。真稀奇，那么多的和尚吃粥，竟然不出一点声音！他看见明子也坐在里面，想跟他打个招呼又不好打。想了想，管他禁止不禁止喧哗，就大声喊了一句：“我走啦!”她看见明子目不斜视地微微点了点头，就不管很多人都朝自己看，大摇大摆地走了。

第四天一大清早小英子就去看明子。她知道明子受戒是第三天半夜，——烧戒疤是不许人看的。她知道要请老剃头师傅剃头，要剃得横摸顺摸都摸不出头发茬子，要不然一烧，就会“走”了戒，烧成了一片。她知道是用枣泥子先点在头皮上，然后用香头子点着。她知道烧了戒疤就喝一碗蘑菇汤，让它“发”，还不能躺下，要不停地走动，叫做“散戒”。这些都是明子告诉她的。明子是听舅舅说的。

她一看，和尚真在那里“散戒”，在城墙根底下的荒地里。一个一个，穿了新海青，光光的头皮上都有十二个黑点子。——这黑疤掉了，才会露出白白的、圆圆的“戒疤”。和尚都笑嘻嘻的，好像很高兴。她一眼就看见了明子。隔着一条护城河，就喊他：

“明子!”

“小英子!”

“你受了戒啦?”

“受了。”

“疼吗?”

“疼。”

“现在还疼吗?”

“现在疼过去了。”

“你哪天回去?”

“后天。”

“上午？下午？”

“下午。”

“我来接你！”

“好！”

……

小英子把明海接上船。

小英子这天穿了一件细白夏布上衣，下边是黑洋纱的裤子，赤脚穿了一双龙须草的细草鞋，头上一边插着一朵栀子花，一边插着一朵石榴花。她看见明子穿了新海青，里面露出短褂子的白领子，就说：“把你那外面的一件脱了，你不热呀！”

他们一人一把桨。小英子在中舱，明子扳艄，在船尾。

她一路问了明子很多话，好像一年没有看见了。

她问，烧戒疤的时候，有人哭吗？喊吗？

明子说，没有人哭，只是不住地念佛。有个山东和尚骂人：

“俺日你奶奶！俺不烧了！”

她问善因寺的方丈石桥是相貌和声音都很出众吗？

“是的。”

“说他的方丈比小姐的绣房还讲究？”

“讲究。什么东西都是绣花的。”

“他屋里很香？”

“很香。他烧的是伽楠香，贵得很。”

“听说他会做诗，会画画，会写字？”

“会。庙里走廊两头的砖额上，都刻着他写的大字。”

“他是有个小老婆吗？”

“有一个。”

“才十九岁？”

“听说。”

“好看吗？”

“都说好看。”

“你没看见？”

“我怎么会看见？我关在庙里。”

明子告诉她，善因寺一个老和尚告诉他，寺里有意选他当沙弥尾，不过还没有定，要等主事的和尚商议。

“什么叫‘沙弥尾’？”

“放一堂戒，要选出一个沙弥头，一个沙弥尾。沙弥头要老成，要会念很多经。沙弥尾要年轻，聪明，相貌好。”

“当了沙弥尾跟别的和尚有什么不同？”

“沙弥头，沙弥尾，将来都能当方丈。现在的方丈退居了，就当。石桥原来就是沙弥尾。”

“你当沙弥尾吗？”

“还不一定哪。”

“你当方丈，管善因寺？管这么大一个庙？！”

“还早呐！”

划了一气，小英子说：“你不要当方丈！”

“好，不当。”

“你也不要当沙弥尾！”

“好，不当。”

又划了一气，看见那一片芦花荡子了。

小英子忽然把桨放下，走到船尾，趴在明子的耳朵旁边，小声地说：

“我给你当老婆，你要不要?”

明子眼睛鼓得大大的。

“你说话呀!”

明子说：“嗯。”

“什么叫‘嗯’呀！要不要，要不要?”

明子大声地说：“要!”

“你喊什么!”

明子小小声说：“要——!”

“快点划!”

英子跳到中舱，两只桨飞快地划起来，划进了芦花荡。

芦花才吐新穗。紫灰色的芦穗，发着银光，软软的，滑溜溜的，像一串丝线。有的地方结了蒲棒，通红的，像一枝一枝小蜡烛。青浮萍，紫浮萍。长脚蚊子，水蜘蛛。野菱角开着四瓣的小白花。惊起一只青桩（一种水鸟），擦着芦穗，扑鲁鲁鲁飞远了。

……

一九八〇年八月十二日，写四十三年前的一个梦。

复仇

复仇者不折镆干。虽有忮心，不怨飘瓦。

——庄子

一支素烛，半罐野蜂蜜。他的眼睛现在看不见蜜。蜜在罐里，他坐在榻上。但他充满了蜜的感觉，浓，稠。他嗓子里并不泛出酸味。他的胃口很好。他一生没有呕吐过几回。一生，一生该是多久呀？我这是一生了么？没有关系，这是个很普遍的口头语。谁都说："我这一生……。"就像那和尚吧，——和尚一定是常常吃这种野蜂蜜。他的眼睛眯了眯，因为烛火跳，跳着一堆影子。他笑了一下：他心里对和尚有了一个称呼，"蜂蜜和尚"。这也难怪，因为蜂蜜、和尚，后面隐了"一生"两个字。明天辞行的时候，我当真叫他一声，他会怎么样呢？和尚倒有了一个称呼了。我呢？他会称呼我什么？该不是"宝剑客人"吧（他看到和尚一眼就看到他的剑）。这蜂蜜——他想起来的时候一路听见蜜蜂叫。是的，有蜜蜂。蜜蜂真不少（叫得一座山都浮动了起来）。现在，残余的声音还在他的耳朵里。从这里开始了我今天的晚上，而明天又从这里接连下去。人生真是说不清。他忽然觉得这是秋天，从蜜蜂的声音里。从声音里他感到一身轻爽。不错，普天下此刻写满了一个“秋”。他想象和尚去找蜂蜜。一大片山花。和尚站在一片花的前面，实在是好看极了，和尚摘花。大殿上的铜钵里有花，开得真好，冉冉的，像是从钵里升起一蓬雾。他喜欢这个和尚。

和尚出去了。单举着一只手，后退了几步，既不拘礼，又似有情。和尚你一定是自自然然地行了无数次这样的礼了。和尚放下蜡烛，说了几句话，不外是庙宇偏僻，没有什么可以招待；山高，风大气候凉，早早安息。和尚不说，他也听见。和尚说了，他可没有听。他尽着看这和尚。他起身为礼，和尚飘然而去。双袖飘飘，像一只大蝴蝶。

他在心里画不出和尚的样子。他想和尚如果不是把头剃光，他该有一头多好的白发。一头亮亮的白发在他的心里闪耀着。

白发的和尚呀。

他是想起了他的白了发的母亲。

山里的夜来得真快！日入群动息，真是静极了。他一路走来，就觉得一片安静。可是山里和路上迥然不同。他走进小山村，小蒙舍里有孩子读书声，马的铃铛，连枷敲在豆秸上。小路上的新牛粪发散着热气，白云从草垛边缓缓移过，一个梳辫子的小姑娘穿着一件银红色的衫子……可是原来描写着静的，现在全表示着动。他甚至想过自己作一个货郎来给这个山村添加一点声音的，这一会可不能在这万山之间拨浪浪摇他的小鼓。

货郎的拨浪鼓在小石桥前摇，那是他的家。他知道，他想的是他的母亲。而投在母亲的线条里着了色的忽然又是他的妹妹。他真愿意有这么一个妹妹，像他在这个山村里刚才见到的。穿着银红色的衫子，在门前井边打水。青石的井栏。井边一架小红花。她想摘一朵，听见母亲纺车声音，觉得该回家了，天不早了，就说："我明天一早来摘你。你在那儿，我记得!"她可以给旅行人指路："山上有个庙，庙里和尚好，你可以去借宿。"小姑娘和旅行人都走了，剩下一口井。他们走了一会，井栏上的余滴还叮叮咚咚地落回井里。村边的大乌桕树黑黑的。夜开始向它合过来。磨麦子的石碾呼呼的声音停止在一点上。

想起这个妹妹时，他母亲是一头乌青的头发。他多愿意摘一朵红花给母亲戴上。可是他从来没见过母亲戴过一朵花。就是这一朵没有戴上的花决定了他的命运。

母亲呀，我没有看见你的老。

于是他的母亲有一副年轻的眉眼而戴了一头白发。多少年来这一头白发在他心里亮。

他真愿意有那么一个妹妹。

可是他没有妹妹，他没有!

他的现在，母亲的过去。母亲在时间里停留。她还是那样年轻，就像那个摘花的小姑娘，像他的妹妹。他可是老多了，他的脸上刻了很多岁月。

他在相似的风景里做了不同的人物。风景不殊，他改变风景多少？现在他在山上，在许多山里的一座小庙里，许多小庙里的一个小小的禅房里。

多少日子以来，他向上，又向上；升高，降低一点，又升得更高。他爬的山太多了。山越来越高，山头和山头挤得越来越紧。路越来越小，也越来越模糊。他仿佛看到自己，一个小小的人，向前倾侧着身体，一步一步，在苍青赭赤之间的一条微微的白道上走。低头，又抬头。看看天，又看看路。路像一条长线，无穷无尽地向前面画过去。云过来，他在影子里；云过去，他亮了。他的衣裾上沾了蒲公英的绒絮，他带它们到远方去。有时一开眼，一只鹰横掠过他的视野。山把所有的变化都留在身上，于是显得亘古不变。他想：山呀，你们走得越来越快，我可是只能一个劲地这样走。及至走进那个村子，他向上一看，决定上山借宿一宵，明天该折回去了。这是一条线的尽头了，再往前没有路了。

他阖了一会眼。他几乎睡着了，几乎做了一个梦。青苔的气味，干草的气味。风化的石头在他的身下酥裂，发出声音，且发出气味。小草的叶子窸窣弹了一下，蹦出了一个蚱蜢。从很远的地方飘来一根鸟毛，近了，更近了，终于为一根枸杞截住。他断定这是一根黑色的。一块卵石从山顶滚下去，滚下去，滚下去，落进山下的深潭里。从极低的地方传来一声牛鸣。反刍的声音（牛的下巴磨动，淡红色的舌头），升上来，为一阵风卷走了。虫蛀着老楝树，一片叶子尝到了苦味，它打了一个寒噤。一个松球裂开了，寒气伸入了鳞瓣。鱼呀，活在多高的水里，你还是不睡？再见，青苔的阴湿；再见，干草的松软；再见，你硌在胛骨下抵出一块酸的石头。老和尚敲磬。现在，旅行人要睡了，放松他的眉头，散开嘴边的纹，解开脸上的结，让肩膊平摊，腿脚舒展。

烛火什么时候灭了。是他吹熄的？

他包在无边的夜的中心，像一枚果仁包在果核里。

老和尚敲着磬。

水上的梦是漂浮的。山里的梦挣扎着飞出去。

他梦见他对着一面壁直的黑暗，他自己也变细，变长。他想超出黑暗，可是黑暗无穷的高，看也看不尽的高呀。他转了一个方向，还是这样。再转，一样。再转，一样。一样，一样，一样是壁直而平，黑暗。他累了，像一根长线似的落在地上。“你软一点，圆一点嘛!”于是黑暗成了一朵莲花。他在莲花的一层又一层瓣子里。他多小呀，他找不到自己了。他贴着黑的莲花作了一次周游。丁——，莲花上出现一颗星，淡绿的，如磷火，旋起旋灭。余光霭霭，归于寂无。丁——，又一声。

那是和尚在做晚课，一声一声敲他的磬。他追随，又等待，看看到底多久敲一次。渐渐地，和尚那里敲一声，他心里也敲一声，不前不后，自然应节。“这会儿我若是有一口磬，我也是一个和尚”。佛殿上一盏像是就要熄灭，永不熄灭的灯。冉冉的，钵里的花。一炷香，香烟袅袅，渐渐散失。可是香气透入了一切，无往不在。他很想去看看和尚。

和尚，你想必不寂寞?’

客人，你说的寂寞的意思是疲倦？你也许还不疲倦?

客人的手轻轻地触到自己的剑。这口剑，他天天握着，总觉得有一分生疏；到他好像忘了它的时候，方知道是如何之亲切。剑呀，不是你属于我，我其实是属于你的。和尚，你敲磬，谁也不能把你的磬的声音收集起来吧？你的禅房里住过多少客人？我在这里过了我的一夜。我过了各色的夜。我这一夜算在所有的夜的里面，还是把它当作各种夜之外的一个夜呢？好了，太阳一出，就是白天。明天我要走。

太阳晒着港口，把盐味敷到坞边的杨树的叶片上。海是绿的，腥的。

一只不知名的大果子，有头颅那样大，正在腐烂。

贝壳在沙粒里逐渐变成石灰。

浪花的白沫上飞着一只鸟，仅仅一只。太阳落下去了。

黄昏的光映在多少人的额头上，在他们的额头上涂了一半金。

多少人逼向三角洲的尖端。又转身，分散。

人看远处如烟。

自在烟里，看帆篷远去。

来了一船瓜，一船颜色和欲望。

一船是石头，比赛着棱角。也许——

一船鸟，一船百合花。

深巷卖杏花。骆驼。

骆驼的铃声在柳烟中摇荡。鸭子叫，一只通红的蜻蜓。

惨绿色的雨前的磷火。

一城灯！

嗨，客人！

客人，这仅仅是一夜。

你的饿，你的渴，饿后的饱餐，渴中得饮，一天的疲倦和疲倦的消除，各种床，各种方言，各种疾病，胜于记得，你一一把它们忘却了。你不觉得失望，也没有希望。你经过了哪里，将去到哪里？你，一个小小的人，向前倾侧着身体，在黄青赭赤之间的一条微微的白道上走着。你是否为自己所感动？

“但是我知道我并不想在这里出家！”

他为自己的声音吓了一跳。这座庙有一种什么东西使他不安。他像瞒着自己似的想了想那座佛殿。这和尚好怪！和尚是一个，蒲团是两个。一个蒲团是和尚自己的，那一个呢？佛案上的经卷也有两份。而他现在住的禅房，分明也不是和尚住的。

这间屋，他一进来就有一种特殊的感觉。墙极白，极平，一切都是既方且直，严厉而逼人。而在方与直之中有一件东西就显得非常的圆。不可移动，不可更改。这件东西是黑的。白与黑之间划出分明界限。这是一顶极大的竹笠。笠子本不是这颜色，它发黄，转褐，最后就成了黑的。笠顶有一个宝塔形的铜顶，颜色也发黑了，——一两处锈出了绿花。这顶笠子使旅行人觉得不舒服。什么人戴了这样一顶笠子呢？拔出剑。他走出禅房。

他舞他的剑。

自从他接过这柄剑，从无一天荒废过。不论在荒村野店，驿站邮亭，云碓茅篷里，废弃的砖瓦窑中，每日晨昏，他都要舞一回剑。每一次对他都是新的刺激，新的体验。他是在舞他自己，他的爱和恨。最高的兴奋，最大的快乐，最汹涌的激情。他沉酣于他的舞弄之中。

把剑收住，他一惊，有人呼吸。

“是我。舞得好剑。”

是和尚！和尚离得好近。我差点没杀了他。

旅行人一身都是力量，一直贯注到指尖。一半骄傲，一半反抗，他大声地喊：

“我要走遍所有的路。”

他看看和尚，和尚的眼睛好亮！他看着这双眼睛里有没有讥刺。和尚如果激怒了他，他会杀了和尚。然而和尚站得稳稳的，并没有为他的声音和神情所撼动，他平平静静，清清朗朗地说：

“很好。有人还要从没有路的地方走过去。”

万山百静之中有一种声音，丁丁然，坚决地，从容地，从一个深深的地方迸出来。

这旅行人是一个遗腹子。父亲被仇人杀了，抬回家来，只剩一口气。父亲用手指蘸着自己的血写下了仇人的名字，就死了。母亲拾起了他留下的剑。剑在旅行人手里。仇人的名字在他的手臂上。到他长到能够得到井边的那架红花的时候，母亲交给他父亲的剑，在他的手臂上刺了父亲的仇人的名字，涂了蓝。他就离开了家，按手臂上那个蓝色的姓名去找那个人，为父亲报仇。

不过他一生中没有叫过一声父亲。他没有听见过自己叫父亲的声音。

父亲和仇人，他一样想不出是什么样子。如果仇人遇见他，倒是会认出来的：小时候村里人都说他长得像父亲。然而他现在连自己是什么样子都不清楚了。

真的，有一天找到那个仇人，他只有一剑把他杀了。他说不出一句话。他跟他说什么呢？想不出，只有不说。

有时候他更愿意自己被仇人杀了。

有时候他对仇人很有好感。

有时候他觉得自己就是那个仇人。既然仇人的名字几乎代替了他自己的名字，他可不是借了那个名字而存在的么？仇人死了呢？

然而他依然到处查访这个名字。

“你们知道这个人么？”

“不知道。”

“听说过么？”

“没有。”

“但是我一定是要报仇的!”

“我知道，我跟你的距离一天天近了。我走的每一步，都向着你。”

“只要我碰到你，我一定会认出你，一看，就知道是你，不会错!”

“即使我一生找不到你，我这一生是找你的了!”

他为自己这一句的声音掉了泪，为他的悲哀而悲哀了。

天一亮，他跑近一个绝壁。回过头来，他才看见天，苍碧嶙峋，不可抗拒的力量压下来，使他呼吸急促，脸色发青，两股紧贴，汗出如浆。他感觉到他的剑。剑在背上，很重。而从绝壁的里面，从地心里，发出丁丁的声音，坚决而从容。

他走进绝壁。好黑。半天，他什么也看不见。退出来？不！他像是浸在冰水里。他的眼睛渐渐能看见面前一两尺的地方。他站了一会，调匀了呼吸。丁，一声，一个火花，赤红的。丁，又一个。风从洞口吹进来，吹在他的背上。面前飘来了冷气，不可形容的阴森。咽了一口唾沫。他往里走。他听见自己趯趯足音，这个声音鼓励他，教他走得稳当，不踉跄。越走越窄，他得弓着身子。他直视前面，一个又一个火花爆出来。好了，到了头：

一堆长发。长头发盖着一个人。匍匐着，一手錾子，一手铁锤，低着头，正在开凿膝前的方寸。他一定是听见来人的脚步声了，他不回头，继续开凿。錾子从下向上移动着。一个又一个火花。他的手举起，举起。旅行人看见两只僧衣的袖子。他的披到腰下的长发摇动着。他举起，举起，旅行人看见他的手。这双手！奇瘦，瘦到露骨，都是筋。旅行人后退了一步。和尚回了一下头。一双炽热的眼睛，从披纷的长发后面闪了出来。旅行人木然。举起，举起，火花，火花。再来一个，火花！他差一点晕过去：和尚的手臂上赫然有三个字，针刺的，涂了蓝的，是他的父亲的名字！

一时，他什么也看不见了，只看见那三个字。一笔一划，他在心里描了那三个字。丁，一个火花。随着火花，字跳动一下。时间在洞外飞逝。一卷白云掠过洞口。他简直忘记自己背上的剑了，或者，他自己整个消失，只剩下这口剑了。他缩小，缩小，以至于没有了。然后，又回来，回来，好，他的脸色由青转红，他自己充满于躯体。剑！他拔剑在手。

忽然他相信他的母亲一定已经死了。

铿的一声。

他的剑落回鞘里。第一朵锈。

他看了看脚下，脚下是新开凿的痕迹。在他脚前，摆着另一副锤錾。

他俯身，拾起锤錾。和尚稍为往旁边挪过一点，给他腾出地方。

两滴眼泪闪在庙里白发的和尚的眼睛里。

有一天，两副錾子同时凿在虚空里。第一线由另一面射进来的光。

约一九四四年写在昆明黄土坡

岁寒三友

这三个人是：王瘦吾、陶虎臣、靳彝甫。王瘦吾原先开绒线店，陶虎臣开炮仗店，靳彝甫是个画画的。他们是从小一块长大的。这是三个说上不上，说下不下的人。既不是缙绅先生，也不是引车卖浆者流。他们的日子时好时坏。好的时候桌上有两个菜，一荤一素，还能烫二两酒；坏的时候，喝粥，甚至断炊。三个人的名声倒都是好的。他们都没有做过伤天害理的事，对人从不尖酸刻薄，对地方的公益，从不袖手旁观。某处的桥坍了，要修一修；哪里发现一名“路倒”，要掩埋起来；闹时疫的时候，在码头路口设一口瓷缸，内装药茶，施给来往行人；一场大火之后，请道士打醮禳灾……遇有这一类的事，需要捐款，首事者把捐簿伸到他们的面前时，他们都会提笔写下一个谁看了也会点头的数目。因此，他们走在街上，一街的熟人都跟他们很客气地点头打招呼。

“早!”

“早!”

“吃过了?”

“偏过了，偏过了！”

王瘦吾真瘦。瘦得两个肩胛骨从长衫的外面都看得清清楚楚。他年轻时很风雅过几天。他小时开蒙的塾师是邑中名士谈甓渔，谈先生教会了他做诗。那时，绒线店由父亲经营着，生意不错，这样他就有机会追随一些阔的和不太阔的名士，春秋佳日，文酒雅集。遇有什么张母吴太夫人八十寿辰征诗，也会送去两首七律。瘦吾就是那时落下的一个别号。自从父亲一死，他挑起全家的生活，就不再做一句诗，和那些诗人们也再无来往。

他家的绒线店是一个不大的连家店。店面的招牌上虽写着“京广洋货，零趸批发”，所卖的却只是：丝线、绦子、头号针、二号针、女人钳眉毛的镊子、刨花①、抿子（涂刨花水用的小刷子）、品青、煮蓝、僧帽牌洋蜡烛、太阳牌肥皂、美孚灯罩……种类很多，但都值不了几个钱。每天晚上结账时都是一堆铜板和一角两角的零碎的小票，难得看见一块洋钱。

这样一个小店，维持一家生活，是困难的。王瘦吾家的人口日渐增多了。他上有老母，自己又有了三个孩子。小的还在娘怀里抱着。两个大的，一儿一女，已经都在上小学了。不用说穿衣，就是穿鞋也是个愁人的事。

儿子最恨下雨。小学的同学几乎全部在下雨天都穿了胶鞋来上学，只有他穿了还是他父亲穿过的钉鞋②。钉鞋很笨，很重，走起来还嘎啦嘎啦的响。他一进学校的大门，同学们就都朝他看，看他那双

---

① 桐木刨出来的薄薄的长条。泡在水里，稍带粘性。过去女人梳头掠发，离不开它。

② 现在的年轻人连钉鞋也不知道了！钉鞋是一种纳帮很结实的布鞋，也有用生牛皮做的，在桐油里浸过，鞋底钉了很多奶头大的铁钉。在未有胶鞋之前，这便是雨鞋。

鞋。他闹了好多回。每回下雨，他就说："我不去上学了!"妈都给他说好话："明年，明年就买胶鞋。一定!"——"明年！您都说了几年了!"最后还是嘟着嘴，挟了一把补过的旧伞，走了。王瘦吾听见街石上儿子的钉鞋愤怒的声音，半天都没有说话。

女儿要参加全县小学秋季运动会，表演团体操，要穿规定的服装：白上衣、黑短裙。这都还好办。难的是鞋，——要一律穿白球鞋。女儿跟妈要。妈说："一双球鞋，要好几块钱。咱们不去参加了。就说生病了，叫你爸写个请假条。"女儿不像她哥发脾气，闹，她只是一声不响，眼泪不停地往下滴。到底还是去了。这位能干的妈跟邻居家借来一双球鞋，比着样子，用一块白帆布连夜赶做了一双。除了底子是布的，别处跟买来的完全一样。天亮的时候，做妈的轻轻地叫："妞子，起来!"女儿一睁眼，看见床前摆着一双白鞋，趴在妈胸前哭了。王瘦吾看见妻子疲乏而凄然的笑容，他的心酸。

因此，王瘦吾老想发财。

这财，是怎么个发法呢？靠这个小绒线店，是不可能有什么出息的。他得另外想办法。这城里的街，好像是傍晚时的码头，各种船只，都靠满了。各行各业，都有个固定的地盘，想往里面再插一只手，很难。他得把眼睛看到这个县城以外，这些行业以外。他做过许多不同性质的生意。他做过虾籽生意，醉蟹生意，腌制过双黄鸭蛋。张家庄出一种木瓜酒，他运销过。本地出一种药材，叫做豨莶，他收过，用木船装到上海（他自己就坐在一船高高的药草上），卖给药材行。三叉河出一种水仙鱼，他曾想过做罐头……他做的生意都有点别出心裁，甚至是想入非非。他隔个把月就要出一次门，四乡八镇，到处跑。像一只饥饿的鸟，到处飞，想给儿女们找一口食。回来时总带着满身的草屑灰尘；人，越来越瘦。

后来他想起开工厂。他的这个工厂是个绳厂，做草绳和钱串子。蓑衣草两股，绞成细绳，过去是穿制钱用的，所以叫做钱串子。现在不使制钱了，店铺里却离不开它。茶食店用来包扎点心，席子店捆席子，卖鱼的穿鱼鳃。绞这种细绳，本来是湖西农民冬闲时的副业，一大捆一大捆挑进城来兜售。因为没有准人，准时，准数，有时需用，却遇不着。有了这么个厂，对于用户方便多了。王瘦吾这个厂站住了。他就不再四处奔跑。

这家工厂，连王瘦吾在内，一共四个人。一个伙计搬运，两个做活。有两架"机器"，倒是铁的，只是都要用手摇。这两架机器，摇起来嘎嘎的响，给这条街增添了一种新的声音，和捶铜器、打烧饼、算命瞎子的铜铛的声音混和在一起。不久，人们就习惯了，仿佛这声音本来就有。

初二、十六①的傍晚，常常看到王瘦吾拎了半斤肉或一条鱼从街上走回家。

每到天气晴朗，上午十来点钟，在这条街上，就可以听到从阴城方向传来爆裂的巨响：

"砰——磅！"

大家就知道，这是陶虎臣在试炮仗了。孩子们就提着裤子向阴城飞跑。

阴城是一片古战场。相传韩信在这里打过仗。现在还能挖到一种有耳的尖底陶瓶，当地叫做"韩瓶"，据说是韩信的部队所用的行军

① 这是店铺里打牙祭的日子。

水壶。说是这种陶瓶冬天插了梅花，能结出梅子来。现在这里是乱葬岗，不知道从什么时候起叫做‘明城”。到处是坟头、野树、荒草、芦荻。草里有蛤蟆、野兔子、大极了的蚂蚱、油葫芦、蟋蟀。早晨和黄昏，有许多白颈老鸦。人走过，就哑哑地叫着飞起来。不一会，又都纷纷地落下了。

这里没有住户人家。只有一个破财神庙，里面住着一个侉子。这侉子不知是什么来历。他杀狗，吃肉，——阴城里野狗多的是，还喝酒。

这地方很少有人来。只有孩子们结伴来放风筝，掏蟋蟀。再就是陶虎臣来试炮仗。

试的是“天地响”。这地方把双响的大炮仗叫“天地响”，因为地下响一声，飞到半空中，又响一声，炸得粉碎，纸屑飘飘地落下来。陶家的“天地响”一听就听得出来，特别响。两响之间的距离也大——蹿得高。

“砰——磅!”

“砰——磅!”

他走一二十步，放一个，身后跟着一大群孩子。孩子里有胆大的，要求放一个，陶虎臣就给他一个：

“点着了快跑！——崩疼了可别哭!”

其实是崩不着的。陶虎臣每次试炮仗，特意把其中的几个的捻子加长，就是专为这些孩子预备的。捻子着了，嗤嗤地冒火，半天，才听见响呢。

陶家炮仗店的门口也是经常围着一堆孩子，看炮仗师傅做炮仗。两张白木的床子，有两块很光滑的木板。把一张粗草纸裹在一个钢钎上，两块木板一搓，吱溜——，就是一个炮仗筒子。

孩子们看师傅做炮仗，陶虎臣就伏在柜台上很有兴趣地看这些孩子。有时问他们几句话：

“你爸爸在家吗？干嘛呢？”

“你的痄腮好了吗？”

孩子们都知道陶老板人很和气，很喜欢孩子，见面都很愿意叫他：

“陶大爷！”

“陶伯伯！”

“哎，哎。”

陶家炮仗店的生意本来是不错的。

他家的货色齐全。除了一般的鞭炮，还出一种别家不做的鞭，叫做“遍地桃花”。不但外皮，连里面的筒子都一色是梅红纸卷的。放了之后，地下一片红，真像是一地的桃花瓣子。如果是过年，下过雪，花瓣落在雪地上，红是红，白是白，好看极了。

这种鞭，成本很贵，除非有人定做，平常是不预备的。

一般的鞭炮，陶虎臣自己是不动手的。他会做花炮。一筒大花炮，能放好几分钟。他还会做一种很特别的花，叫做“酒梅”。一棵弯曲横斜的枯树，埋在一个瓷盆里，上面串结了许多各色的小花炮，点着之后，满树喷花。火花射尽，树枝上还留下一朵一朵梅花，蓝荧荧的，静悄悄地开着，经久不熄。这是棉花浸了高粱酒做的。

他还有一项绝技，是做焰火。一种老式的焰火，有的地方叫做花盒子。

酒梅、焰火，他都不在店里做，在家里做。因为这有许多秘方，不能外传。

做焰火，除了配料，关键是串捻子。串得不对，会轰隆一声，烧成一团火。弄不好，还会出事。陶虎臣的一只左眼坏了，就是因为有一次放焰火，出了故障，不着了，他搭了梯子爬到架上去看，不想焰火忽然又响了，一个火球迸进了瞳孔。

陶虎臣坏了一只眼睛，还看不出太大的破相，不像一般有残疾的人往往显得很凶狠。他依然随时是和颜悦色的，带着宽厚而慈祥的笑容。这种笑容，只有与世无争，生活上容易满足的人才会有。

但是他的这种心满意足的神情逐年在消退。鞭炮生意，是随着年成走的。什么时候风调雨顺，国泰民安，什么时候炮仗店就生意兴隆。这样的年头，能够老是有么？

“遍地桃花”近年很少人家来定货了。地方上多年未放焰火，有的孩子已经忘记放焰火是什么样子了。

陶虎臣长得很敦实，跟他的名字很相称。

靳彝甫和陶虎臣住在一条巷子里，相隔只有七八家。谁家的火灭了，孩子拿了一块劈柴，就能从另一家引了火来。他家很好认，门口钉着一块铁皮的牌子，红地黑字：“靳彝甫画寓”。

这城里画画的，有三种人。

一种是画家。这种人大都有田有地，不愁衣食，作画只是自己消遣，或作为应酬的工具。他们的画是不卖钱的。求画的人只是送几件很高雅的礼物。或一坛绍兴花雕，或火腿、鲥鱼、白沙枇杷，或一套讲究的宜兴紫砂茶具，或两大盆正在茁箭子的建兰。他们的画，多半是大写意，或半工半写。工笔画他们是不耐烦画的，也不会。

一种是画匠。他们所画的，是神像。画得最多的是“家神菩萨”。

这“家神菩萨”是一个大家族：头一层是南海观音的一伙，第二层是玉皇大帝和他的朝臣，第三层是关帝老爷和周仓、关平，最下一层是财神爷。他们也在玻璃的反面用油漆画福禄寿三星（这种画美术史家称之为“玻璃油画”），作插屏。他们是在制造一种商品，不是作画。而且是流水作业，描花纹的是一个人（照着底子描），“开脸”的是一个人，着色的是另一个人。他们的作坊，叫做“画匠店”。一个画匠店里常有七八个人同时做活，却听不到一点声音，因为画匠多半是哑巴。

靳彝甫两者都不是。也可以说是介乎两者之间的那么一种人。比较贴切些，应该称之为“画师”，不过本地无此说法，只是说“画画的”。他是靠卖画吃饭的，但不像画匠店那样在门口设摊或批发给卖门神“欢乐”的纸店①，他是等人登门求画的（所以挂“画寓”的招牌）。他的画按尺论价，大青大绿另加，可以点题。来求画的，多半是茶馆酒肆、茶叶店、参行、钱庄的老板或管事。也有那些闲钱不多，送不起重礼，攀不上高门第的画家，又不甘于家里只有四堵素壁的中等人家。他们往往喜欢看着他画，靳彝甫也就欣然对客挥毫。主客双方，都很满意。他的画署名（画匠的作品是从不署名的），但都不题上款，因为不好称呼，深了不是，浅了不是，题了，人家也未必高兴，所以只是简单地写四个字：“靳彝甫铭”。若是佛像，则题“靳铭沐手敬绘”。

靳家三代都是画画的。家里积存的画稿很多。因为要投合不同的兴趣，山水、人物、翎毛、花卉，什么都画。工笔、写意、浅绛、重

---

① 在梅红纸上用刻刀镂刻出透空的细致的吉祥花纹，贴在门头上，小的叫“吊钱”，大的叫“欢乐”，有的地方叫“吊挂”。

彩不拘。

他家家传会写真，都能画行乐图（生活像）和喜神图（遗像）。中国的画像是有诀窍的。画师家都藏有一套历代相传的“百脸图”。把人的头面五官加以分析，定出一百种类型。画时端详着对象，确定属于哪一类，然后在此基础上加减，画出来总是有几分像的。靳彝甫多年不画喜神了。因为画这种像，经常是在死人刚刚断气时，被请了去，在床前对着勾描。他不愿看死人。因此，除了至亲好友，这种活计，一概不应。有来求的，就说不会。行乐图，自从有了照相馆之后，也很少有人来要画了。

靳彝甫自己喜欢画的，是青绿山水和工笔人物。青绿山水、工笔人物，一年能收几件呢？因此，除了每年端午，他画几十张各式各样的钟馗，挂在巷口如意楼酒馆标价出售，能够有较多的收入，其余的时候，全家都是半饥半饱。

虽然是半饥半饱，他可是活得有滋有味，他的画室里挂着一块小匾，上书“四时佳兴”。画室前有一个很小的天井。靠墙种了几竿玉屏萧竹。石条上摆着茶花、月季。一个很大的钧窑平盘里养着一块玲珑剔透的上水石，蒙了半寸厚的绿苔，长着虎耳草和铁线草。冬天，他总要养几头单瓣的水仙。不到三寸长的碧绿的叶子，开着白玉一样的繁花。春天，放风筝。他会那样耐烦地用一个称金子用的小戥子约着蜈蚣风筝两边脚上的鸡毛（鸡毛分量稍差，蜈蚣上天就会打滚）。夏天，用莲子种出荷花。不大的荷叶，直径三寸的花，下面养了一二分长的小鱼。秋天，养蟋蟀。他家藏有一本托名贾似道撰写的《秋虫谱》。养蟋蟀的泥罐还是他祖父留下来的旧物。每天晚上，他点一个灯笼，到阴城去掏蟋蟀。财神庙的那个侉子，常常一边喝酒、吃狗肉，一边看这位大胆的画师的灯笼走走，停停，忽上，忽下。

他有一盒爱若性命的东西，是三块田黄石章。这三块田黄都不大，可是跟三块鸡油一样！一块是方的，一块略长，还有一块不成形。数这块不成形的值钱，它有文三桥①刻的边款（篆文不知叫一个什么无知的人磨去了）。文三桥呀，可着全中国，你能找出几块？有一次，邻居家失火，他什么也没拿，只抢了这三块图章往外走。吃不饱的时候，只要把这三块图章拿出来看看，他就觉得对这个世界没有什么可抱怨的了。

这一年，这三个人忽然都交了好运。

王瘦吾的绳厂赚了钱。他可又觉得这个买卖货源、销路都有限，他早就想好了另外一宗生意。这个县北乡高田多种麦，出极好的麦秸，当地农民多以掐草帽辫为副业。每年有外地行商来，以极便宜的价钱收去。稍经加工，就成了草帽，又以高价卖给农民。王瘦吾想：为什么不能就地制成草帽呢？这钱为什么要给外地人赚去呢？主意已定，他就把两台绞绳机盘出去，买了四架扎草帽的机子，请了一个师傅，教出三个徒弟，就在原来绳厂的旧址，办起了一个草帽厂。城里的买卖人都说：王瘦吾这步棋看得准，必赚无疑！草帽厂开张的那天，来道喜和看热闹的人很多。一盘草帽辫，在师傅手里，通过机针一扎，哒哒地响，一会儿工夫，哎，草帽盔出来了！——又一会，草帽边！——成了！一顶一顶草帽，顷刻之间，摞得很高。这不是草帽，这是大洋钱呀！这一天，靳彝甫送来一张“得利图”，画着一个白须的渔翁，背着鱼篓，提着两尾金鳞赤尾的大鲤鱼。凡看了这张画

① 文徵明的长子，名彭，字寿承，三桥是他的别号。

的，无不大笑：这渔翁的长相，活脱就是王瘦吾！陶虎臣特地送来一挂遍地桃花满堂红的一千头的大鞭，砰砰磅磅响了好半天！

陶虎臣从来没有做过这么大的焰火生意。这一年闹大水。运河平了漕。西北风一起，大浪头翻上来，把河堤上丈把长的青石都卷了起来。看来，非破堤不可。很多人家扎了筏子，预备了大澡盆，天天晚上不敢睡，只等堤决水下来时逃命。不料，河水从下游泻出，伏汛安然度过，保住了无数人畜。秋收在望，市面繁荣，城乡一片喜气。有好事者倡议：今年放放焰火！东西南北四城，都放！一台七套，四七二十八套。陶家独家承做了十四套，——其余的，他匀给别的同行了。

四城的焰火错开了日子，——为的是人们可以轮流赶着去看。东城定在八月十六。地点：阴城。

这天天气特别好。万里无云，一天皓月。阴城的正中，立起一个四丈多高的架子。有人早早吃了晚饭，就扛了板凳来等着了。各种卖小吃的都来了。卖牛肉高粱酒的，卖回卤豆腐干的，卖五香花生米的、芝麻灌香糖的，卖豆腐脑的，卖煮荸荠的，还有卖河鲜——卖紫皮鲜菱角和新剥鸡头米的……到处是“气死风”的四角玻璃灯，到处是白蒙蒙的热气、香喷喷的茴香八角气味。人们寻亲访友，说短道长，来来往往，亲亲热热。阴城的草都被踏倒了。人们的鞋底也叫秋草的浓汁磨得滑溜溜的。

忽然，上万双眼睛一齐朝着一个方向看。人们的眼睛一会儿睁大，一会儿眯细；人们的嘴一会儿张开，一会儿又合上；一阵阵叫喊，一阵阵欢笑，一阵阵掌声。——陶虎臣点着了焰火了！

这种花盆子是有一点简单的故事情节的。最热闹的是“炮打泗州城”。起先是梅、兰、竹、菊四种花，接着是万花齐放。万花齐放之后，有一个间歇，木架子下面黑黑的，有人以为这一套已经放完了。不料一声炮响，花盆子又落下一层，照眼的灯球之中有一座四方的城，眼睛好的还能看见城门上“泗州”两个字（不知道为什么是泗州而不是别的城）。城外向里打炮，城里向外打，灯球飞舞，砰磅有声。最有趣的是“芦蜂追瘌子”，这是一个喜剧性的焰火。一阵火花之后，出现一个人，——一个泥头的纸人，这人是个瘌痢头，手里拿着一把破芭蕉扇。霎时间飞来了许多马蜂，这些马蜂——火花，纷纷扑向瘌痢头，瘌痢头四面躲闪，手里的芭蕉扇不停地挥舞起来。看到这里，满场大笑。这些辛苦得近于麻木的人，是难得这样开怀一笑的呀。最后一套是平平常常的，只是一阵火花之后，扑鲁扑鲁吊下四个大字：“天下太平”。字是灯球组成的。虽然平淡，人们还是舍不得离开。火光炎炎，逐渐消隐，这时才听到人们呼喊：

“二丫头，回家咧！”

“四儿，你在哪儿哪？”

“奶奶，等等我，我鞋掉了！”

人们摸摸板凳，才知道：呀，露水下来了。

靳彝甫捉到一只蟹壳青蟋蟀。消息很快就传开了。每天有人提了儿罐蟋蟀来斗。都不是对手，而且都只是一个回合就分胜负。这只蟹壳青的打法很特别。它轻易不开牙，只是不动声色，稳稳地站着。突然扑上去，一口就咬破对方的肚子（据说蟋蟀的打法各有自己的风格，这种咬肚子的打法是最厉害的）。它嚁嚁地叫起来，上下摆动它的触须，就像戏台上的武生要翎子。负伤的败将，怎么下“探子”①，也再不敢回头。于是有人怂恿他到兴化去。兴化养蟋蟀之风很盛，每年秋天有一个斗蟋蟀的集会。靳彝甫被人们说得心动了。王瘦吾、陶虎臣给他凑了一笔路费和赌本，他就带了几罐蟋蟀，搭船走了。

斗蟋蟀也像摔跤、击拳一样，先要约约运动员的体重。分量相等，才能入盘开斗。如分量低于对方而自愿下场者，听便。

没想到，这只蟋蟀给他赢了四十块钱。——四十块钱相当于一个小学教员两个月的薪水！靳彝甫很高兴，在如意楼定了几个菜，约王瘦吾、陶虎臣来喝酒。

（这只身经百战的蟋蟀后来在冬至那天寿终了，靳彝甫特地打了一个小小的银棺材，送到阴城埋了。）

没喝几杯，靳彝甫的孩子拿了一张名片，说是家里来了客。靳彝甫接过名片一看：“季匋民！”

“他怎么会来找我呢？”

季匋民是一县人引为骄傲的大人物。他是个名闻全国的大画家，同时又是大收藏家，大财主，家里有好田好地，宋元名迹。他在上海一个艺术专科大学当教授，平常难得回家。

“你回去看看。”

“我少陪一会。”

季匋民和靳彝甫都是画画的，可是气色很不一样。此人面色红润，双眼有光，浓黑的长髯，声音很洪亮。衣着很随便，但质料很讲究。

---

① 探子是刺激蟋蟀的斗志用的。北方多用鼠须，南方多用四杈草掰成细须，九蒸九晒。

“我冒进宝府，唐突得很。”

“哪里哪里。只是我这寒舍，实在太小了。”

“小，而雅，比大而无当好！”

寒暄之后，季匋民说明来意：听说彝甫有几块好田黄，特地来看看。靳彝甫捧了出来，他托在手里，一块一块，仔仔细细看了。“好，——好，——好。匋民平生所见田黄多矣，像这样润的，少。”他估了估价，说按时下行情，值二百洋。有文三桥边款的一块就值一百。他很直率地问靳彝甫肯不肯割爱。靳彝甫也很直率地回答：“不到山穷水尽，不能舍此性命。”

“好！这像个弄笔墨的人说的话！既然如此，匋民绝不夺人之所爱。不过，如果你有一天想出手，得先尽我。”

“那可以。”

“一言为定。”

“一言为定。”

买卖不成，季匋民倒也没有不高兴。他又提出想看看靳彝甫家藏的画稿。靳彝甫祖父的，父亲的。——靳彝甫本人的，他也想看看。他看得很入神，拍着画案说：

“令祖，令尊，都被埋没了啊！吾乡固多才俊之士，而皆困居于蓬牖之中，声名不出于里巷，悲哉！悲哉！”

他看了靳彝甫的画，说：

“彝甫兄，我有几句话……”

“您请指教。”

“你的画，家学渊源。但是，有功力，而少境界。要变！山水，暂时不要画。你见过多少真山真水？人物，不要跟在改七芗、费晓楼后面跑，倪墨耕尤为甜俗。要越过唐伯虎，直追两宋南唐。我奉赠你两个字：古，艳。比如这张杨妃出浴，披纱用洋红，就俗。用朱红，加一点紫！把颜色搞得重重的！脸上也不要这样干净，给她贴几个花子！——你是打算就这样在家乡困着呢？还是想出去闯闯呢？出去，走走，结识一些大家，见见世面！到上海，那里人才多！”

他建议靳彝甫选出百十件画，到上海去开一个展览会。他认识朵云轩，可以借他们的地方。他还可以写几封信给上海名流，请他们为靳彝甫吹嘘吹嘘。他还嘱咐靳彝甫，卖了画，有了一点钱，要做两件事：读万卷书，行万里路。最后说：

“我今天很高兴。看了令祖、令尊的画稿，偷到不少的东西。——我把它化一化，就是杰作！哈哈哈哈……”

这位大画家就这样疯疯癫癫，哈哈大笑着，提了他的筇竹杖，一阵风似的走了。

靳彝甫一边卷着画，一边想：季匋民是见得多。他对自己的指点，很有道理，很令人佩服。但是，到上海、开展览会，结识名流……唉，有钱的名士的话怎么能当得真呢！他笑了。

没想到，三天之后，季匋民真的派人送来了七八封朱丝栏玉版宣的八行书。

靳彝甫的画展不算轰动，但是卖出去几十张画。那张在季匋民授意之下重画的杨妃出浴，一再有人重订。报上发了消息，一家画刊还选了他两幅画。这都是他没有想到的。王瘦吾和陶虎臣在家乡看到报，很替他高兴：“彝甫出了名了！”

卖了画，靳彝甫真的按照季匋民的建议，“行万里路”去了。一去三年，很少来信。

这三年啊！

王瘦吾的草帽厂生意很好。草帽没个什么讲究，买的人只是一图个结实，二图个便宜。他家出的草帽是就地产销，省了来回运费，自然比外地来的便宜得多。牌子闯出去了，买卖就好做。全城并无第二家，那四台哒哒作响的机子，把带着钱想买草帽的客人老远地就吸过来了。

不想遇见一个王伯韬。

这王伯韬是个开陆陈行的。这地方把买卖豆麦杂粮的行叫做陆陈行。人们提起陆陈行，都暗暗摇头。做这一行的，有两大特点：其一，是资本雄厚，大都兼营别的生意，什么买卖赚钱，他们就开什么买卖，眼尖手快。其二，都是流氓——都在帮。这城里发生过几起大规模的斗殴，都是陆陈行挑起的。打架的原因，都是抢行霸市。这种人一看就看得出来。他们的衣着和一般的生意人就不一样。不论什么时候，长衫里面的小褂的袖子总翻出很长的一截。料子也是老实商人所不用的。夏天是格子纺，冬天是法兰绒。脚底下是黑丝袜，方口的黑纹皮面的硬底便鞋。王伯韬和王瘦吾是同宗，见面总是“瘦吾兄”长，“瘦吾兄”短。王瘦吾不爱搭理他，尽可能地躲着他。

谁知偏偏躲不开，而且天天要见面。王伯韬也开了一家草帽厂，就在王瘦吾的草帽厂的对门！他新开的草帽厂有八台机子，八个师傅，门面、柜台，一切都比王瘦吾的大一倍。

王伯韬真是不顾血本，把批发、零售价都压得极低。王瘦吾算算，这样的定价，简直无利可图。他不服这口气，也随着把价钱落下来。

王伯韬坐在对面柜台里，还是满脸带笑，“瘦吾兄”长，“瘦吾兄”短。

王瘦吾撑了一年，实在撑不住了。

王伯韬放出话来：“瘦吾要是愿意把四台机子让给我，他多少钱买的，我多少钱要!”

四台机子，连同库存的现货，辫子，全部倒给了王伯韬。王瘦吾气得生了一场重病。一病一年多。卖机子的钱、连同小绒线店的底本，全变成了药渣子，倒在门外的街上了。

好不容易，能起来坐一坐，出门走几步了。可是人瘦得像一张纸，一阵风吹过，就能倒下。

陶虎臣呢?

头一年，因为四乡闹土匪，连城里都出了几起抢案，县政府和当地驻军联名出了一张布告：“冬防期间，严禁燃放鞭炮。”炮仗店平时生意有限，全指着年下。这一冬防，可把陶虎臣防苦了。且熬着，等明年吧。

明年！蒋介石搞他娘的“新生活”①，根本取缔了鞭炮。城里几家炮仗店统统关了张。陶虎臣别无产业，只好做一点“黄烟子”和蚊烟混日子。“黄烟子”也像是个炮仗，只是里面装的不是火药而是雄黄，外皮也是黄的。点了捻子，不响，只是从屁股上冒出一股黄烟，能冒半天。这种东西，端午节人家买来，点着了扔在床脚柜底熏五毒；孩子们把黄烟屁股抵在板壁上写“虎”字。蚊烟是在一个皮纸的空套里装上锯末，加一点芒硝和鳝鱼骨头，盘成一盘，像一条蛇。这

① “新生活”是蒋介石搞的“新生活”运动，提倡“礼义廉耻”，到处刷写着“礼义廉耻，国之四维，四维不张，国乃灭亡”；限制行人靠左边走；废除作揖，改行握手；禁止燃放鞭炮……等等。总之，大家都过新生活，不许过旧生活。

东西点起来味道很呛，人和蚊子都受不了。这两种东西，本来是炮仗店附带做做的，靠它赚钱吃饭，养家活口的，怎么行呢？——一年有几个端午节？蚊子也不是四季都有啊！

第三年，陶家炮仗店的铺闼子门下了一把牛鼻子铁锁，再也打不开了。陶家的锅，也揭不开了。起先是喝粥，——喝稀粥，后来连稀粥也喝不成了。陶虎臣全家，已经饿了一天半。

有那么一个缺德的人敲开了陶家的门。这人姓宋，人称宋保长，他是什么事都干得出来，什么钱也敢拿的。他来做媒了。二十块钱，陶虎臣把女儿嫁给了一个驻军的连长。这连长第二天就开拔。他倒什么也不挑，只要是一个黄花闺女。陶虎臣跳着脚大叫："不要说得那么好听！这不是嫁！这是卖！你们到大街去打锣喊叫：我陶虎臣卖女儿！你们喊去！我不害臊！陶虎臣！你是个什么东西！陶虎臣！我操你八辈祖奶奶！你就这样没有能耐呀！"女儿的妈和弟弟都哭。女儿倒不哭，反过来劝爹："爹！爹！您别这样！我愿意！——真的！爹！我真的愿意！"她朝上给爹妈磕了头，又趴在弟弟的耳边说了一句话。这一句话是："饿的时候，忍着，别哭。"弟弟直点头。女儿走到爹床前，说了声："爹！我走啦！您保重！"陶虎臣脸对墙躺着，连头都没有回，他的眼泪哗哗地往下淌。

两个半月过去了。陶家一直就花这二十块钱。二十块钱剩得不多了，女儿回来了。妈脱下女儿的衣服一看，什么都明白了：这连长天天打她。女儿跟妈妈偷偷地说："妈，我过上了他的脏病。"

岁暮天寒，彤云酿雪，陶虎臣无路可走，他到阴城去上吊。

他没有死成。他刚把腰带拴在一棵树上，把头伸进去，一个人拦腰把他抱住，一刀砍断了腰带。这人是住在财神庙的那个侉子。

靳彝甫回来了。他一到家，听说陶虎臣的事，连脸都没洗，拔脚就往陶家去。陶虎臣躺在一领破芦席上，拥着一条破棉絮。靳彝甫掏出五块钱来，说：“虎臣，我才回来，带的钱不多，你等我一天！”

跟脚，他又奔王瘦吾家。瘦吾也是家徒四壁了。他正在对着空屋发呆。靳彝甫也掏出五块钱，说：“瘦吾，你等我一天！”

第三天，靳彝甫约王瘦吾、陶虎臣到如意楼喝酒。他从内衣口袋里掏出两封洋钱，外面裹着红纸。一看就知道，一封是一百。他在两位老友面前，各放了一封。

“先用着。”

“这钱——？”

靳彝甫笑了笑。

那两个都明白了：彝甫把三块田黄给季匋民送去了。

靳彝甫端起酒杯说：“咱们今天醉一次。”

那两个同意。

“好，醉一次！”

这天是腊月三十。这样的时候，是不会有人上酒馆喝酒的。如意楼空荡荡的，就只有这三个人。

外面，正下着大雪。

一九八〇年八月二十日初稿

十一月二十日二稿

八千岁

据说他是靠八千钱起家的，所以大家背后叫他八千岁。八千钱是八千个制钱，即八百枚当十的铜元。当地以一百铜元为一吊，八千钱也就是八吊钱。按当时银钱市价，三吊钱兑换一块银元，八吊钱还不到两块七角钱。两块七角钱怎么就能起了家呢？为什么整整是八千钱，不是七千九，不是八千一？这些，谁也不去追究，然而死死地认定了他就是八千钱起家的，他就是八千岁！

他如果不是一年到头穿了那样一身衣裳，也许大家就不会叫他八千岁了。他这身衣裳，全城无二。无冬历夏，总是一身老蓝布。这种老蓝布是本地土织，本地的染坊用蓝靛染的。染得了，还要由一个师傅双脚分叉，站在一个U字形的石碾上，来回晃动，加以碾研，然后摊在河边空场上晒干。自从有了阴丹士林，这种老蓝布已经不再生产，乡下还有时能够见到，城里几乎没有人穿了。蓝布长衫，蓝布夹袍，蓝布棉袍，他似乎做得了这几套衣服，就没有再添置过。年复一年，老是这几套。有些地方已经洗得露了白色的经纬，而且打了许多补丁。衣服的款式也很特别，长度一律离脚面一尺。这种能盖住膝盖的长衫，从前倒是有过，叫做“二马裾”。这些年长衫兴长，穿着拖齐脚面的铁灰洋绉时式长衫的年轻的“油儿”，看了八千岁的这身二马裾，觉得太奇怪了。八千岁有八千岁的道理，衣取蔽体，下面的一截没有用处，要那么长干什么？八千岁生得大头大脸，大鼻子大嘴，大手大脚，终年穿着二马裾，任人观看，心安理得。

他的儿子跟他长得一模一样，只是比他小一号，也穿着一身老蓝布的二马裾，只是老蓝布的颜色深一些，补丁少一些。父子二人在店堂里一站，活脱是大小两个八千岁。这就更引人注意了。八千岁这个名字也就更被人叫得死死的。

大家都知道八千岁现在很有钱。

八千岁的米店看起来不大，门面也很黯淡。店堂里一边是几个米囤子，囤里依次分别堆积着“头糙”“二糙”“三糙”“高尖”。头糙是只碾一道，才脱糠皮的糙米，颜色紫红。二糙较白。三糙更白。高尖则是雪白发亮几乎是透明的上好精米。四个米囤。由红到白，各有不同的买主。头糙卖给挑箩把担卖力气的，二糙三糙卖给住家铺户，高尖只少数高门大户才用。一般人家不是吃不起，只是觉得吃这样的米有点“作孽”。另外还有两个小米囤，一囤糯米；一囤晚稻香粳——这种米是专门煮粥用的。煮出粥来，米长半寸，颜色浅碧如碧螺春茶，香味浓厚，是东乡三垛特产，产量低，价极昂。这两种米平常是没有人买的，只是既是米店，不能不备。另外一边是柜台，里面有一张账桌，几把椅子。柜台一头，有一块竖匾，白地子，上漆四个黑字，道是：“食为民天”。竖匾两侧，贴着两个字条，是八千岁的手笔。年深日久，字条的毛边纸已经发黄，墨色分外浓黑。一边写的是“僧道无缘”，一边是“概不做保”。这地方每年总有一些和尚来化缘

（道士似无化缘一说），背负一面长一尺、宽五寸的木牌，上画护法韦驮，敲着木鱼，走到较大铺户之前，总可得到一点布施。这些和尚走到八千岁门前，一看“僧道无缘”四个字，也就很知趣地走开了。不但僧道无缘，连叫花子也“概不打发”。叫花子知道不管怎样软磨硬泡，也不能从八千岁身上拔下一根毛来，也就都“别处发财”，省得白费工夫。中国不知从什么时候兴了铺保制度。领营业执照，向银行贷款，取一张“仰沿路军警一体放行，妥加保护”的出门护照，甚至有些私立学校填写入学志愿书，都要有两家“殷实铺保”。吃了官司，结案时要“取保释放”。因此一般“殷实”一些的店铺就有为人做保的义务。铺保不过是个名义，但也有时惹下一些麻烦。有的被保的人出了问题，官方警方不急于追究本人，却跟做保的店铺纠缠不休，目的无非是敲一笔竹杠。八千岁可不愿惹这种麻烦。“僧道无缘”、“概不做保”的店铺不止八千岁一家，然而八千岁如此，就不免引起路人侧目，同行议论。

八千岁米店的门面虽然极不起眼，“后身”可是很大。这后身本是夏家祠堂。夏家原是望族。他们聚族而居的大宅子的后面有很多大树，有合抱的大桂花，还有一湾流水，景色幽静，现在还被人称为夏家花园，但房屋已经残破不堪了。夏家败落之后，就把祠堂租给了八千岁。朝南的正屋里一长溜祭桌上还有许多夏家的显考显妣的牌位。正屋前有两棵柏树。起初逢清明，夏家的子孙还来祭祖，这几年都不来了，那些刻字涂金的牌位东倒西歪，上面落了好多鸽子粪。这个大祠堂的好处是房屋都很高大，还有两个极大的天井，都是青砖铺的。那些高大房屋，正好当做积放稻子的仓廒，天井正好翻晒稻子。祠堂的侧门临河，出门就是码头。这条河四通八达，运粮极为方便。稻船一到，侧门打开，稻子可以由船上直接挑进仓里，这可以省去许多长途挑运的脚钱。

本地的米店实际是个粮行。单靠门市卖米，油水不大。一多半是靠做稻子生意，秋冬买进，春夏卖出，贱入贵出，从中取利。稻子的来源有二：有的是城中地主寄存的。这些人家收了租稻，并不过目，直接送到一家熟识的米店，由他们代为经营保管。要吃米时派个人去叫几担，要用钱时随时到柜上支取，年终结账，净余若干，报一总数。剩下的钱，大都仍存柜上。这些人家的大少爷，是连粮价也不知道的，一切全由米店店东经手。粮钱数目，只是一本良心账；另一来源，是店东自己收购的。八千岁每年过手到底有多少稻子，他是从来不说的，但是这瞒不住人。瞒不住同行，瞒不住邻居，尤其瞒不住挑夫的眼睛。这些挑夫给各家米店挑稻子，一眼估得出哪家的底子有多厚。他们说：八千岁是一只螃蟹，有肉都在壳儿里。他家仓廒里有堆稻的“窝积”挤得轧满，每一积都堆到屋顶。

另一件瞒不住人的事，是他有一副大碾子，五匹大骡子。这五匹骡子，单是那两匹大黑骡子，就是头三年花了八百现大洋从宋侉子手里一次买下来的。

宋侉子是个怪人。他并不侉，他是本城土生土长，说的也是地地道道的本地话。本地人把行为乖谬，悖乎常理，而又身材高大的人，都叫做侉子（若是身材瘦小，就叫做蛮子）。宋侉子不到二十岁就被人称为侉子。他也是个世家子弟，从小爱胡闹，吃喝嫖赌，无所不为；花鸟虫鱼，无所不好，还特别爱养骡子养马。父母在日，没有几年，他就把一点祖产挥霍得去了一半。父母一死，就更没人管他了，他干脆把剩下的一半田产卖了，做起了骡马生意。每年出门一两次。

到北边去买骡马。近则徐州、山东，远到关东、口外。一半是寻钱，一半是看看北边的风景，吃吃黄羊肉、狍子肉、鹿肉、狗肉。他真也养成了一派侉子脾气。爱吃面食。最爱吃山东的锅盔，牛杂碎，喝高粱酒。酒量很大，一顿能喝一斤。他买骡子买马，不多买，一次只买几匹，但要是好的，花很大的价钱买来，又以很大的价钱卖出。

他相骡子相马有一绝，看中了一匹，敲敲牙齿，捏捏后胯，然后拉着缰绳领起走三圈，突然用力把嚼子往下一拽。他力气很大，一般的骡马禁不起他这一拽，当时就会打一个趔趄。像这样的，他不要。若是纹丝不动，稳若泰山，当面成交，立刻付钱，二话不说，拉了就走。由于他这种独特的选牲口的办法和豪爽性格，使他在几个骡马市上很有点名气。他选中的牲口也的确有劲，耐使，里下河一带的碾坊磨坊很愿意买他的牲口。虽然价钱贵些，细算下来，还是划得来。

那一年，他在徐州用这办法买了两匹大黑骡子，心里很高兴，下到店里，自个儿蹲在炕上喝酒。门帘一掀，进来个人：

“你是宋老大？”

“不敢，贱姓宋。请教？”

“甭打听。你喝酒？”

“哎哎。”

“你心里高兴？”

“哎哎。”

“你买了两匹好骡子？”

“哎哎。就在后面槽上拴着。你老看来是个行家，你给看看。”

“甭看，好牲口！这两匹骡子我认得！——可是你带得回去吗？”

宋侉子一听话里有话，忙问：

“莫非这两匹骡子有什么弊病?”

“你给我倒一碗酒。出去看看外头有没有人。”

原来这是一个骗局。这两匹黑骡子已经转了好几个骡马市，谁看了谁爱，可是没有一个人能把它们带走。这两匹骡子是它们的主人驯熟了的，走出二百里地，它们会突然挣脱缰绳，撒开蹄子就往家奔，没有人追得上，没有人截得住。谁买的，这笔钱算白扔。上当的已经不止一个人。进来的这位，就是其中的一个。

“不能叫这个家伙再坑人！我教你个法子：你连夜打四副铁镣，把它们镣起来。过了清江浦，就没事了，再给它砸开。”

“多谢你老!”

“甭谢！我这是给受害的众人报仇!”

宋侉子把两匹骡子牵回来，来看的人不断。碾坊、磨坊、油坊、糟坊，都想买。一问价钱，就不禁吐了舌头：“乖乖!”八千岁带着儿子小千岁到宋家看了看，心里打了一阵算盘。他知道宋侉子的脾气，一口价，当时就叫小千岁回去取了八百现大洋，一手交钱，一手交货，父子二人，一人牵了一匹，沿着大街，呱嗒呱嗒，走回米店。

这件事哄动全城。一连几个月，宋侉子贩骡子历险记和八千岁买骡子的壮举，成了大家茶余酒后的话题。谈论间自然要提及宋侉子荒唐怪诞的侉脾气和八千岁的二马裾。

每天黄昏，八千岁米店的碾米师傅要把骡子牵到河边草地上遛遛。骡子牵出来，就有一些人围在旁边看。这两匹黑骡子，真够“身高八尺，头尾丈二有余”。有一老者，捋须赞道：“我活这么大，没见过这样高大的牲口!”个子稍矮一点的，得伸手才能够着它的脊梁。浑身黑得像一匹黑缎子。一走动，身上亮光一闪一闪。去看八千岁的骡子，竟成了附近一些居民在晚饭之前的一件赏心乐事。

因为两匹骡子都是黑的，碾米师傅就给它们取了名字，一匹叫大黑子，一匹叫二黑子。这两个名字街坊的小孩子都知道，叫得出。

宋侉子每年挣的钱不少。有了钱，就都花在虞小兰的家里。

虞小兰的母亲虞芝兰是一个姓关的旗人的姨太太。这旗人做过一任盐务道，辛亥革命后在本县买田享福。这位关老爷本城不少人还记得。他的特点是说的一口京片子，走起路来一摇一摆，有点像戏台上的方巾丑，是真正的“方步”。他们家规矩特别大，礼节特别多，男人见人打千儿，女人见人行蹲安，本地人觉得很可笑。虞芝兰是他用四百两银子从北京西河沿南堂子买来的。关老爷死后，大妇不容，虞芝兰就带了随身细软，两箱子字画，领着女儿搬出来住，租的是挨着宜园的一所小四合院。宜园原是个私人花园，后来改成公园。园子不大，但北面是一片池塘，种着不少荷花，池心有一小岛，上面有几间水榭，本地人不大懂得什么叫水榭，叫它“荷花亭子”，——其实这几间房子不是亭子。南面有一带假山，沿山种了很多梅花，叫做“梅岭”。冬末春初，梅花盛开，是很好看的。园中竹木繁茂，园外也颇有野趣，地方虽在城中，却是尘飞不到。虞芝兰就是看中它的幽静，才搬来的。

带出来的首饰字画变卖得差不多了，关家一家人已经搬到上海租界去住，没有人再来管她，虞芝兰不免重操旧业。

过了几年，虞芝兰揽镜自照，觉得年华已老，不好意思再扫榻留宾，就洗妆谢客，由女儿小兰接替了她。怕关家人来寻事，女儿随了妈的姓。

宋侉子每年要在虞小兰家住一两个月，朝朝寒食，夜夜元宵。他老婆死了，也不续弦，这里就是他的家。他有个孩子，有时也带了孩子来玩。他和关家算起来有点远亲，小兰叫他宋大哥。到钱花得差不多了，就说一声："我明天有事，不来了"，跨上他的踢雪乌骓骏马，一扬鞭子，没影儿了。在一起时，恩恩义义；分开时，潇潇洒洒。

虞小兰有时出来走走，逛逛宜园。夏天的傍晚，穿了一身剪裁合体的白绸衫裤，拿一柄生丝白团扇，站在柳树下面，或倚定红桥栏杆，看人捕鱼踩藕。她长得像一颗水蜜桃，皮肤非常白嫩，腰身、手、脚都好看。路上行人看见，就不禁放慢了脚步，或者停下来装做看天上的晚霞，好好地看她几眼。他们在心里想：这样的人，这样的命，深深为她惋惜；有人不免想到家中洗衣做饭的黄脸老婆，为自己感到一点不平；或在心里轻轻吟道："牡丹绝色三春暖，不是梅花处士妻"，情绪相当复杂。

虞小兰，八千岁也曾看过，也曾经放慢了脚步。他想：长得是真好看，难怪宋侉子在她身上花了那么多钱。不过为一个姑娘花那么多钱，这值得么？他赶快迈动他的大脚，一气跑回米店。

八千岁每天的生活非常单调。量米。买米的都是熟人，买什么米，一次买多少，他都清楚。一见有人进店，就站起身，拿起量米升子。这地方米店量米兴报数，一边量，一边唱："一来，二来，三来——三升!"量完了，拍拍手，——手上沾了米灰，接过钱，摊平了，看看数，回身走进柜台，一扬手，把铜钱丢在钱柜里，在"流水"簿里写上一笔，人头糙三升，钱若干文。看稻样，替人卖稻的客人到店，先要送上货样。店东或洽谈生意的"先生"，抓起一把，放在手心里看看，然后两手合拢搓碾，开米店的手上都有功夫，嚓嚓嚓三下，稻壳就全搓开了；然后吹去糠皮，看看米色，撮起几粒米，放在嘴里嚼嚼，品品米的成色味道。做米店的都很有经验，这是什么品种，三十子，六十子，矮脚籼，吓一跳，一看就看出来。在米店里学生意，学的也就是这些。然后谈价钱，这是好说的，早晚市价，相差无几。卖米的客人知道八千岁在这上头很精，并不跟他多磨嘴。

“前头”没有什么事的时候，他就到后面看看。进了隔开前后的屏门，一边是拴骡子的牲口槽，一边是一副巨大的石碾子。碾坊没有窗户，光线很暗，他欢喜这种暗暗的光。一近牲口槽，就闻到一股骡子粪的味道，他喜欢这种味道。他喜欢看碾米师傅把大黑子或二黑子牵出来。骡子上碾之前照例要撒一泡很长的尿，他喜欢看它撒尿。骡子上了套，石碾子就呼呼地转起来，他喜欢看碾子转，喜欢这种不紧不慢的呼呼的声音。

这二年，大部分米店都已经不用碾子，改用机器轧米了，八千岁却还用这种古典的方法生产。他舍不得这副碾子，舍不得这五匹大骡子。本县也还有些人家不爱吃机器轧的米，说是不香，有人家专门上八千岁家来买米的，他的生意不坏。

然后，去看看师傅筛米。那是一面很大的筛子，筛子有梁，用一根粗麻绳吊在房檩上，筛子齐肩高，筛米师傅就扶着筛子边框，一簸一侧地慢慢地筛。筛米的屋里浮动着细细的米糠，太阳照进来，空中像挂着一匹一匹白布。八千岁成天和米、糠打交道，还是很喜欢细糠的香味。

然后，去看看仓里的稻积子，看看两个大天井里晒的稻，或拿起“搡子”把稻子翻一遍，——他身体结实，翻一遍不觉得累，连师傅们都佩服；或轰一会麻雀。米店稻仓里照例有许多麻雀，叽叽喳喳叫成一片。宋侉子有时在天快黑的时候，拿一把竹枝扫帚拦空一扑，一扫帚能扑下十几只来。宋侉子说这是下酒的好东西，卤熟了还给八千岁拿来过。八千岁可不吃这种东西，这有什么吃头！

八千岁的食谱非常简单。他家开米店，放着高尖米不吃，顿顿都是头糙红米饭。菜是一成不变的熬青菜，——有时放两块豆腐。初二、十六打牙祭，有一碗肉或一盘咸菜煮小鲫鱼。他、小八千岁和碾米师傅都一样。有肉时一人可得切得方方的两块。有鱼时一人一条，——咸菜可不少，也够下饭了。有卖稻的客人时，单加一个荤菜，也还有一壶酒。客人照例要举杯让一让，八千岁总是举起碗来说："我饭陪，饭陪!"客菜他不动一筷子，仍是低头吃自己的青菜豆腐。

八千岁的米店的左邻右舍都是制造食品的。左边是一家厨房，这地方有这么一种厨房，专门包办酒席，不设客座。客家先期预订，说明规格，或鸭翅席，或海参席，要几桌。只须点明"头菜"，其余冷盘热菜都有定规，不须吩咐。除了热炒，都是先在家做成半成品，用圆盒挑到，开席前再加汤回锅煮沸。八千岁隔壁这家厨房姓赵，人称赵厨房，连开厨房的也被人叫做赵厨房，——不叫赵厨子却叫赵厨房，有点不合文法。赵厨房的手艺很好，能做满汉全席。这满汉全席前清时也只有接官送官时才用，入了民国，再也没有人来订，赵厨房祖传的一套五福拱寿油红彩的满堂红的细瓷器皿，已经锁在箱子里好多年了。右边是一家烧饼店。这家专做"草炉烧饼"。这种烧饼是一箩到底的粗面做的，做蒂子只涂很少一点油，没有什么层，因为是贴在吊炉里用一把稻草烘熟的，故名草炉烧饼，以别于在桶状的炭炉中烤出的加料插酥的“桶炉烧饼”。这种烧饼便宜，也实在，乡下人进城，爱买了当饭。几个草炉烧饼，一碗宽汤饺面，有吃有喝，就饱了。八千岁坐在店堂里每天听得见左边煎炒烹炸的声音，闻得到鸡鸭鱼肉的香味，也闻得见右边传来的一阵一阵烧饼出炉时的香味，听得见打烧饼的槌子击案的有节奏的声音：定定郭，定定郭，定郭定郭定定郭，定，定，定……

八千岁和赵厨房从来不打交道，和烧饼店每天打交道。这地方有个“吃晚茶”的习惯，每天下午五点来钟要吃一次点心。钱庄、布店，概莫能外。米店因为有出力气的碾米师傅，这一顿“晚茶”万不能省。“晚茶”大都是一碗干拌面，——葱花、猪油、酱油、虾子、虾米为料，面下在里面；或几个麻团、“油墩子”，——白铁敲成浅模，浇入稀面，以萝卜丝为馅，入油炸熟。八千岁家的晚茶，一年三百六十日，都是草炉烧饼，一人两个。这里的店铺，有“客人”，照例早上要请上茶馆。“上茶馆”是喝茶，吃包子、蒸饺、烧麦。照例由店里的“先生”或东家作陪。一般都是叫一笼“杂花色”（即各样包点都有），陪客的照例只吃三只，喝茶，其余的都是客人吃。这有个名堂，叫做“一壶三点”。八千岁也循例待客，但是他自己并不吃包点，还是从隔壁烧饼店买两个烧饼带去。所以他不是“一壶三点”，而是“一壶两饼”。他这辈子吃了多少草炉烧饼，真是难以计数了。

他不看戏，不打牌，不吃烟，不喝酒。喝茶，但是从来不买“雨前”“雀舌”，泡了慢慢地品啜。他的账桌上有一个“茶壶桶”，里面焐着一壶茶叶棒子泡的颜色混浊的酽茶。吃了烧饼，渴了，就用一个特大的茶缸子，倒出一缸，咕嘟咕嘟一口气喝了下去，然后打一个很响的饱嗝。

他的令郎也跟他一样。这孩子才十六七岁，已经很老成。孩子的那点天真爱好，放风筝、掏蛐蛐、逮蝈蝈、养金铃子，都已经叫严厉的父亲沉重的巴掌收拾得一干二净。八千岁到底还是允许他养了几只鸽子。这还是宋侉子求的情。宋侉子拿来几只鸽子，说："孩子哪儿也不去，你就让他喂几个鸽子玩玩吧。这吃不了多少稻子。你们不养，别人家的鸽子也会来。自已有鸽子，别家的鸽子不就不来了?"米店养鸽子，几乎成为通例，八千岁想了想，说："好，叫他养!"鸽子逐渐发展成一大群，点子、瓦灰、铁青子、霞白、麒麟，都有。从此夏氏宗祠的屋顶上就热闹起来，雄鸽子围着雌鸽子求爱，一面转圈儿，一面鼓着个嗉子不停地叫着："咯咯咕，咯咯咯咕……"夏家的显考显妣的头上于是就着了好些鸽子粪。小千岁一有空，就去鼓捣他的鸽子。八千岁有时也去看看，看看小千岁捉住一只宝石眼的鸽子，翻过来，正过去，鸽子眼里的"沙子"就随着慢慢地来回流动，他觉得这很有趣，而且想：这是怎么回事呢?父子二人，此时此刻，都表现了一点童心。

八千岁那样有钱，又那样俭省，这使许多人很生气。

八千岁万万没有想到，他会碰上一个八舅太爷。

这里的人不知为什么对舅舅那么有意见。把不讲理的人叫做"舅舅"，讲一种胡搅蛮缠的歪理，叫做"讲舅舅理"。

八舅太爷是个无赖浪子，从小就不安分。小学五年级就穿起皮袍子，里面下身却只穿了一条纺绸单裤。上初中的时候，代数不及格，篮球却打得很漂亮，球衣球鞋都非常出众，经常代表校队、县队，到处出风头。初中三年级时曾用这地方出名的土匪徐大文的名义写信恐吓一个土财主，限他几天之内交一百块钱放在土地庙后第七棵柳树的树洞里，如若不然，就要绑他的票。这土财主吓得坐立不安，几天睡不着觉，又不敢去报案，竟然乖乖地照办了。这土财主原来是他的一个同班同学的父亲，常见面的。他知道这老头儿胆小，所以才敲他一下。初中毕业后，他读了一年体育师范，又上了一年美专，都没上完，却在上海入了青帮，门里排行是通字辈，从此就更加放浪形骸，无所不至。他居然拉过几天黄包车。他这车没有人敢坐，——他穿了一套铁机纺绸裤褂在拉车！他把车放在会芳里弄堂口或丽都舞厅门外，专拉长三堂子的妓女和舞女。这些妓女和舞女可不在乎，她们心想：倷弗是要白相相吗？格么好，大家白相白相！又不是阎瑞生，怕点啥！后来又进了一个什么训练班，混进了军队，“安清不分远和近，三祖流传到如今”，因为青红帮的关系，结交很多朋友，虽不是黄埔出身，却在军队中很“兜得转”，和冷欣、顾祝同都能拉上关系。

抗战军兴，他随着所在部队调到江北，在里下河几个县轮流转。他手下部队有四营人，名义却是一个独立混成旅。

“八一三”以后，日本人打到扬州，就停下来，暂时不再北进。日本人不来，“国军”自然不会反攻，这局面竟维持了相当长的时间。起初人心惶惶，一夕数惊，到后来大家有点麻木了；竟好像不知道有日本兵就在一二百里之外这回事，大家该做什么还是做什么。种田的种田，做生意的做生意。长江为界，南北货源虽不那么畅通，很多人还可以通过封锁线走私贩运，虽然担点风险，获利却倍于以前。一时间，几个县竟呈现出一种畸形的繁荣，茶馆、酒馆、赌场、妓院，无不生意兴隆。

八舅太爷在这一带真是得其所哉。非常时期，军事第一，见官大一级，他到了哪里就成了这地方的最高军政长官，县长、区长，一传就到。军装给养，小事一桩。什么时候要用钱，通知当地商会一声就是。来了，要接风，叫做“驻防费”；走了，要送行，叫做“开拔费”。间三岔五的，还要现金实物“劳军”。当地人觉得有一支军队驻着，可以壮壮胆，军队不走，就说明日本人不会来，也似乎心甘情愿地孝敬他。他有时也并不麻烦商会，可以随意抓几个人来罚款。他的旅部的小牢房里经常客满。只要他一拍桌子，骂一声“汉奸”，就可以军法从事，把一个人拉出去枪毙。他一到哪里，就把当地的名花包下来，接到公馆里去住。一出来，就是五辆摩托车，他自己骑一辆，前后左右四辆，风驰电掣，穿街过市。城里和乡下的狗一见他的车队来了，赶紧夹着尾巴躲开。他是个霸王，没人敢惹他。他行八，小名叫小八子，大家当面叫他旅长、旅座，背后里叫他八舅太爷。

他这回来，公馆安在宜园，一见虞小兰，相见恨晚。他有时住在虞家，有时把虞小兰接到公馆里去。后来干脆把宜园的墙打通了，——虞家和宜园本只一墙之隔，这样进出方便。

他把全城的名厨都叫来，轮流给他做饭。座上客常满，杯中酒不空。他爱唱京戏，时常把县里的名票名媛约来，吹拉弹唱一整天。他还很风雅，爱字画。谁家有好字画古董，他就派人去，说是借去看两天。有借无还。他也不白要你的，会送一张他自己画的画跟你换，他不是上过一年美专么？他的画宗法吴昌硕，大刀阔斧，很有点霸悍之气。他请人刻了两方押角图章，一方是阴文：“戎马书生”，一方是阳文：“富贵英雄美丈夫”——这是《紫钗记·折柳阳关》里的词句，他认为这是中国文学里最好的词句。他也有一匹乌骓马，他请宋侉子来给他看看，嘱咐宋侉子把自己的踢雪乌骓也带来。千不该万不该，宋侉子不该褒贬了八舅太爷的马。他说："旅长，你这不是真正的踢雪乌骓。真正的踢雪乌骓是只有四个蹄子的前面有一小块白；你这匹，四蹄以上一圈都是白的，这是踏雪乌骓。"八舅太爷听了很高兴，说："有道理！"接着又问："你那匹是多少钱买的?"宋侉子是个外场人，他知道八舅太爷不是要他来相马，是叫他来进马了，反正这匹马保不住了，就顺水推舟，很慷慨地说："旅长喜欢，留着骑吧！"——"那，我怎么谢你呢？我给你画一张画吧！"

宋侉子拿了这张画，到八千岁米店里坐下，喝了一碗茶叶棒泡的酽茶，说不出话来。八千岁劝他："算了，是儿不死，是财不散，看开一点，你就当又在虞小兰家花了一笔钱吧！"宋侉子只好苦笑。

没想到，过了两天，八舅太爷派了两个兵把八千岁"请"去了。当这两个兵把八千岁铐上，推出店门时，八千岁只来得及跟儿子说一句："赶快找宋大伯去要主意！"

宋侉子找到八舅太爷的秘书了解一下，案情相当严重，是"资敌"。八千岁有几船稻子，运到仙女庙去卖，被八舅太爷的部下查获了。仙女庙是敌占区。"资敌"就是汉奸，汉奸是要枪毙的。宋侉子知道罪不至此。仙女庙是粮食集散中心，本地贩粮至仙女庙，乃是常例，"抗战军兴"，未尝中断。不过别的粮商都是事前运动，打通关节，拿到"准予放行"的执照的，八千岁没有花这笔钱，八舅太爷存心找他的碴，所以他就触犯了军法。宋侉子知道这是非花钱不能了事的，就转弯抹角地问秘书，若是罚款，该罚多少。秘书说："旅座的意思，至少得罚一千现大洋。"宋侉子说："他拿不出来。你看看他穿的这身二马裾！"秘书说："包子有肉，不在褶儿了。他拿得出，我们了解。你可以见他本人谈谈！"

宋侉子见了八千岁，劝他不要舍命不舍财，这个血是非出不可的。八千岁问："能不能少拿一点?"宋侉子叫他拿出一百块钱送给虞芝兰，托虞小兰跟八舅太爷说说，八千岁说："你做主吧。我一辈子就你这么个信得过的朋友!"说着就落了两滴眼泪。宋侉子心里也酸酸的。

虞小兰替八千岁说了两句好话："这个人一辈子省吃俭用，也怪可怜的。"八舅太爷说："那好！看你的面子，少要他二百！他叫八千岁，要他八百不算多。他肯花八百块钱买两匹骡子，还不能花八百块钱买一条命吗！叫他找两个铺保，带了钱，到旅部领人。少一个，不行!"

宋侉子说了好多好话，请了八千岁的两个同行，米店的张老板、李老板出面做保，带了八百现大洋，签字画押，把八千岁保了出来。张老板、李老板陪着八千岁出来，劝他：

"算了，是儿不死，是财不散。不就是八百块钱吗？看开一点。破财免灾，只当生了一场夹气伤寒。"

八千岁心里想：不是八百，是九百！不过回头想想，毕竟少花了一百，又觉得有些欣慰，好像他凭空捡到一百块钱似的。

八舅太爷敲了八千岁一杠子，是有精神上和物质上两方面理由的。精神上，他说："我平生最恨俭省的人，这种人都该杀!"物质上，他已经接到命令，要调防，和另外一位舅太爷换换地方，他要"别姬"了，需要用一笔钱。这八百块钱，六百要给虞小兰买一件西狐肷的斗篷，好让她冬天穿了在宜园梅岭踏雪赏梅；二百，他要办一桌满汉全席，在水榭即荷花亭子里吃它一整天，上午十点钟开席，一直吃到半夜!

八舅太爷要办满汉全席的消息传遍全城，大家都很感兴趣，因为这是多年没有的事了。八千岁证实这消息可靠，因为办席的就是他的紧邻赵厨房。赵厨房到他的米店买糯米，他知道这是做火腿烧麦馅子用的；还买香粳米，这他就不解了。问赵厨房："这满汉全席还上稀粥？"赵厨房说："满汉全席实际上满点汉菜，除了烧烤，有好几道满洲饽饽，还要上几道粥，旗人讲究喝粥，莲子粥、薏米粥、芸豆粥……""有多少道菜？"——"可多可少，八舅太爷这回是一百二十道。"——"啊?!"——"你没事过来瞧瞧。"

八千岁真还过去看了看：烧乳猪、叉子烤鸭、八宝鱼翅、鸽蛋燕窝……赵厨房说："买不到鸽子蛋，就这几个，太少了！"八千岁说："你要鸽子蛋，我那里有！"八千岁真是开了眼了，一面看，一面又掉了几滴泪，他想：这是吃我哪！

八千岁用一盆水把"食为民天"旁边的"概不做保"的字条闷了闷，刮下来。他这回是别人保出来的，以后再拒绝给别人做保，这说不过去。刮掉了，觉得还留着一条"僧道无缘"也没多少意思，而且单独一条，也不好看，就把"僧道无缘"也刮掉了。

八千岁做了一身阴丹士林的长袍，长短与常人等，把他的老蓝刮布二马裾换了下来。他的儿子也一同换了装。

是晚茶的时候，儿子又给他拿了两个草炉烧饼来，八千岁把烧饼往账桌上一拍，大声说：

"给我去叫一碗三鲜面！"

陈小手

我们那地方，过去极少有产科医生。一般人家生孩子，都是请老娘。什么人家请哪位老娘，差不多都是固定的。一家宅门的大少奶奶、二少奶奶、三少奶奶，生的少爷、小姐，差不多都是一个老娘接生的。老娘要穿房入户，生人怎么行？老娘也熟知各家的情况，哪个年长的女佣人可以当她的助手，当“抱腰的”，不须临时现找。而且，一般人家都迷信哪个老娘“吉祥”，接生顺当。——老娘家都供着送子娘娘，天天烧香。谁家会请一个男性的医生来接生呢？——我们那里学医的都是男人，只有李花脸的女儿传其父业，成了全城仅有的一位女医生。她也不会接生，只会看内科，是个老姑娘。男人学医，谁会去学产科呢？都觉得这是一桩丢人没出息的事，不屑为之。但也不是绝对没有。陈小手就是一位出名的男性的产科医生。

陈小手的得名是因为他的手特别小，比女人的手还小，比一般女人的手还更柔软细嫩。他专能治难产。横生、倒生，都能接下来（他当然也要借助于药物和器械）。据说因为他的手小，动作细腻，可以减少产妇很多痛苦。大户人家，非到万不得已，是不会请他的。中小户人家，忌讳较少，遇到产妇胎位不正，老娘束手，老娘就会建议："去请陈小手吧。"

陈小手当然是有个大名的，但是都叫他陈小手。

接生，耽误不得，这是两条人命的事。陈小手喂着一匹马。这匹马浑身雪白，无一根杂毛，是一匹走马。据懂马的行家说，这马走的脚步是"野鸡柳子"，又快又细又匀。我们那里是水乡，很少人家养马。每逢有军队的骑兵过境，大家就争着跑到运河堤上去看"马队"，觉得非常好看。陈小手常常骑着白马赶着到各处去接生，大家就把白马和他的名字联系起来，称之为"白马陈小手"。

同行的医生，看内科的、外科的，都看不起陈小手，认为他不是医生，只是一个男性的老娘。陈小手不在乎这些，只要有人来请，立刻跨上他的白马，飞奔而去。正在呻吟惨叫的产妇听到他的马脖上的銮铃的声音，立刻就安定了一些。他下了马，即刻进产房。过了一会（有时时间颇长），听到哇的一声，孩子落地了。陈小手满头大汗，走了出来，对这家的男主人拱拱手："恭喜恭喜！母子平安！"男主人满面笑容，把封在红纸里的酬金递过去。陈小手接过来，看也不看，装进口袋里，洗洗手，喝一杯热茶，道一声"得罪"，出门上马。只听见他的马的銮铃声"哗棱哗棱"……走远了。

陈小手活人多矣。

有一年，来了联军。我们那里那几年打来打去的，是两支军队。一支是国民革命军，当地称之为"党军"；相对的一支是孙传芳的军队。孙传芳自称"五省联军总司令"，他的部队就被称为"联军"。联军驻扎在天王寺，有一团人。团长的太太（谁知道是正太太还是姨太太），要生了，生不下来。叫来几个老娘，还是弄不出来。这太太杀猪似的乱叫。团长派人去叫陈小手。

陈小手进了天王寺。团长正在产房外面不停地“走柳”。见了陈小手，说：

“大人，孩子，都得给我保住！保不住要你的脑袋！进去吧！”

这女人身上的脂油太多了，陈小手费了九牛二虎之力，总算把孩子掏出来了。和这个胖女人较了半天劲，累得他筋疲力尽。他迤逦歪斜走出来，对团长拱拱手：

“团长！恭喜您，是个男伢子，少爷！”

团长龇牙笑了一下，说：“难为你了！——请！”

外边已经摆好了一桌酒席。副官陪着。陈小手喝了两盅。团长拿出二十块现大洋，往陈小手面前一送：

“这是给你的！——别嫌少哇！”

“太重了！太重了！”

喝了酒，揣上二十块现大洋，陈小手告辞了：“得罪！得罪！”

“不送你了！”

陈小手出了天王寺，跨上马。团长掏出枪来，从后面，一枪就把他打下来了。

团长说：“我的女人，怎么能让他摸来摸去！她身上，除了我，任何男人都不许碰！这小子，太欺负人了！日他奶奶！”

团长觉得怪委屈。

一九八三年八月一日急就